KB272728

상검 4

이현 新무협 판타지 소설

초판 1쇄 찍은 날 § 2003년 3월 14일
초판 1쇄 펴낸 날 § 2003년 3월 25일

지은이 § 이현
펴낸이 § 서경석

편집장 § 문혜영
편집책임 § 박영주
편집 § 장상수 · 김희정 · 유경화
마케팅 § 정필 · 강양원 · 이선구 · 김규진 · 홍현경
펴낸곳 § 도서출판 청어람
등록번호 § 제1081-1-89호
등록일자 § 1999. 5. 31
어람번호 § 제2-0195호

주소 § 경기도 부천시 원미구 심곡1동 350-1 남성B/D 3F (우) 420-011
전화 § 032-656-4452 팩스 § 032-656-4453
http://www.chungeoram.com
E-mail § eoram99@chol.net

ⓒ 이현, 2003

값 7,500원

ISBN 89-5505-591-9 (SET)
ISBN 89-5505-638-9 04810

상검

商劍

이현 新무협 판타지 소설

4 |격랑(激浪)|

도서출판 청어람

목 차

제4권 격랑(激浪)

 금릉전장(金陵錢莊)

남경 북쪽 현무호가 멀지 않은 곳에 송대(宋代)부터 가업을 이어와 수백 년의 역사를 자랑하는 중원 제일의 전장인 금릉전장(金陵錢莊)이 자리 잡고 있었다.

중원 곳곳에 점포망을 갖춘 금릉전장의 재력은 중원 전체를 사고도 남을 정도일 거라는 말까지 떠돌 만큼 어마어마한 부를 자랑했다.

어디나 돈이 있는 곳이 그렇듯 금릉전장의 주위에는 수십 명의 무림 고수들이 밤낮없이 감시의 눈을 번뜩였다.

내실.

중원제일거부의 처소답지 않게 소박하게 꾸며져 있었는데 전면에는 이의위리(以義爲利)라고 힘차게 쓰여진 편액이 재신(財神)으로 모시는 조공명(趙公明)의 초상화 위에 걸려 있고, 옆쪽의 벽에 부귀를 상징하는 모란도 한 장과 서탁 위의 도자기 한 점이 전부였다.

금태산(金太山),

금릉전장의 당대 장주였다.

지금 그의 서탁 위에는 상자 하나가 놓여 있었다.

상자는 오늘 아침 배달된 것으로 그 안에는 사람의 손목 하나가 잘려진 채 있었다.

상자를 홀로 마주한 장주 금태산의 표정에는 아무런 변화도 없었다.

손목은 아들의 것이었다.

얼마 전부터 금릉전장은 창업 이래 최대의 위기라고도 할 수 있는 심각한 위협을 받고 있었다.

아들이 실종된 지 이미 열흘이 넘었다. 그동안 말썽만 피웠던 아들이지만 그에게는 단 하나뿐인 아들이었다.

원래 금릉전장의 후계자 교육은 엄격하기로 이름이 높았다. 그러나 어렸을 때 어미를 여읜 자식이 불쌍해 오냐오냐하며 키워온 것이 화근이었다. 그동안 천방지축 말썽만 피웠건만 그래도 철이 들면 나아지겠지 했었다. 하지만 미처 성년이 되기도 전에 여자부터 알더니 금릉전장의 명예를 시궁창에 처박을 만한 숱한 추잡한 사건을 일으켜 쉬쉬하며 뒤를 수습하느라 진땀을 뺐던 금태산이었다.

비록 사람들이 자신의 체면을 보아 입을 다물어주고 있지만, 대부호로서 금전을 앞세워 남을 괴롭히지 않았고, 항상 선행에 앞장서 온 금태산으로서는 얼굴을 들 수 없었다.

여자를 밝히는 것은 사내로서 충분히 있을 수 있는 일이라 여겼기에 일만 잘 배우면 된다고 생각했었다. 하지만 문제는 아들이 전장 일에는 전혀 관심이 없고 여자 뒤꽁무니만 쫓는다는 데 있었다.

실종된 날도 아들은 하릴없이 거리를 쏘다니다 남궁쌍봉의 미색에 빠져 호위무사도 물리치고 뒤를 졸졸 쫓더니 그만 계획적인 납치를 당한 것이었다.

이미 사건의 전말에 관한 세세한 보고서는 받아 읽었다. 정황으로 보아 계획적인 납치가 분명했다.

재물을 노리는 놈들의 소행인가?

처음 그 소식을 들었을 때 금태산은 그렇게 생각했다.

하지만 금릉전장 내의 믿을 만한 측근을 비밀리에 풀어 조사하는 과정에서 새로운 사실들이 속속 드러났다.

납치한 자는 백골마조 철지상, 단순히 금전을 노려 자신의 아들을 납치했다고 보기에는 미심쩍은 점이 한두 가지가 아니었다. 무림에 전혀 이름이 알려져 있는 놈이 아니었는 데다 아무리 흑도의 인물이라고는 하나 그 정도의 무공을 가진 자라면 뚜렷한 명분없이 하류배나 할 법한 짓을 저지르지는 않았다. 무공으로 보아 철지상을 움직일 수 있는 곳은 거대조직일 가능성이 높았다.

며칠을 잠 못 이루고 뜬눈으로 밤을 새운 그의 우려가 현실로 나타난 것은 삼 일 전이었다.

아들의 실종 소식에 노심초사하던 그에게 배달된 한 통의 서신은 아들의 필적이 확실했는데 엄청난 내용을 담고 있었다. 금릉전장 모든 지부의 영업 활동을 담은 장부를 기초로 이익의 반을 고정적으로 내놓을 것과 향후 영업 방침은 자신들의 결정을 따라야 한다는 내용이었다.

못난 자식이라고는 하지만 아비로서 하늘이 무너지는 분노와 슬픔, 그리고 안타까움에 미칠 노릇이었지만 대금릉전장의 장주답게 일절 내색하지 않았다.

그동안 추적술에 능하다는 숱한 고수들을 수십이나 풀었건만 그 끝은 철지상이란 자와 장무영이란 젊은이가 싸움을 벌였던 곳까지가 전부였다. 철지상이란 자의 무공 수위도 대충 알려졌는데 십대고수와 필적할 정도라고 했다. 하지만 그의 출신이나 소속에 대해서는 여전히 알 수 없었다.

그러는 동안 놈들이 제시한 기한이 지났고 이번에는 아들의 잘려진 손목이 배달되었다.

"호가오위(護家五衛), 게 있소?"

금태산이 나직한 목소리로 호가오위를 불렀다.

호가오위는 대대로 가주와 금릉전장을 어둠 속에서 지켜주는 다섯의 그림자였다. 오위 각각의 무공은 능히 명문정파의 호법에 필적할 정도로, 그곳과 금릉전장이 인연을 맺은 이래 대대로 그곳의 제자들이 호가오위를 맡아 금릉전장의 수호신 노릇을 해왔다.

금태산의 말이 끝나기 무섭게 아무도 보이지 않던 내실에 다섯 개의 그림자가 모습을 드러냈다.

"명을 내리십시오."

그들은 금태산 앞에 시립했다.

금태산은 아들로부터 배달된 편지를 내밀었다.

호가오위도 이미 내실의 심상치 않은 기운을 충분히 눈치 채고 있었겠지만 오직 가주의 명령만 따를 뿐이었다.

다섯의 시선이 편지에 모아졌다.

"그대들에게 부탁을 하겠소. 기한은 보름이오. 아들을 살아 있는 채로 구해주시오."

금태산은 구석에 놓여 있던 상자 하나를 호가오위 쪽으로 밀며 말을 이었다.

"이 안에 그간의 모든 사건에 관한 내용이 담겨 있소. 보름 내로 구할 수 없을 것 같으면 즉시 돌아오시오. 단, 이 일은 비밀로 처리해야 한다는 것을 명심해 주시오."

보름은 협박장의 기한이었다.

그 안에 해결이 되지 않는다면 이번에는 상자 안에 담긴 아들의 얼굴을 보게 되리라.

금태산의 눈썹이 가늘게 떨렸다.

그도 어쩔 수 없는 아버지였다.

하지만 수백 년 내려온 가업을 못난 아들 때문에 구렁텅이로 몰아넣을 수는 없다는 것이 그의 생각이었다.

조상님의 가호가 있다면 아들은 살아서 돌아올 것이고, 아들을 구하지 못한다면 그 또한 조상님의 뜻이겠지.

금태산은 의연하게 일어섰다.

"부탁하오."

"존명."

호가오위들은 대답과 함께 연기처럼 사라졌다.

금태산은 마지막 패를 썼다.

아들 목숨과 금릉전장의 반을 바꾸는 거래는 금태산 자신에게 있어서는 결코 손해 보는 장사가 아니었다. 하지만 금릉전장의 경영 방침에 관한 것까지 자신들의 요구를 따르라는 것은 절대로 수용할 수 없었다.

이미 수십 년을 전장에 몸담은 그였다.

납치범들의 요구가 언뜻 보기에는 전장의 이문을 반씩 나누자는 말 같지만 그는 그것이 전장을 송두리째 넘겨주는 것보다 더 위험한 거래라는 것을 잘 알고 있었다. 이익은 절반을 나눌 수 있겠지만 책임도 절반은 아니었다.

아무리 아들이 남들로부터 손가락질받고 있더라도 그는 여전히 자신의 하나뿐인 아들이고 금릉전장의 차기 가주였다. 지금까지 철없는 짓을 해왔지만 이번 일만 잘 풀린다면 아들이 겪은 고생만큼 철이 들 수도 있었다.

사십이 다 되어 겨우 낳은 아들이었다. 그날의 기쁨을 같이했던 아내는 다시 오지 못할 먼 길을 떠난 지 오래지만 그 희열은 아직까지 가슴에 남아 있었다.

금태산은 창을 통해 하늘을 올려다보았다.

무시무종(無始無終).

시작도 없고 끝도 없는 하늘이었다.

아들이 귀하기는 하지만 조상님의 혼이 서린 가업을 절대 악인들에게 넘겨줄 수는 없었다.

'네 명운을 하늘에 맡겨보마.'

그는 벽에 걸린 편액을 쳐다보았다.

이의위리(以義爲利).

오직 의로움으로 이(利)를 취하라는 초대 가주의 유훈이었다.

자식을 잘못 가르쳐 조상님의 영전에 씻지 못할 죄를 범하게 될지도 몰랐다. 홀로 남은 금태산의 얼굴에 소리없는 눈물이 하염없이 흘러내렸다.

동정호에서 서쪽으로 천여 리가량 떨어진 곳에 마치 붓끝을 거꾸로 세운 듯 서 있는 봉우리들이 줄을 이어 펼쳐진 곳이 있었다.

깎아지른 듯한 절벽과 수천여 개에 이르는 천기백괴(千奇百怪)의 오묘한 봉우리들이 거대한 줄기를 이루며 사방 수백 리가 넘게 펼쳐져 있어 감히 일반인들은 범접조차 할 수 없는 곳이었다.

천자봉(天子峰).

수많은 봉우리 중 하나인 이곳 산마루 비탈에 약간 패여진 곳에 산록을 따라 비스듬히 세워진 조그만 장원이 있었다. 워낙 인적이 드물기도 한 곳이지만 주변 지세를 이용한 덕분에 이곳에 장원이 있다는 사실을 아는 사람들은 드물었다.

간혹 약초꾼이나 사냥꾼이 우연히 장원을 보더라도 속세를 떠나 조용한 곳을 찾은 은둔 학자가 사는 평범한 장원이라고 생각할 정도로 단출하고 소박하게 지어진 조그만 장원이었다.

장원 안 내실.

침상을 뒤로하고 의자에 앉은 중년의 사내 앞에 흑의인 하나가 부복해 있었다.

흑의인은 백골마조 철지상이었다.

"이미 두 번의 기회를 주었다. 하나 네놈은 두 번 모두 여색에 눈이 어두워 일을 망칠 뻔했다."

중년의 사내는 느릿한 어조로 말하고 있었다. 마치 아들을 타이르는 아비를 연상케 하는 말투였다.

철지상의 몸이 가늘게 떨렸다.

중년의 질책에 그는 아무런 말도 하지 못하고 있었다.

“그분께서 오갈 데 없는 고아인 너를 거두어 무공을 가르친 것은 보답을 받기 위한 것이 아니었다. 하지만 그분의 수족을 자처한 이상 앞으로는 명령에만 충실해라. 중요한 일을 나가서 색을 탐하다가 결과를 망치는 것은 더 이상 용납하지 않겠다.”

“죄송합니다.”

“너는 개방과 남궁가 사람들에게 이미 흔적을 남겼다. 아직 때가 아니라는 것은 너도 알겠지?”

“대사형께 드릴 말씀이 없습니다.”

“당분간 너는 빠진다. 뒷일은 아우들이 감당할 것이다. 물러가라.”

중년 사내의 말에 철지상은 감히 고개도 들지 못하고 뒷걸음으로 방을 나섰다.

그가 물러가자 벽 쪽에서 사람의 목소리가 들렸다.

“금태산이 호가오위를 풀었다는 연락이 왔습니다.”

“요구를 받아들일 수 없다는 건가?”

“그렇게 보입니다.”

“후후후, 놈이 끝내 권주를 마다하고 벌주를 마시려고 하는구나. 하는 수 없지. 다음 단계로 들어가라고 해라.”

“호가오위는 어떻게 할까요?”

“정체는 파악했느냐?”

“움직임의 특징을 살펴볼 때 야월회(夜月會)의 고수들로 추정하고 있으나 아직 속단은 어렵습니다.”

“야월회가 아직까지 금릉전장을 지키고 있다는 말이냐? 벌써 백 년이 다 되어가는데? 끈질긴 놈들이군.”

“아직 확증은 없습니다.”

"아니다. 아마도 놈들일 것이다. 일곱째 혼자서는 무리다. 귀견수(鬼犬手) 이십을 일곱째에게 붙여라."

"이십 명을 말입니까?"

"후후후, 너는 야월회를 모른다. 만약 그들이라면 이십 명의 귀견수들에게도 쉽지 않은 싸움이다. 아니면 그뿐. 일을 확실하게 매듭 짓는 것이 되겠지. 그건 그렇고 넷째의 만년한철로 만든 철조를 부순 놈은 대체 누구냐?"

"지금까지 조사한 바로는 대학사 장자맹의 아들인 장무영인 것으로 밝혀졌습니다. 놈은 섬서 상방과 모종의 관계가 있는 것으로 보이는데 남북쌍괴의 제자 같습니다."

"남북쌍괴?"

"그들과 같이 다니는 것이 목격되었다고 합니다. 기이하게도 놈은 상인들의 일에 관심을 가지고 있는 것 같습니다. 소주에서도 섬서 상방 상인들과 접촉한다고 합니다."

"섬서 상방에 관련되었다면 우리 소관은 아니로군."

"교가장의 몫입니다."

"다른 정보는?"

"이유는 알 수 없습니다만 며칠 전 교가장에서 장가 놈의 아비를 죽였습니다. 흑방의 사신검수가 나선 것 같습니다. 혹시라도 일이 시끄러워질까 봐 성민들에게 무료로 미곡을 나누어 주어 관심을 딴 곳으로 돌리는 고명한 수단을 썼다고 합니다."

"흠, 역시 대단한 놈이군. 교가장에 대한 감시를 더욱 철저하게 하도록 해라. 아차 하면 여태껏 추진해 온 일이 물거품이 될 수도 있다. 그때는 그분의 질책을 감당하기가 쉽지 않을 것이다."

"존명."

벽 속의 말소리는 그것을 끝으로 더 이상 들려오지 않았다.

남경에서 금릉전장 장주의 독자 금청만이 납치된 사실을 알고 있는 사람은 그의 부친인 금태산과 그가 신임하는 몇 명의 전장 사람을 빼놓고는 아무도 없었다.

워낙 엄청난 일이다 보니 금태산이 직접 나서서 남궁가 쪽에 비밀 엄수를 부탁했고, 그쪽에서도 금씨 집안의 대가 달린 문제라는 것을 염두에 두었기에 입을 다물어주었다.

납치범들 또한 은밀히 접선을 시도했기에 태연하게 전장 일을 처리하는 장주에게 그런 엄청난 일이 일어났으리라고 생각하는 사람은 전장 내에 없었다.

며칠째 보이지 않는 금청만에 대해서도 별로 관심을 가지는 사람이 없었고, 설혹 약간 신경을 썼던 사람들도 그저 '또 어디 가서 난봉질이나 하고 있겠지. 이번에는 대단한 계집을 만나 단단히 빠진 모양이군' 하는 정도였다.

내색은 안 했지만 금태산은 초조했다.

호가오위가 아들을 찾아 떠난 지도 벌써 닷새째였다.

오늘도 또 소식없는 하루가 지나가고 있었다.

장내의 소요를 걱정해 이 상황을 마음대로 표현도 할 수 없는 금태산은 속이 타 들어간다는 말을 실감했다.

'만일 찾을 수 없다면 아들을 포기하리라.'

부정(父情)에 흔들리는 마음을 다잡기 위해 하루에도 수십 번씩 되뇌는 말이었다.

그는 이미 뒤를 대비하고 있었다.

오늘에 이르러 전장의 후사가 끊어진다면 자신이 죽고 난 후 전장의 지분을 투자자들과 나눈 다음 자신의 지분을 절이나 도관에 기탁하고 전장 운영의 이익금은 빈민들에게 써달라고 하는 것이 가장 나을 것 같았다.

금태산은 서탁에 앉아 그런 내용의 서류를 써 내려갔다. 하지만 초조한 마음에 글이 잘 써지지 않았다.

쿵. 쿵. 쿵. 쿵. 쿵.

갑자기 묵직한 것이 정원에 떨어지는 소리가 잇따라 들려왔다. 정확히 다섯 번이었다.

'응?'

가뜩이나 예민한 상태인 금태산은 불길한 마음이 들어 창을 통해 정원을 내다보았다.

앞이 탁 트인 정원 한가운데에 무엇인가 보자기에 싸인 것들이 다섯 개나 나뒹굴고 있었다.

해괴한 일이었지만 선뜻 발걸음이 내키지 않았다.

문득 호위무사들의 움직임이 없다는 사실을 깨달았다. 암암리에 철통같이 장주실을 경호하고 있는 호위무사들이 이 정도 일이 생기도록 내버려 두었을 리 만무했다.

그는 얼른 침상 쪽으로 다가가 금줄을 당겼다. 호위무사를 부르는 신호였다. 곧 호위무사들이 올 것이라고 생각한 그는 급히 정원으로 나갔다.

정원에 굴러다니는 보자기에는 피가 얼룩져 있었다.

다섯.

'혹시?'

금태산은 황급히 하나의 보자기를 풀어보았다. 과연 그 안에는 호가오위 중 한 명의 목이 들어 있었다. 치열한 싸움을 벌인 듯 얼굴마저도 곳곳에 검상투성이였다.

호위무사들이 오지 않자 신호를 못 받았나 싶어 그는 다시 방으로 돌아가 금줄을 당겼다.

"흐흐흐… 금가야, 쓸데없는 짓을 하고 있구나."

어느새 흑의인 하나가 방 안에 나타나 뒤에서 말했다.

비록 쓸 일은 없었지만 금태산도 어렸을 때 선친이 모셔온 무림인에게 배운 몇 수의 재간은 있었다.

"웬 놈이냐?"

말소리에 놀란 금태산이 한구석에 놓인 검으로 손을 가져가며 막 호통을 치려는 순간 차가운 검날이 목줄기에 와 닿는 것이 느껴져 더 이상 말을 이을 수 없었다.

"흐흐, 재물이 많으면 호위무사들을 혹사시키지 말았어야지. 오죽했으면 초저녁부터 잠에 취해 자빠져 자겠느냐?"

자신이 당긴 신호에 혹시나 호위들이 달려와 주기를 내심 바랐던 금태산은 흑의인의 말에 낙담했다. 놈은 이미 호위들을 제압하고 들어온 것이 틀림없었다.

"네놈들이 호가오위를 죽였느냐?"

"후후후, 제법 한 수가 있는 놈들이더군. 덕분에 아까운 우리 귀견수들이 십수 명이나 명을 달리했다."

"죽일 놈들. 내 아들은 어쨌느냐?"

금태산이 분노에 찬 어조로 물었다.

"행동거지가 좀 불편한 것을 제외하고는 이상없이 잘 있으니 걱정할 것 없다. 밤마다 여자도 새로 갈아 넣어주며 손님 접대에 최선을 다하니 무척이나 고마워하고 있지. 한데 너는 배은망덕하게도 오히려 칼잡이를 보내더구나."

"원하는 것이 금릉전장 전체라면 불가하다!"

"큭큭큭. 금태산, 주제를 모르는구나. 사실 우리는 네게 가장 원만한 방법으로 일을 도모하려 했지만 네놈은 끝내 제 무덤을 파더구나. 우리도 더 이상은 네놈의 협조를 기대하지 않기로 했다."

"무슨 소리냐?"

"제법 똑똑한 줄 알았더니 그게 아니군. 부자(父子)가 사는 길을 택했다면 우리도 좋았겠지. 만약 아비가 살고 아들이 죽으면 아무런 득이 없지. 하지만 그 반대가 된다면 어떨까?"

순간 금태산의 가슴이 철렁 내려앉았다.

놈들의 의도가 짐작이 갔다.

자신을 죽이고 아들을 내세워 꼭두각시처럼 부린다면 적자인 아들이 자신의 재산을 상속한 경우가 되니 아무런 하자도 없는 일이었다.

"후후후, 내가 없다면 거대한 금릉전장이 네놈들 마음먹은 대로 그렇게 잘 돌아갈까?"

금태산은 허세를 부려보았다. 전혀 근거없는 말은 아니었다.

"그동안 금릉전장을 운영하느라고 힘들었을 테니 그런 걱정은 우리에게 맡기고 이만 편히 쉬거라."

금태산이 무어라고 대꾸하기도 전에 목을 거누고 있던 흑의인의 검이 가볍게 움직였다.

'헉!'

하지만 금태산의 마지막 비명은 미처 목을 지나지 못했다.

그의 몸이 휘청하는 순간 흑의인은 재빨리 지혈을 해 피가 흐르지 않게 하더니 조심스레 안아 침상에 눕혔다.

"후후, 얼굴에 상처라도 생기면 곤란하지."

품속에서 날카로운 소도를 꺼낸 그는 익숙한 솜씨로 금태산의 얼굴 가죽을 벗겨갔다.

제2장 # 원공당(院公黨)

풍요립은 무영이 실종된 지 사흘 후 소주(蘇州)에 도착했다.

그의 실종은 중대한 사고라 할 수 있지만 그렇다고 대사를 앞두고 모든 사람이 그곳에 묶여 있을 수는 없었다.

청해삼호와 조씨 형제들, 그리고 남북쌍괴를 제외한 다른 문도들은 상인과 함께 풍요립보다 먼저 소주에 도착해 있었다.

일을 마치고 서안으로 출발을 하려면 적게 잡아도 열흘은 있어야 할 것이라는 막혜의 말이 있었기에 그는 제자들 중 몇몇을 데리고 중원 분타를 개설할 항주로 갔다.

소주에서 항주는 배로 하루가 걸리는 거리였다.

다음날 항주에 도착한 풍요립 일행은 성안 후미진 객잔에 자리를 잡은 후 점소이에게 동전 몇 문을 쥐어주고 믿을 만한 방섬수(紡纖手)를 부탁했다.

객지에서 적당한 택지를 제대로 사려면 돈을 좀 주더라도 거간꾼인 방섬수를 통하는 것이 가장 빠르고 안전하다는 막혜의 조언에 따른 것이었다.

객잔을 찾은 방섬수는 풍요립 일행이 요구하는 건물을 즉석에서 몇 개 추천해 주었다.

그중에서 그의 마음에 쏙 든 것은 동가(董家)에서 내놓은 장원이었다. 서호(西湖) 서북의 옥천산(玉泉山) 기슭에 자리 잡은 동가장은 말이 장원이지 거의 폐허나 다름없다 보니 사려는 사람 없이 수년간 방치된 상태였는데, 풍요립이 욕심을 내는 이유는 동가장에 딸린 사유지가 수만 평에 달한다는 사실이었다.

게다가 그 건물은 서호(西湖) 안에 있는 원공돈(院公墩)이라는 섬과 한데 묶여 매물로 나와 있었는데 섬까지 합쳐 삼만 냥이 넘지 않았다.

항주성 서쪽에 있는 서호(西湖)는 사방 삼십여 리가 넘는 작지 않은 호수였다. 그 안에 있는 네 개의 섬 중에 소제(蘇堤)에 가까운 서북쪽 작은 섬이 원공돈(院公墩)이었다.

그 섬은 유람을 나온 항주 사람들이 즐겨 찾던 곳이었지만 최근 몇 년간 찾는 이 없는 외로운 섬이 되다시피 했다. 원공돈이 그렇게 된 이유는 몇 년 전에 강남을 덮은 대홍수로 섬 전체가 진흙밭이 되어버린 탓도 있었지만 무엇보다도 서호 주변을 무대로 하는 항주 건달패들의 본거지가 되다시피 한 곳이기 때문이었다.

그들은 항주부에서도 제법 유명한 패거리였다.

그 패거리는 원공돈에 근거를 두었다 하여 인근 사람들에게 원공당(院公黨)이라 불리고 있었는데 사실 대외적으로 무슨 파, 당이나 문파를 세운 것은 아니었다.

　동가장이 그동안 팔리지 않은 큰 이유 중에 하나가 바로 원공당의 행패 때문이었다. 그들은 땅을 사기 위해 원공돈을 둘러보려는 사람이 나타났다는 말을 들으면 떼로 나타나 은근히 무력 시위를 하거나 하여 계약을 무산시켜 왔다.

　사실 동가장은 항주성 밖에 멀리 떨어져 있어 큰 매력이 없는 건물이었고, 사람들은 서호에 떠 있는 원공돈에 더 큰 매력을 느끼고 있었는데 그걸 막으니 거래가 될 수가 없었다.

　원공당의 우두머리는 숙이몽(宿移夢)이라 불리는 자였는데 무공은 일류 축에는 속한다고 할 수 있었으나 굳이 그 자리를 따지자면 말석이라 해도 과언이 아니었다.

　그는 나름대로 중소방파인 양 규율을 세우고 아랫사람들을 감독했으나 내부 실상은 그렇지 못해 가끔은 휘하의 패거리들이 서호를 구경 나온 사람들로부터 금품을 뜯고 있다는 말도 듣고 있었다.

　항주부에서는 원공당 패거리를 알면서도 묵인했는데, 기실 이런 패거리는 어느 곳이나 있게 마련이었고, 관가의 입장에서 보면 항주 성안에서 말썽을 피우는 것보다 따로 떨어진 섬에 있는 것이 차라리 나은 데다 그동안 심각한 민원을 일으킨 적이 없다는 것도 한 이유였다.

　동가장의 주인 동금우(董金雨)는 몇 년 전만 해도 항주부에서 다섯 손가락 안에 꼽히는 부자에 속할 정도로 재산이 많았다. 그러나 대홍수 때 제법 큰 피해를 본 데다 사업이 부진하자 이를 만회하기 위해 무리를 하다가 오히려 대부분의 재산을 모두 날린 사람이었다. 돈이 궁한 그는 하는 수 없이 동가의 상징이라 할 수 있는 대대로 내려온 장원과 원공돈을 내놓았고, 그것을 풍요림이 삼천 냥의 전표를 지불하고 계약한 것이었다.

풍요립은 방섬수로부터 홍수로 섬이 황폐되었고 원공당 패거리가 실질적으로 섬을 장악하고 있는 등의 문제점에 대해서 언질을 받았지만 개의치 않았다.

중원의 대문파를 다시 세우기 위한 첫걸음인데 주먹패가 두려워 좋은 물건을 포기할 수는 없었다.

계약을 마친 다음날 숙이몽이라는 자가 풍요립을 찾아왔다.

"뉘신지요?"

"용호관에서 나왔습니다. 이번에 원공돈을 사셨다고요?"

"예, 우리가 건물 지을 땅이 필요해서 샀습니다. 죄송합니다만 용호관이라고는 들어본 바가 없는데 제가 원공돈을 산 것과 무슨 관련이 있는지요?"

원공돈이라는 말이 나오자 삼천 냥이라는 거금을 이미 계약금조로 지불한 풍요립은 가슴이 철렁했다.

"예, 저희는 그곳에 도관을 차리고 있습니다. 형편이 안 되는지라 그곳 주인의 허락을 얻어 그간 수년간을 무상으로 사용하고 있었습니다."

풍요립은 그제야 상대의 의중이 대충 짐작이 갔다. 일단 자신이 원공돈을 산 것 자체가 문제는 아닌지라 남몰래 가슴을 쓸어 내리며 안도의 한숨을 내쉬었다.

"주인이 바뀐 이 마당에 앞으로도 계속 무상으로 사용하게 해달라는 말은 아닙니다. 단지 저희가 아직 준비가 되지 않았는지라 몇 달의 말미를 주셨으면 해서요."

숙이몽은 비굴한 표정으로 손바닥을 비벼가며 부탁했다.

사실 그는 이런 비굴한 자세로 남의 도움이나 바라고 살아온 사람이 아니었다.

숙이몽이 항주에 정착을 한 지는 십 년이 넘었다.

용호관은 몇 년 전만 해도 항주에서 알아주는 명문 무도관이었다. 그곳 관주였던 그는 모산파의 속가제자로 알려졌는데, 사람이 성실하고 인품이 원만하여 무도관의 문을 연 지 삼 년이 채 되지 않아 항주부 최고의 무도관으로 자리매김을 했다.

그런 그가 지금 원공돈 섬에서 남의 터나 무상으로 빌려 쓰는 데는 말 못할 고충이 있었다.

항주에서 멀지 않은 곳에 있는 소주(蘇州)에는 금검문(金劍門)이라는 문파가 위세를 떨치고 있었다. 금검문은 소항(蘇杭:소주, 항주)을 통틀어 수백 년의 전통을 가진 유일한 문파였다.

그런데 용호관이 항주에 자리를 잡으면서 사정이 바뀌었다. 용호관이 항주에 들어선 지 몇 년 만에 항주는 물론 소주까지 그 위세를 떨쳐 금검문을 압박해 왔다.

금검문주인 나곤은 용호관의 기세에 속이 뒤집어졌지만 감히 용호문과 맞설 생각은 하지 못했다. 심중으로는 자신의 무공이 용호관주보다 한 수 위라고 생각하고 있었으나 용호관 뒤에는 모산파(茅山派)가 있다는 풍문 때문이었다.

모산파는 위화존을 개조(開祖)로 모시는 도가 계열의 문파였는데 무공보다는 종교적 색채가 더 강한 종파로 강소 지역에서는 여러 유지들이 뒤를 받쳐 주고 있어 금검문이 적으로 삼기에는 다소 무리가 따랐다.

그런 나곤에게 기회가 왔다.

오 년 전 모산파의 후계를 둘러싸고 심각한 내분이 생기더니 그 후 유증으로 일 년 후에는 겨우 명맥만 유지할 정도로 세가 죽어버린 것이었다.

'타도 용호관.'

이때를 기다렸다는 듯 나곤은 문하제자들과 함께 용호관을 소항에서 뿌리째 뽑는 작업에 착수했다. 비록 무공으로 압도할 수 있다고 해도 세상에는 눈이 있었다.

소항무술대전(蘇杭武術對戰).

이것이 그가 생각해 낸 방법이었다.

소항무술대전의 역사는 소항의 역사만큼이나 길었으나 백 년 전 정사대전에 참여했던 소항의 무인들이 씨가 마를 정도로 많이 죽어 그 이후로 중단된 대회였다.

소주와 항주는 예로부터 '수국소항(水國蘇杭)'이라 하여 한데 묶어 말할 정도로 동일시하며 취급하는 경우가 많았다. 사실 두 도시는 뱃길로도 하루가 채 걸리지 않는 거리였다. 두 도시의 인구는 합쳐서 이백만 가까이 되었는데 그에 따라 무도관도 수십 개나 있었다.

나곤은 소항의 모든 무도관과 군소방파가 참여하는 무술대전을 제의하였고 대부분의 방파와 무도관들이 참여하는지라 용호관도 빠질 수 없었다.

이 년마다 한 번씩 열리는 이 대회에서 금검문은 계속하여 우승을 했고 용호관은 그저 중간 정도나 되었다. 그야말로 관주의 인품이나

영업 능력이 아닌 소창 무술도장의 진정한 무공 수위가 매겨진 것이
었다.

　문제는 그 후에 일어났다.

　항주 사람들의 용호관에 대한 관심은 급속히 식어갔고, 금검문의 제
자들은 오가다 용호관 관원을 보면 무슨 원수나 만나듯이 갖은 이유로
시비를 걸어 죽도록 두들겨 패놓기 일쑤였다.

　일 년이 채 되지 않아 수백을 헤아리던 용호관의 제자들은 겨우 몇
십 명밖에 남지 않았고, 그나마 사범들이나 관리원들을 제외하면 수업
료를 내는 관원은 몇 명 되지도 않았다. 처음 일이 년은 지인들을 통해
근근히 자금을 융통하여 버텨왔으나 회생의 기미는 없고 사태는 갈수
록 악화되었다. 결국 숙이몽은 도관을 팔아 빚을 갚고 평소 알고 지내
던 동금우에게 부탁하여 원공돈으로 터전을 옮긴 것이 그가 이곳에 자
리 잡게 된 사연이었다.

　풍요립 앞에서 사정을 하고 있는 숙이몽은 머리 속으로 갖은 만감이
교차해 눈물을 보이지 않을 수 없었다.

　"험, 험, 그것 참. 허!"

　풍요립도 어려운 사람의 사정을 아는 사람이었다. 그는 차마 모진
말을 꺼내지 못하고 연방 헛기침을 해댔다.

　"사정은 딱하지만 우리도 피치 못할 이유가 있으니 그렇게 할 수는
없습니다."

　"당분간 몇 달만이라도 부탁을 드립니다."

　이대로 물러설 수는 없었다. 당장 남은 수십 명의 제자들과 갈 곳도
없거니와 그곳 건물을 짓기까지 진흙을 걷어내고, 흙벽돌을 찍어 담을
쌓고 판자를 구해 문짝을 달은, 그야말로 피와 눈물이 배어 있는 곳이

었다. 이곳에 오기 전 자존심 따위는 이미 개에게나 주어버린 그였다.

"일단 내일 다시 얘기를 합시다. 우리도 여럿이 의논해 봐야 하니. 그러나 기대하지는 마십시오."

사태를 보아하니 잘못하다가 송장 치우게 생겼다.

'저 사람 저러다 충격받아 이 자리에서 쓰러지지.'

그런 일이 생기기라도 한다면 비록 잘못이 없다 해도 타관의 땅이니 적지 않은 귀찮은 문제가 생길 것임이 틀림없었다.

숙이몽은 내일 다시 얘기를 해보자는 말에 용기를 얻었는지 연신 굽실거리며 객잔을 나갔다. 무공을 업으로 하는 무도관 관주였다는 사람이 비틀대며 걷는 것으로 보아 심적인 괴로움이 보통이 아님을 알 수 있었다.

"허, 참 난처하구먼."

숙이몽이 원공돈으로 돌아오니 사범들을 비롯한 제자들이 그를 초조하게 기다리고 있었다.

"가셨던 일은 잘되셨는지요?"

숙이몽 다음으로 무공이 높은 부관주 진표였다. 그는 숙이몽의 표정으로 보아 대충 결과를 짐작할 수 있었지만 당장 용호관의 내일이 달린 일인지라 물어보지 않을 수 없었다.

"내일 다시 이야기하기로 했네. 내일 오전에 이곳으로 오겠다고 하네."

숙이몽은 침통한 얼굴로 답했다.

모두들 고개를 숙였다. 크게 기대한 것은 아니었지만 막상 듣고 보니 더욱 가슴이 답답했다.

숙이몽은 의자 깊숙이 몸을 묻었다. 그래도 관주님이 쓰시던 의자라고 제자들이 채권자들에게 사정해서 용호관이 문을 닫을 때 겨우 빼내온 것이었다.

사람들이 용호관원이라 하지 않고 뒷골목 건달패 이름처럼 원공당이라 부른다는 것을 알고 있었다. 제자들이 무도관 경비를 충당하려고 가끔 못된 짓을 한다는 이야기도 들었다. 그러나 숙이몽은 감히 그들을 나무라지 못했다.

자신의 죄과였다. 자신이 도관을 제대로 운영했다면 올바르게 살아왔을 제자들이었다.

숙이몽은 말없이 흐르는 눈물을 닦을 생각도 하지 않고 처연한 표정으로 그렇게 의자를 지켰다.

풍요립도 내심 무영을 어려워하고 있는지라 곤륜파에 대한 모든 얘기는 무영에게 모두 전해지고 있었다. 무영이 돌아온 것은 숙이몽이 다녀간 바로 다음날이었다.

"일단 들러보죠."

원공돈 나루터에는 사십여 명의 용호관 사람들이 나와 있었다. 검으로 무장한 그들은 모두들 비장한 표정으로 이마에는 '사수(死守)'라고 혈서로 쓴 백건까지 둘렀다.

'음 심각하군.'

무영은 안됐다는 생각이 들었다.

숙이몽이 제일 앞에 나와 있었는데 용호관 제자들은 그의 뒤에 서서 마치 나룻터를 둥글게 포위하듯 서 있었다.

풍요립을 비롯한 일행들은 마음이 무거웠다. 저들이 사생결단의 태도로 나오는 이유를 알고 있는 까닭이었다. 하지만 지금은 남의 사정을 봐줄 때가 아니었다. 오늘을 위해 백 년 가까이 조상 대대로 인고의 세월을 기다려 왔던 사람들이었다.

잠시 말없이 서로 대치하는 묘한 상황이 벌어졌다.

숙이몽이 한 걸음 앞으로 나서며 침묵을 깼다.

"원로에 수고가 많으십니다. 못 뵀던 분들도 많이 계신 것 같으니 다시 인사드립니다. 용호관 관주 숙이몽이라 합니다. 이쪽은 용호관 제자들입니다."

말은 정중했지만 태도는 당당하고 비장했다.

모두들 언뜻 대꾸할 말을 찾지 못했다.

"다시 한 번 재고해 주십시오!"

더 이상 이전과 같은 사정조가 아니었다. 숙이몽은 거두절미하고 용건을 말했다.

그는 죽음을 결심했다.

그동안 원공돈을 사려는 사람이 수차례 왔어도 제자들이 쫓아버렸다는 것을 그도 알고 있었다. 그러나 언제까지 그렇게 살 수는 없었다.

숙이몽이나 관원들 모두 이 자리에 뼈를 묻을 각오를 한 것은 같으나 기실 그 내용은 서로 달랐다.

숙이몽은 오늘 자신의 부탁이 받아들여지지 않는다면 마지막 모든 것을 바친 이곳에서 자결할 결심이었다.

그러나 관원들은 아직 혈기왕성한 나이였다. 그들은 법을 떠나서 자기들의 터전을 빼앗으러 온 이방인들을 용납할 수 없었다. 어젯밤 관주 몰래 한데 모인 그들은 내일 요구가 거절되면 늘 하던 대로 겁을 주기 위해 백건에 혈서를 써서 준비했다.

사수(死守).

물러설 곳이 없는 마지막 선택이었다.

"부탁드립니다."

숙이몽은 무릎을 꿇고 고개를 숙였다.

"사부님!"

뒤에 도열해 있던 제자들이 함께 무릎을 꿇으며 오열하듯 숙이몽을 불렀다.

"음……."

풍요립은 목소리를 가다듬었다.

쉽게 입을 열 상황이 아니기에 그로서도 말을 꺼내기가 쉽지 않았다. 하지만 누군가 나서야 했다.

"도저히 사정을 봐드릴 수가 없군요. 용호관의 사정을 알기에 다른 방도를 생각해 보려고 했지만 타협점을 찾을 수 없는 것 같습니다. 어쩔 수 없습니다."

잠시 뜸을 들이던 그는 한마디 덧붙였다.

"우리도 무척 어려운 결정이었습니다."

숙이몽은 말이 끝나기 무섭게 비틀대며 자리에서 일어섰다.

제자들도 말없이 그를 따라 일어났다.

"추태를 보였습니다."

그는 돌아서더니 자신의 제자들 얼굴을 하나하나 찬찬히 둘러보았다. 그동안 고락을 함께했던 제자들이었다.

모두 눈물을 흘리고 있었다.

숙이몽은 고개를 숙였다.

문득 작년에 죽은 아내의 얼굴이 떠올랐다. 마지막까지 자신의 결혼 패물을 팔아가며 도관을 살리려 애썼던 아내였다. 하지만 그런 아내도 무도관 식구들을 먹여 살리기 위한 힘든 노동과 마음의 병을 이기지 못하고 끝내 세상을 떠났다. 게다가 제자들이 그런 사모(師母)를 보다 못해 강도질, 도적질까지 했다는 것도 알고 있었다.

그동안 하늘을 보며 부끄럽지 않게 살아왔던 자신이 세상 풍파를 견디지 못하고 제자들까지 욕되게 했다.

한동안 침묵을 지키던 숙이몽은 돌연 풍요립을 향해 돌아서서는 검을 뽑아 자신의 배를 찔러갔다.

“사부님!”

용호문의 제자들이 오열과 함께 그를 불렀으나 아무도 숙이몽의 죽음을 막아서지는 않았다. 이미 생사를 함께하기로 마음속으로 맹세한 처지였다.

순간 무영이 숙이몽의 견정혈을 향해 살짝 지풍을 날렸다.

“억!”

자결을 하려다가 점혈을 당한 숙이몽은 원망을 가득 담은 눈으로 무영 일행을 쳐다보았다. 순간 여기저기에서 검 뽑는 소리가 들리며 용호관의 제자들이 앞으로 나섰다.

“더 이상 관주님을 욕되게 하지 마라!”

부관장인 진표가 대표로 앞으로 나섰다. 검을 뽑아 든 그의 전신에는 살기가 풀풀 넘쳐흘렀다.

“죽은 뒤에 후회하는 것보다 욕되게라도 사는 것이 낫소.”

무영이었다.

"건방진 놈! 네놈들이 무엇이기에 사부님께서 자결도 못하시게 한단 말이냐?!"

진표는 살기가 넘쳐 나는 눈으로 무영을 보며 말했다.

"당신들이 죽음에 대해 무엇을 안단 말이오? 죽는 것은 쉽지만 그때는 무엇으로도 다시 돌이킬 수 없소. 당신네 사부라는 분이 이렇게 한을 품은 채 돌아가시게 하는 것이 당신들의 소원이오?"

무영은 정말 화가 났다.

이 사람 저 사람에게 씻지 못할 아픔만 주고 죽는다는 것은 결코 좋은 선택이 될 수 없었다. 더구나 숙이몽이 이곳에서 자진을 한다면 훗날 사람들은 자신들을 욕할 것이었다.

"그까짓 흙으로 지은 집 몇 채가 뭐 그리 소중하다고 자결을 한단 말이오? 당신들이 어디 가서 힘을 모으면 언제라도 다시 지을 수 있는 집이 아니오? 다시 살아보겠다는 노력은 다하고 나서 그러는 것이오?"

진표의 눈에서 살기가 거둬졌다.

사부의 자결은 절대 원하는 바가 아니었다. 그는 어정쩡한 자세로 무영의 다음 말을 기다리고 있을 수밖에 없었다.

무영은 숙이몽을 향해 정중히 포권을 했다.

"진인사 대천명이라 하였습니다. 지금 혈도를 풀어드릴 테니 진정으로 할 도리를 다하셨다고 생각되면 자결하십시오. 그때는 말리지 않겠습니다. 그러나 그렇지 않을 것입니다. 관주님은 여기 있는 모두에게 빚을 지고 계신 것을 잊지 마십시오."

무영의 말은 어쩌면 숙이몽에게는 대안도 없는 허망한 말일지도 몰랐다. 하지만 적어도 그의 진심을 담고 있었다.

모두들 숨을 죽였다.

숙이몽의 눈빛이 흔들렸다.

아내의 얼굴이 스쳐 갔다.

"여보, 끝까지 용호관을 포기하시면 안 돼요."

그녀의 유언이었다.

어려운 가운데도 그동안 단 한 푼의 임대료도 받지 않고 수년간 원
공돈을 사용하게 해준 동금우의 얼굴도 생각났다. 그도 더 이상 빚 독
촉을 견디다 못해 섬을 팔았겠지.

제자들의 얼굴이 보였다.

진표를 제외하면 모두 혈기왕성한 젊은이들이었다. 자신이 죽으면
따라 죽을지도 몰랐다. 어쩌면 저 젊은이의 말이 맞을는지 모른다는
생각이 머리를 스쳤다. 자신도 아직 일손을 놓을 만큼 늙지 않았다.

잠시 시간이 지났을까. 숙이몽의 눈이 붉게 충혈되더니 닭똥 같은
눈물이 흘렀다.

무영은 숙이몽의 혈도를 풀어주었다.

숙이몽은 몸을 비틀거리더니 바닥에 주저앉았다.

"끄―윽, 끅."

굵디굵은 사나이의 울음소리였다.

용호관의 제자들 모두도 오열했다.

무영이 조용히 숙이몽 앞에 다가가더니 마주 보며 무릎을 꿇었다.

"관주님, 모두에게 나름대로 사정이 있습니다. 일단 마음을 가라앉
힌 후에 자세한 말씀을 나눠보고 싶군요."

숙이몽이 고개를 들었다.

한동안 무영을 응시하던 그는 제자들을 불렀다.

"손님들을 안으로 모셔라. 우리가 너무 예를 모른다 하시겠구나."

제자들이 바삐 움직였다.

모두들 어떤 희망을 기대하는 표정이었다.

"허, 그런 일이 있었구려."

풍요립이 안되었다는 듯이 탄식을 하며 말을 받았다.

흙벽돌로 얼기설기 지은 용호관 내실에 숙이몽과 진표, 그리고 무영과 풍요립, 청해삼호 등이 나무 기둥을 잘라 그 위에 판자를 올린 탁자에 마주 앉아 숙이몽의 인생 역정을 듣고 있었다.

"그동안 그래도 본인이 인망 하나는 잃지 않아 주위 여러분들의 도움으로 버텨왔지만 이곳 원공돈으로 온 이후로는 그마저 기대할 수 없었지요. 동가 친구가 아니었으면 그나마 이곳에 정착할 생각도 감히 못했을 겁니다."

숙이몽이 말하는 용호관원들은 그동안 그야말로 무도관이 아니라 개방 분타와 다름없는 생활을 하고 있었다.

밥 대신 나물 죽을 쑤어 먹었고, 낮에는 사범들이 일거리를 찾아 항주성 안으로 가서 헤맸다. 모두 십 년 가까이 용호관 초창기부터 함께 했던 제자들인지라 용호관에 깊은 정을 가지고 있기에 가능한 일들이었다.

"그럼 모산파에서 직접 무공을 배운 적은 없다는 말씀이군요?"

무영이 나섰다.

지금 곤륜파를 재건하는 데 있어서 필요한 것 중의 하나가 재능있는 인재였다.

"제 아내가 모산파에서 공부한 적이 있어 소문은 그렇게 났지만 실상은 아무런 관련이 없습니다."

숙이몽의 말에 무영이 풍요립을 쳐다보았다.

풍요립도 바보가 아니었다.

그는 무영의 의중을 짐작하고는 잠시 생각에 잠겼다.

이윽고 생각을 정리한 풍요립이 무영을 향해 고개를 끄덕였다. 숙이몽과 진표는 이들이 무언가 서로 신호를 주고받는 것을 보고는 무슨 뜻을 가지고 있는지 궁금했다.

"두 분의 인품을 믿고 말씀드리겠습니다."

풍요립은 조심스레 말문을 열었다.

"곤륜파를 아십니까?"

"곤륜파라면 들은 적이 있습니다. 옛날에 마교에 의해 멸문당했다고 알고 있습니다만."

"우리는 곤륜파 사람들입니다."

"예?"

이미 없어진 문파의 문도들이라고 하자 숙이몽과 진표는 크게 놀라고 있었다.

"우리는 곤륜파의 후예들로 이번에 다시 곤륜파를 재건하는 중입니다. 원공돈을 사들인 것도 이곳에 강절 분타(江浙分舵)를 세우기 위한 것입니다."

아직 상대의 의중을 모르는지라 숙이몽은 조용히 듣기만 했다.

"비밀스럽게 일을 진행하다 보니 어려움도 많고 부족한 점이 한두 가지가 아닙니다. 그중에서도 우리가 충분한 세력을 떨칠 수 있을 만큼의 문도들을 모으는 일이 가장 어렵더군요."

풍요립은 말을 멈추고 가만히 숙이몽을 응시했다.

이쯤 하면 자신이 할 말을 알아들었을 터였다. 이미 비밀로 진행하
는 일을 밝힌다고 말했다.

숙이몽과 진표는 얼굴이 굳어졌다.

그들은 풍요립의 말이 무엇을 의미하는지 알아들었다.

숙이몽은 눈을 지그시 감고 생각에 잠겼다.

강호의 명문대파에 소속되는 것은 대부분 무림인들의 바람이었다.
그러나 그 문턱은 높고 험해서 아무나 받아들이지 않았기에 명문거파
들의 제자가 되는 것은 정말 하늘의 별 따기였다.

그들은 미처 십여 세가 되기 전 아이들 중에서 근골이 좋고 두뇌가
명석한 아이들을 골라 엄격한 심사를 통해 오랜 기간을 살펴본 뒤 입
문을 허가하여 무공을 수련시켰다.

하지만 일단 입문이 되었다고 끝이 아니었다. 기초적인 무예만 가르
치며 다시 상당 기간 관찰을 한 후에 자질이 안 되면 사정없이 내쳤다.
그런 관문을 지나 살아남은 아이들에게는 각 파 비전의 비법으로 만든
영약과 정통 내공심법으로 몸을 다져 주고 절예를 가르치는 등 온갖
혜택이 주어졌다.

그렇게 무공을 배운 그들이 나중에 강호에 출도했을 경우 일반 도관
출신들과 질적으로 큰 차이를 보이는 것은 당연했다.

'새옹지마(塞翁之馬).'

숙이몽의 뇌리에 퍼뜩 그 말이 스쳤다.

기회라면 너무나 좋은 기회였다.

어차피 자신과 제자들은 갈 곳도 없는 처지였다. 하기는 그러니 상대도 비밀을 털어놓으며 제안을 하고 있는지도 몰랐다.

'당연히 가입을 확신하고 하는 말이겠지.'

숙이몽과 진표의 눈이 마주쳤다.

눈빛만으로도 서로를 알 수 있는 오랜 인연이었다.

"그토록 저희 용호관 사람들을 높이 평가하시니 몸 둘 바를 모르겠습니다. 저희들에게도 기회를 주신다면 새로운 인생을 살아보고 싶습니다."

숙이몽 자신이 생각해도 약간 떨린다는 느낌이 들 정도로 말이 나왔다. 혹시 자신이 상대의 의중을 잘못 이해하고 답했는지도 모른다는 생각마저 들었다.

그의 말이 끝나기 무섭게 풍요립을 비롯한 사람들이 일제히 일어나 숙이몽과 진표의 손을 맞잡았다.

"반갑소. 함께 노력해 봅시다."

풍요립의 입장에서도 어느 정도 무공이 가능한 인물이 많이 필요했는지라 기쁜 마음으로 새식구를 맞았다.

그 소식은 이내 원공돈 전체에 퍼져 나갔다.

용호관 제자들은 그 소식을 듣고 반신반의했었다. 그러나 이내 사람들을 소개하는 자리가 마련되고 모든 사실들이 확인되자 모두들 이 꿈 같은 행운을 자축했다. 밤을 새워가며 죽음까지 고민했다가 오히려 명문정파의 문하생이 되었으니 그 기쁨은 이루 말할 수 없었다.

풍요립은 곤륜파의 현재 사정을 설명하고 비밀을 지킬 것을 당부하였다. 그리고 은자를 풀어 술자리를 마련했다. 나루터에는 대낮부터 술동이를 실은 거룻배들이 연신 들락거렸고 원공돈은 섬 전체가 기쁨에 들썩였다.

풍요립은 숙이몽을 곤륜파 강절 분타주에 임명했다.

진표는 부분타주로 하고 나머지 관원들에게도 분타 당주 등 각각의 직급을 내렸다.

장문인에게 차를 올리는 조촐한 입문식이 거행됐다.

풍요립은 늘어난 문도들을 내려다보며 장문인으로서 위엄이 가득한 일장 훈시까지 했다.

형식적인 절차가 마무리되자 수뇌부들은 별도로 모여 술을 마시며 원공돈에 지을 건물에 대해 말을 나눴다.

"건물은 신기문(神奇門) 사람들에게 맡기는 것이 좋을 듯싶습니다. 중원에서 그들만큼 제대로 건축물을 지을 수 있는 사람들은 없을 겁니다."

숙이몽이 말했다.

그는 현재 이 자리에 모인 사람들 중 강호에 대해 가장 해박한 지식을 가지고 있었다.

모두들 고개를 끄덕였다.

"신기문은 남경에 있으니 여기서 사람을 보낸다면 수일 안에 일을 시작할 수 있을 것입니다. 규모가 만만치 않은 만큼 그들도 기꺼이 일을 맡으려고 할 겁니다."

숙이몽은 다들 자신의 말에 동의하자 덧붙여 자세히 말했다.

원래 장인들은 명작품을 남기고 싶어하는 법이니 신기문에서 수만 냥짜리 큰 공사를 마다할 리 없다는 것이 그의 생각이었다.

"그럼 그 일은 분타주가 알아서 하도록 하시오."

풍요립은 장문인으로서 첫 지시를 내렸다.

다음날 무영은 장사를 시작해 보려고 소주로 향했고 진표는 신기문으로 떠났다.

소호숙 천하족(蘇湖熟 天下足).

강남 땅을 이르는 여러 말들 중에 하나였다.

이곳 농사가 잘되면 천하가 족하다는 말이 나올 정도로 강남은 중원 농사의 중심지였다. 하지만 강남이 미곡만을 생산하던 시대는 이미 지나갔다.

영세한 농민들은 농사만으로 먹고살 수가 없었고 집안을 꾸리기 위한 보충 수입이 필요했다.

사람들은 조그만 자투리 땅에도 예외없이 상(桑:뽕나무)과 목면(木棉: 면화)를 재배하기 시작했는데, 홍무제가 의류(衣類) 생산의 자급을 위해 전국 농민에 대해 상과 마, 목면 등을 일정 구간 이상 심을 것을 황명으로 지시한 이래 날로 그 재배 면적이 늘어났다.

기후 조건이 좋은 강남은 특히나 그 재배가 왕성하게 늘어났는데 그렇다고 소농들의 수입이 크게 늘어난 것은 아니었다.

온 집안 식구들이 밤낮없이 매달려 짠 비단이나 면으로 생산된 의류는 시중 점포에서 관리나 부자들을 상대로 고가에 팔리고 있었지만 그 이윤은 고스란히 중간상이나 전주들의 주머니로 들어갔기 때문이다.

수탈을 당하는 영세 농민들은 포상(布商:면포 상인)을 살장(殺莊:살인 점포)이라 불렀고 사행(絲行:생사 상인)을 사귀(絲鬼:실 귀신)라 불렀다.

아무리 많은 일을 해도 그 결과는 항상 쥐꼬리처럼 빈약한 수입으로 나타났기에 농민들의 시름은 그들이 하는 일의 양만큼이나 깊어갔다.

며칠 돌아다녀 보았지만 마땅히 이거다 하고 눈에 띄는 것을 찾지 못한 무영은 무료하게 객잔에서 시간을 죽였다

마땅히 할 일을 찾지 못한 무영이 객잔에서 비파를 구해 심심파적으로 마치 기타를 치듯 퉁겨가며 연습을 하고 있는 것을 본 막혜가 보기에 딱했는지 옷감 장사를 권했다.

"그러니까 저보고 비단 장사를 하라는 말입니까?"

비단 장사 왕서방이 되라는 막혜의 말에 심드렁한 표정으로 무영이 되물었다.

이틀 간 원공돈에 매달렸던 무영이 무엇을 하면 좋을까 하고 방법을 찾던 중 막혜에게 자문을 구하니 비단을 짜서 파는 상인이 되라고 했다.

"비단 장사를 하기 싫으면 면포 상인이 되는 것도 괜찮아요."

'그게 그거지.'

"다른 업종은 없나요?"

"장 공자께서는 면포나 비단에 대해 선입견을 가지고 계시는군요.

그런 의류 계통 상인들의 일 년간 수입이 대충 얼마나 되는지 알고 계세요?"

무영은 여전히 관심없는 듯한 눈치를 보였다.

"연간 십수만 냥 이상 버는 포상(布商:직물 상인)들이 소주부(蘇州府)만 해도 수십이나 되지요."

"허걱!"

수십만 냥이라는 말에 무영의 눈이 커졌다.

중원 전체를 통틀어도 재산이 백만 냥 이상 되는 부호는 손으로 꼽을 정도라는 것은 무영도 잘 알고 있었다. 그런데 일 년에 십수만 냥이란다. 그것도 한 부(府)에 수십 명이나.

"정말요?"

"호호호, 속고만 사셨나요? 하지만 객상(客商:외지 상인)에 대한 경계가 심해 자리 잡기가 쉽지는 않을 거예요."

"그럼 어떻게 하면 되지요?"

무영이 의자를 끌어 막혜 쪽으로 바싹 다가앉으며 물었다.

이럴 때는 그저 아무것도 모르는 척하고 하나라도 많이 배워두는 것이 수였다.

"글쎄요, 저도 자세한 것은 몰라요. 하지만 사업을 할 사람이 몸으로 뛰면서 알아보는 것이 순서 아닐까요?"

막혜의 따끔한 한마디였다.

중원 어딜 가나 물정에 제일 밝은 사람은 객잔이나 주루의 점소이였다. 아무리 막연하고 어렵게 느껴지는 일도 점소이 손에 동전 몇 문을 쥐어주면 해결 방법이 나왔다.

오강현(吳江縣) 사람인 시복(施復) 역시 그런 간단한 수고를 통해 소개받았다.

시복은 무일푼이었다.

"왜 저 같은 사람을 부르셨는지 모르겠군요. 가진 것이라고는 거시기 두 쪽이 전붑니다."

무영이 비단에 대해 알고 싶다고 하자 점소이가 먼 친척이라며 소개한 시복이 처음 무영을 만나 한 말이었다.

시복은 집에서 누에를 키우기부터 비단을 짜는 모든 일에 종사했던 사람이었지만 결국 중간상들의 농간에 말려 늘어나는 빚에 일손마저 놓아버렸다.

"농민들은 매월 이삼 할의 고리채를 얻어 누에 종자 장사꾼인 잠종행(蠶種行)으로부터 잠종(누에 종자)을 사서 힘들게 누에 농사를 짓습니다. 온 식구가 밤늦도록 모여 앉아 실을 뽑으면 곧바로 생사(生絲) 중간상인 사행(絲行)들에게 헐값에 팔지요."

"왜 헐값에 내다 팔아요?"

"봄 농사철하고 중복이 되기 때문에 농사지을 자금이 필요한 농민들은 어쩔 수 없지요. 게다가 잠종을 사느라고 빌린 고리대금도 빨리 갚아야 하고요."

"사행들은 생사를 누구에게 팝니까?"

"다시 농민들에게 되팔지요. 농한기가 되면 일손이 노니까 헐값에 팔았던 생사를 되사서 견(絹:명주)을 짭니다."

"농민들이 판 것을 다시 그 농민들이 산다고요?"

"다들 그렇게 할 수밖에 없어요. 목구멍이 원수지요."

"악순환이군요."

"어쩔 수 없어요."

"그럼 사행들은 싼값에 산 생사를 한철 보관했다가 다시 농민들에게 비싸게 되팔아 이문을 남기겠군요?"

"그놈들이 하는 일은 그게 답니다."

무영의 머리가 오랜만에 팽이처럼 돌았다.

"오강현에 그런 농민들이 몇이나 됩니까?"

"전부 다요. 오천은 족히 될 걸요?"

당장 몇만 냥은 족히 있어야 움직일 수 있는 거래였다.

무영은 일단 시복을 돌려보낸 후 변대길 앞으로 편지를 썼다.

백문호에게 연락을 해서 학관 수익금 중 무영 몫의 수익을 전표로 바꾸어 인편으로 보내달라는 내용으로, 하오문 분타를 찾아 영패를 보이고 편지를 전서구에 묶어 날렸다.

하지만 아직도 충분한 자금을 모으려면 멀었다.

무영은 남괴를 찾았다.

"좋은 사업이 있어요. 투자 좀 하시죠."

"뭐냐?"

"옷감을 만들어 파는 일을 하려고 해요."

"기껏 궁리한다는 것이 옷감 장사냐?"

"일 년에 수십만 냥씩 버는 사람들이 수두룩하대요."

십수만 냥을 수십만 냥으로 바꾸어 말했다.

"누구한테 사기당하는 것 아니냐?"

"막혜가 그러던데요."

"얼마면 되겠냐?"

남괴가 동생보다 막혜를 더 신용한다는 슬픈 사실을 알았지만 어쨌든 남북쌍괴에게 사업 자금을 구해오라고 내보냈다. 그곳이 도박장이라는 것은 뻔했다.

"한 달 후에 보자."

남괴는 마치 큰 사업이라도 하려는 사람처럼 의기양양하게 도박장 순례를 떠났다.

시복이 다시 찾아왔다.

그의 일당은 하루 동전 오백 문이었다. 누에가 비단으로 바뀌어 판매되는 과정을 설명하고 그 돈을 챙기는 것이었다.

하지만 무영은 그 돈이 조금도 많다고는 생각하지 않았다. 뭐든지 후하게 해주면 상대도 그만큼 대가를 내놓을 것이 틀림없다는 생각이었다.

시복은 항상 값어치를 했다.

"지금은 이미 늦었습니다. 생사를 사다가 비단을 짤 때지요. 농민들이 손으로 짜는 비단은 품질이 떨어집니다. 요새 진짜 큰돈을 만지는 사람들은 비단 짜는 직기를 가진 기호(機戶:직기 소유자)들입니다. 예전에는 돈을 가지고 일꾼을 고용한 작방주(作坊主)들이 일꾼 수십 명을 부려 손으로 비단을 짜게 해서 돈을 벌었는데, 요즘은 좋은 직기가 나와서 상인들도 직기로 만든 비단을 훨씬 더 쳐줍니다."

"직기가 얼맙니까?"

무영은 한번 해보기로 결정했다.

직공 경력이 있는 시복은 다음날 좋은 직기를 하나 구입할 수 있었다. 생사를 살 돈도 따로 받았다.

"반타작입니다."

수백 냥을 투자한 무영이 말했다.

별 생각 없이 투자한 것은 실패나 성공을 떠나 비단 생산에 관한 모든 과정을 몸으로 체험하기 위해서였다.

매일 저녁 객잔으로 돌아오는 섬서 상방 상인들의 표정이 그리 밝지 않았는데 날이 갈수록 그들의 얼굴에서 자포자기하는 듯한 인상을 풍겼다.

그날 저녁에도 막혜가 지친 표정으로 무영을 찾았다.

"휴, 이제 섬서 상방은 정말 끝장난 것 같아요."

씩씩한 여장부같이 일처리를 해오던 막혜도 며칠 사이 몸이 무척 수척해진 것이 완연했다.

"일이 잘되지 않는 모양이군요."

"지난 가을에 가죽을 가져다 판매한 대금이 회수가 잘 되지 않고 있어요. 휴, 그걸 받아야 서안에다 내다 팔 물건을 구입해 갈 수 있는데."

막혜가 한숨을 쉬어가며 말했다.

중원의 여러 상인들 중에서도 섬서 상방의 판매 방식은 독특했다.

장거리 운송 판매가 주특기인 섬서 상방 상인들은 연환매(連環賣)라는 특이한 방법으로 물건을 팔았는데, 봄에 외상으로 물건을 가져다 주고 그해 가을에 다시 들러 새로운 물건을 맡긴 후 다음 해 봄에 맡긴 물건의 외상 대금을 받아가는 방식이었다.

그런데 이번에는 서안에서도 수금을 제대로 하지 못한 까닭에 장사를 할 만한 물건을 가져오지도 못했고 가진 은자가 없으니 가져다 팔 비단이나 면포를 구입할 수도 없었다.

막혜를 중심으로 상인들 모두 머리를 맞대고 해결책을 모색했지만 뾰족한 방법이 없었다.

이곳 좌고(坐賈:점포를 가진 상인)들도 귀는 뚫렸는지라 섬서 상방이 망했다는 소식에 외상 대금을 미루기만 하고 줄 생각을 하지 않았다. 하기는 본거지라고 할 수 있는 서안에서도 그랬으니 객지인 이곳은 말해서 무얼 하겠는가?

원래 망하는 집구석에는 빚쟁이들만 찾고 돈을 줘야 할 놈들은 자취를 감추는 것이 세상 인심이니 딱히 누구를 탓할 수도 없었다.

그래도 이런 상황을 미리 예상해 어떻게든 해보려고 빌려온 은자가 약간이라도 남아 있는 사람은 조금씩 물건을 샀지만 정상적인 상행(商行)의 오 분지 일에도 못 미치는 적은 수량이었다.

무영도 마땅히 도울 방법이 없어 내심 안타까웠다.

문득 품속에 있는 염인(鹽引)에 생각이 미쳤다.

황 행두가 북경에서 맡긴 것이었다. 달운에게 듣자니 황 행두는 그 처분을 자신에게 맡겼다고 했다.

'음, 그동안 보호를 해주어 고맙다는 성의인가?

하지만 생각해 보니 그것도 아닌 것 같았다.

뭔가 찜찜했지만 어차피 사업을 벌이기에는 주머니가 달랑거리니 한밑천 마련할 필요가 있었다.

"무슨 생각 하세요?"

혼자 있는 무영의 얼굴 표정이 이리저리 변하자 막혜가 물었다.

"아, 아닙니다. 일이 풀리지 않는다니 저도 걱정이 돼서요."

공연히 미리 말했다가 일이 잘못되면 실망만 줄 수 있다는 생각에 염인에 관해서는 입을 닫았다.

"휴, 제가 공연히 마음만 심란하게 해드렸군요."

막혜는 한숨과 함께 자리에서 일어났다.

"혹시 소금 거래를 잘 아는 사람이 있습니까?"

"소금 거래요? 혹시 지난번에 황 행두님이 주셨다는 염인 때문에 그러시나요? 염전에서 받아주지 않는 것으로 알고 있는데."

막혜에게는 서안에서 배를 타고 오며 염인에 대한 얘기를 한 적이 있었다.

"그냥 알아보려구요."

아직 마땅히 할 말은 없었다.

"그 문제라면 전에 우리 상방 회원으로, 양주(揚州)에서 염상(鹽商)을 하다가 산서 상방에 밀려 끝내 망해 버린 영후발(榮後勃)이라는 분이 계세요. 항주 공소에 소속되어 있다가 지난번 공소가 문을 닫자 지금은 술로 세월을 보내고 있다 하더군요. 전 같으면 서로 도울 수 있을 터인데 지금은 나설 사람조차 없어 가슴이 아파요."

막혜의 조언으로 영후발을 만난 것은 다음날 오후가 다 되어서였다. 영후발은 오십이 다 되어가는 중년의 나이였는데 연이은 사업의 실패로 술만 마시다가 몸이 많이 망가진 상태였다.

"양주 소금이 좋기는 한데 지금 그쪽은 진상(秦商:산서 상방) 소속의 염상들이 염전 거래를 장악하고 있어 다른 상인들은 발도 붙일 수 없습니다. 염인이 있어도 염전에서 소금으로 바꾸어주지 않으니 소용없지요."

"관아에서는 뭐라고 하나요?"

"한통속인데 무슨 말이 필요합니까?"

곰곰이 생각하던 무영은 다음날 영후발과 조씨 오 형제를 대동하고 양주로 갔다.

양주는 소주에서 물길로 삼사 일이면 도착할 수 있는 거리였다.

여러 개의 운하가 서로 맞닿아 있는 양주는 황하와 장강을 잇는 수로의 다리 역할을 하는 곳이기도 했다.

소금이 주 산물인 이곳 양주의 나루터에서는 하루 종일 크고 작은 배들이 소금을 실어 남북으로 날랐다.

양주에 도착한 무영은 조씨 오 형제를 시켜 황제의 명으로 어사(御使)가 파견되어 양주 염전의 비리를 은밀히 조사한다는 소문을 내게 했다.

소문의 내용은 산서 상방과 관청, 그리고 염전이 작당하여 다른 상방의 염인을 받지 않는 불공정한 행위를 엄정히 조사하는 중이라는 것과 조사가 끝나면 관련자들을 황제께 고하여 일벌백계로 다스린다는 것이었다.

조일에게는 은밀히 소금을 실을 배를 수배해 두도록 하는 한편, 그동안 염상들에게 소금을 사갔던 중간상들을 접촉해 소금을 살 의향이 있는지를 알아보도록 했다.

무영은 이곳저곳 사람이 많이 모인 곳에 가서 염상들의 부정에 대해 탐문을 했다. 마치 소문이 사실인 것처럼 분위기를 조성하려는 행동이었다.

마음먹고 내는 것이라 그 소문은 하루가 채 가기 전에 양주 성안이 퍼져 소금이 주요 산물인 양주 성안은 크게 떠들썩했다.

"자네 들었나?"

"무얼 말인가?"

"염전 비리에 대해 황제 폐하께서 특별 조사를 명하셨다는군."

“그게 사실인가?”

“관아와 염전, 그리고 염상 주변을 탐문하고 있다는 소문이 성안에 파다하네.”

“음, 그동안 염상들의 비리가 심하기는 했지. 하지만 어디 조사관이 나온 것이 한두 번인가? 이번에도 적당히 엄포만 주다가 뒷구멍으로 한 보따리 챙기고 떠나겠지.”

“며칠이 되었는데 아직 얼굴도 내밀지 않고 조사만 하는 것으로 보아 그게 아닌 모양이야? 게다가 조정에서 파견된 관리들이 뜨면 미리 접대 준비를 소홀히 하지 말라고 통보를 했기에 역참(驛站)에서도 바쁘게 움직이는 것이 보통인데 이번에는 그런 기척도 없질 않았나? 아무래도 황제께서 단단히 노하신 것이 틀림없어. 어째 그동안 너무 심하다 했지.”

“음, 그럴지도 모르겠군.”

관리들은 목을 움츠렸고 염전에서는 염상들에 대한 소금 출고가 일시적으로 중단됐다.

그러나 그동안 산서 상인들에 밀려 다른 상방의 상인들은 소금 구입을 엄두도 내지 못했던 처지라 창고마다 미처 출고되지 않은 소금이 곳곳에서 산을 이루었고, 운송할 소금이 없는 소금 운반선들은 부두에 발이 묶여 길게 늘어섰다.

“이걸 가지고 가서 소금을 달라고 해보세요.”

무영은 이만 냥 값어치의 소금을 받을 수 있는 염인을 영후발에게 주며 말했다.

“아니, 이렇게 많은 염인이?”

영후발이 깜짝 놀랐다.

"만일 염전에서 소금을 주지 않거든 양주에 와 있는 어사에게 직소하겠다고 하세요."

노련한 장사꾼 경력의 영후발은 무영의 말뜻을 알아들었다.

이만 냥 어치의 염인은 엄청난 양이었다.

무영은 영후발의 안전을 위해 조씨 오 형제를 대동시켰다.

영후발은 그 즉시 염전을 돌았다.

과연 무영의 예측대로 염전에서는 아무런 말도 없이 소금을 내주었다. 염전 입장에서도 며칠 동안 생산한 소금이 이미 창고를 넘쳐 야적(野積)까지 하는 상태라 비라도 오면 큰일이었다. 게다가 관청에서 은밀히 사람이 와서 산서 상방에는 당분간 소금을 출고하지 말라는 지시까지 와 있었다.

출고된 소금은 그동안 조일이 교섭해 두었던 중간상들에게 그 자리에서 팔렸다. 중간상들은 휘주(徽州)에서 온 객상(客商)들이 대부분이었다. 그들은 평소 산서 상방에 소속된 염상들에게서 소금을 구입했는데 염상들이 빈손이 되어 그렇지 않아도 며칠째 소금을 구하지 못해 발만 구르고 있었다. 그들은 소금이 나오자 앞을 다투어 매입해 갔다.

휘상(徽商)들은 예전에는 염전과 직접적인 거래를 시도했지만 염방의 기세에 눌려 염방에서 소금을 받는 중간 상인의 역할밖에 하지 못하고 있었다.

소금 값은 시세대로 받았어도 눈 깜짝할 사이에 이만 냥에 만 냥이 더 붙었다.

다음날 영후발을 통해 다시 이만 냥어치의 염인을 돌렸다.

이번에는 산서 상인들의 입김이 들어갔는지 염전에서도 호락호락하지는 않았다. 하지만 어사에게 직소하겠다는 엄포에 어쩔 수 없이 소금을 내놓았다.

영호발이 인수한 대부분의 소금은 객상들에게 팔려갔고 남은 것은 미리 수배해 둔 배에 실었다. 이문이 두 배는 족히 된다는 영후발의 말에 소주나 항주에 가서 팔려는 것이었다.

쾅!

보고를 받은 양주 염방(鹽幫) 방주 겸 산서 상방 대행두(大行頭) 여인중(呂絪仲)은 탁자가 부서져라 주먹으로 내려쳤다.

"그럼 놈들이 다 한패거리라는 말이냐?"

"그렇습니다. 오늘 나루터에서 모두 같은 배를 타고 떠났다 합니다. 그중 한 놈은 전에 섬서 상방에서 염상을 하던 영후발이라는 놈이라 쉽게 알아볼 수 있었는데 다른 여섯 놈은 모르는 놈들입니다. 한 놈은 조사를 하는 척하고 다른 다섯 놈들이 헛소문을 내서 우리 상방의 소금 구입을 막았습니다. 대단한 놈들입니다."

"행선지는 어디라더냐?"

"밝히지 않았다고 합니다. 다섯 척 모두 남쪽으로 향했고 영후발이 양주를 떠난 후 한동안 소주에서 일한 경력이 있다는 말이 들리는 것으로 볼 때 그쪽일 가능성이 높습니다. 그렇지만 다른 곳도 배제할 수는 없습니다."

그는 혹시라도 다른 곳으로 샜을 경우 자신이 그 책임을 지고 싶지는 않았다.

"나루터를 떠난 지 얼마나 되었느냐?"

"놈들이 배를 타는 것을 보고 곧장 달려왔다고 하니 일각도 되지 않았을 것입니다."

"비익선(飛翼船)을 있는 대로 띄워 그 배를 추적한다. 놈들을 죽여 버리고 소금을 판 돈과 남은 소금을 빼앗아라. 만약 여의치 않으면 모조리 강에다 수장시켜 본보기를 보이겠다."

여인중은 옆에 놓인 대도를 집으며 일어섰다.

수하는 신속히 밖으로 내달았다.

쾌속선으로 따라가면 한 시진이면 충분히 따라잡을 수 있었다.

'괘씸한 놈들, 잠시만 기다려라.'

여인중이 애써 분을 삭여가며 나루터로 향했다.

양주는 염방의 아성이었다.

여인중의 말이 떨어진 지 채 반 시진도 되기 전에 일곱 척의 비익선이 나루터에 집결했다. 각 배마다 이십여 명의 건장한 무사들이 도검으로 무장한 채 속속 배에 올랐다. 나루터나 항구에서 하역을 업으로 하는 청방(青幇) 소속의 무사들과 염방의 무인들이었다.

염방의 의뢰에 따라 소금 운송을 하는 양주 청방의 무사들은 악어와 악어새만큼이나 서로 필요한 존재이기에 항상 같이 움직였다.

"출발."

여인중의 말과 함께 북소리가 울려 퍼지며 쾌속선들이 나는 듯이 물살을 갈랐다.

무영은 소금을 실은 다섯 척의 운반선과 함께 소주로 향했다.

"아무래도 너무 욕심을 부린 것 같습니다."

출발한 지 얼마 되지 않아 뱃머리에 나란히 선 영후발이 말했다.

"무슨 소립니까?"

"나루터에서 염방 소속의 정탐꾼 몇을 보았습니다. 전에 보았던 놈이라 서로 얼굴을 기억하고 있는 놈들이지요. 아마도 추적이 있을지 모르겠습니다."

주변을 의식한 나직한 말투였다.

"추적이 있다면 어디서 조우할 가능성이 높습니까?"

"놈들이 비익선을 이용한다면 장강 본류에 있는 진강(鎭江)에 도착하기 전일 것입니다. 진강까지 갈 수만 있다면 그곳은 관선들이 오가니 놈들도 함부로 공격하지 못하겠지만 이렇게 소금을 잔뜩 싣고는 비익선을 따돌릴 수 없습니다. 게다가 이 배도 양주 청방 소속의 운반선이니 만약 추적을 당한다면 양주 청방과 염방의 관계로 보아 선장도 우리에게 협조를 하지 않을 겝니다."

"가장 빠르게 추적을 한다면 몇 시진이나 걸리겠습니까?"

지금 무영은 소금 판 대금을 모두 전표로 받았다. 모험을 할 필요는 없었다.

"한 시진 안쪽입니다."

무영은 다섯 척의 배를 가까이 접근하게 지시를 한 후 조씨 형제를 불러 모았다.

그들은 배가 천천히 나가면서 가까이 붙자 가볍게 몸을 날려 무영의 뱃전에 내려섰다.

"조일, 청방과 운송 계약은 어떻게 되어 있느냐?"

"행선지는 배를 탄 후에 우리가 써넣어 선장의 압인(押印:서명)을 받으면 모든 운송 책임은 청방에서 지게 되어 있을 뿐입니다. 단지 이 배로 대해로는 나갈 수 없다는 조항이 포함되어 있을 뿐입니다. 소주 선착장 행 화물이라는 압인은 배를 타자마자 각자가 배의 선장들에게 받아두었습니다."

조씨 형제들은 각 배의 선장들의 압인이 찍혀 있는 물표를 꺼내 무영에게 주었다.

'똑똑한 녀석들.'

조씨 형제들은 맡은 일을 깔끔하게 처리해 두고 있었다.

몸만 탈출하면 소금에 이상이 생기더라도 후에 물표를 가지고 청방에 책임을 묻고 배상을 청구할 수 있다는 말이었다.

무영이 탄 한 척의 배에는 소금이 거의 실리지 않아 더 빨리 달릴 수 있지만 다른 배와 보조를 맞추기 위해 속도를 늦추고 있는 것뿐이었다. 무영은 선장을 불렀다.

"급한 일이 생겨 우리 배만 빨리 가야 할 것 같소. 이 배의 운임을 두 배로 줄 테니 최대한 빨리 가주시오.

선장은 이게 웬 횡재냐 싶은지 급히 선부들에게 지시를 하고는 다른 배에도 먼저 가겠다는 수신호를 보냈다.

배는 이제까지와는 전혀 딴판으로 힘차게 물살을 갈랐다.

무영은 수부들이 노를 젓는 곳까지 찾아가 소리쳤다.

"최대한 빨리 가준다면 여러분에게 개별적으로 은자 다섯 냥씩을 드리겠습니다. 최선을 다해 힘을 내주십시오."

선임을 두 배로 주는 것은 선장에게만 이득이 있으니 선장이 고함을 질러가며 애를 써도 요령을 피우는 놈이 있게 마련이었다. 하지만 무영의 이 한마디에 배는 또다시 가속이 붙었다.

은자 다섯 냥이면 한 달은 풍족히 쓸 수 있는 액수였다.

선장은 목청이 쉴 정도로 소리를 질러가며 수부들을 독려했다.

돛이 바람을 찾아 이리저리 방향을 바꾸었고, 노꾼들은 땀으로 목욕을 해가며 노를 저었으며 조타수도 물길의 흐름을 살펴가며 혼신의 힘을 다했다.

무영이 탄 배는 순식간에 물줄기를 타고 내려가 다른 배들이 보이지 않게 되었다.

'허, 젊은 사람이 일을 하는 솜씨가 정말 대단하구만.'

영후발은 무영의 일처리와 사람 부리는 솜씨에 감탄했다.

그들이 탄 배가 진강 어귀에 도착한 시각은 예상했던 것보다 한 시진 이상 더 빨랐다.

"쾌속선이 부럽지 않은 속도였습니다."

영후발이 말했다.

"돈이면 귀신도 부릴 수 있다지 않습니까?"

일행이 탄 배는 이미 장강을 건너 진강의 북고산(北固山)을 돌아들어 운하로 접어들었다.

여기서부터 소주까지는 운하로 갈 수 있었다.

운하를 오가는 배들이 많아 줄을 지어 일정하게 지나다니기 때문에 일단 내륙의 물길로 접어들면 추격은 불가능했다.

그 시각에 여인중은 뒤에 처진 네 척의 소금 운반선을 따라잡았다.

"네 척뿐이지 않느냐?"

한 척이 보이지 않자 여인중이 옆의 수하를 쏘아보며 물었다.

"분명히 다섯 척이라고 들었습니다."

"혹시 너희 놈들이 잘못 본 것이 아니냐?"

대답을 하는 수하의 얼굴도 흙빛이 되었다. 이런 살벌한 분위기에서는 사소한 실수도 큰 화근이 되는 법이었다.

"멈추라고 해라."

여인중의 지시에 따라 화전이 쏘아 올려졌다.

이미 비익선 뱃머리에 양주 청방의 깃발을 달았기에 앞서가던 운반 선에서도 이쪽을 주시하고 있던 터라 화전을 쏘아 올리자 곧 배들이 강 위에 멈추었다.

비익선들이 날렵하게 운반선들의 좌우에 붙고 여인중을 필두로 무기를 든 무사들이 배 안으로 쏟아져 올랐다.

"무슨 일이십니까?"

여인중을 알아본 선장이 물었다.

염방의 인물들이 배 안을 둘러보아도 소금을 사갔다는 놈들이 보이지 않자 여인중이 선장에게 물었다.

"놈들은 어느 배에 있느냐?"

"다른 배로 먼저 떠났습니다."

여인중의 안면 근육이 씰룩댔다. 필경 미리 눈치 채고 튄 것이 틀림없었다.

"그놈들이 탄 배는 지금 어디쯤 갔을 것으로 보이느냐?"

계속되는 반말에 선장의 표정이 묘해졌다.

같은 소속도 아닌데 나이도 아래인 놈에게 반말을 들어야 한다는 것이 못내 기분 상했지만 양주 청방의 큰손인 염방의 대행두 여인중에게 그걸 따질 수는 없었다.

"소금 운반선이 그렇게 빨리 달릴 수 있다는 것은 선장인 저도 오늘 처음 알았습니다. 마치 나는 듯이 달렸으니 지금은 벌써 진강을 지났다고 봐야겠지요."

저도 모르게 말투가 약간씩 비틀려 나왔다.

"진강이라고 했느냐?"

여인중은 깜짝 놀라 반문했다. 하지만 선장은 똑같은 소리를 두 번이나 할 필요가 없다는 듯이 입을 다물어 긍정의 표시를 했다.

진강까지 갔다면 이미 잡기는 틀린 노릇이었다. 염방이 무소불위(無所不爲)의 힘을 미칠 수 있는 곳은 양주에 장강이 만나는 지점까지가 전부였다. 여인중은 배에 남은 염(鹽)이라도 챙겨야겠다고 생각했다.

"놈들의 소금은 우리가 압류하겠으니 그리 알아라."

"예?"

"못 알아들었나? 놈들의 염을 우리가 가져가겠다는 거다."

"저… 그렇다면 여 행두님이 이 화물의 물표(物標)를 받아 가지고 계신지요?"

선장은 여인중이 생으로 소금을 강탈하려고 하자 기가 막혔는지 심드렁한 말투로 물었다.

"뭐라고? 물표?"

여인중은 순간적으로 뒷골이 땡기는 것을 느꼈다.

그렇지 않아도 풍기가 있으니 흥분을 삼가라는 의원의 충고를 들은 터였다.

"물표가 없으면 곤란한데요."

선장은 '별소리를 다 하십니다요' 하는 말투다.

"……."

여인중은 말을 잊었다.

맞는 말이었다. 비록 양주 염방의 운송물이 많은 큰 고객이라 청방이 염방의 일에 단단히 협조를 하고 있기는 하지만, 청방이 운송 중인 다른 화주의 물건을 물표도 가지지 않은 여인중이 달라고 할 만큼 수직적인 관계는 아니었다.

여인중에게 물표도 없이 물건을 내준다면 그 책임은 청방이 뒤집어써야 했다.

'물표를 줘야 소금을 주지 나중에 물주가 물표를 들고 와 소금을 달라고 하면 내 배 팔아서 주냐, 이 개자식아?'

말은 하지 않았지만 여인중을 보는 선장의 시선은 정말 세상 물정도 모르고 한심하게 군다는 투였다.

여인중이 주변을 둘러보니 선장을 위시한 수부들은 물론이고 자신의 뒤를 따라와 배에 올랐던 몇몇 청방의 인물들까지 무표정한 얼굴로 자신의 입만 지켜보고 있었다. 그의 체면을 보아 지금은 입을 닫고 있지만 청방이 책임져야 할 일을 하면 가만있지 않겠다는 무언의 표시였다.

자신의 직속 부하들인 양주 염방 소속 무사들도 그런 분위기를 눈치챘는지 방어적인 자세를 취하고 있었고 갑판 위는 어느새 두 패로 갈리는 듯한 모양새였다.

하지만 여인중의 염방 무사들조차도 마뜩찮은 표정을 짓고 있는 것이, 그가 무슨 말도 되지 않는 소리를 해서 불필요한 충돌을 일으키고 있다는 은근한 불만의 표시였다.

'나, 물 먹었다.'

숨이 가빠왔다.

이상하게 몸이 무겁게 느껴지며 마음먹은 대로 움직여 주지 않았다.

대낮인 줄 알았는데 갑자기 하늘이 캄캄해지더니 무수한 별들이 반짝이며 그의 주변을 맴돌았다.

'어, 어? 왜, 왜 이러지?'

하지만 그 말은 입 안에 맴돌 뿐이었다.

　쓰러질 듯 비틀대는 그를 보고 수하들이 황급히 그를 붙잡아주었건만 여인중의 몸은 그대로 늘어졌다.
　여인중은 그 외중에 몸이 좋지 않아 며칠 전 다녀간 의원의 충고가 떠올랐다.

　"허어, 혈맥이 요동 치고 있습니다. 절대 흥분하지 마십시오. 자칫 혈맥이 터지면 끝장입니다. 짜고 매운 음식도 금물입니다."

　수하들이 황급히 달려들어 등에 업고 배를 내려갔다.

　다음날 양주 염방에는 여인중의 죽음을 알리는 조기(弔旗)가 내걸렸다.

제4장 **귀향**(歸鄕)

소주로 돌아오는 길은 물길을 따라 내려왔기에 훨씬 빠르게 올 수 있었다. 무사히 도착한 무영은 약속대로 수부들에게 두둑한 인심을 베풀었다.

가슴에 묵직하게 들어 있는 전표를 생각하니 마음이 든든해져 의기양양하게 객잔으로 돌아오니 청해삼호와 막혜, 그리고 풍요립까지 자신을 기다리고 있었다.

모두들 안색이 좋지 않은 것을 보니 뭔가 잘 풀리지 않는 일이 있었던 모양이다.

"하하하, 모두 계셨군요. 기뻐하십시오. 양주로 갔던 일이 잘돼 은자 몇만 냥을 마련했습니다.

그는 들어서자마자 큰 소리로 분위기를 돋우려 했다.

"어머, 축하드려요, 공자."

막혜는 큰돈을 마련했다는 무영의 말에 깜짝 놀라며 인사를 건넸다. 그러나 말과는 달리 표정이 여전히 밝지 못했다.

"저… 공자."

큰돈을 벌었다는 말에도 아무런 말이 없던 달운이 어두운 표정으로 입을 열었다.

"무슨 문제가 생겼나요?"

"그, 그게……."

"하하하, 그렇게 더듬대니 제가 오히려 걱정이 되네요. 다 용서할 테니 어서 말씀하세요."

달운이 하도 버벅거리니 무영은 혹시 큰 사고를 쳤나 싶어 농까지 섞어가며 말했다.

"크흐흐흑, 공자… 흑흑흑."

"흐흐흑."

"흑흑."

달운이 무영의 두 손을 맞잡으며 오열을 터뜨리자 달우와 달뢰도 무영을 감싸 안으며 눈물을 쏟았다.

'혹시?'

무영의 안색이 변했다.

이들 삼 형제가 자신을 안아가며 울 일은 많지 않았다. 게다가 여태 울지 않다가 자신을 보고 울어야 할 일이란?

"혹시 북경에 계신……."

"꺼이, 꺼이, 꺼이."

무영이 채 말을 맺기도 전에 삼 형제는 방성대곡했다.

천붕(天崩).

"거짓말이지요? 날 놀리는 거지요?"

미아처럼 떠돌다 만난 유일한 정붙이였다.

무영은 부정하듯 소리쳤다.

멀리서 백문호가 계단을 걸어 내려왔다.

그는 방 안에서 쉬고 있다가 울음소리가 나자 무영이 온 것을 직감
하고 내려온 것이다.

백문호를 본 무영이 인사도 잊고 물었다.

"백 관주님, 뭐라고 말 좀 해보세요."

오랜만에 만난 사이이건만 백문호는 미처 인사할 엄두도 내지 못했
다. 대학사 부부는 자신도 개인적으로도 존경했던 분들이었다.

백문호는 말없이 눈물만 흘렸다.

"그럼… 어머님이 돌아가셨다는 건가요?"

집을 떠나기 전부터 어머니의 몸이 무척 좋지 않았다는 것을 알고
있었다. 그래서 그는 어머니가 병사를 하셨거니 생각했다.

"두, 두 분 모두……."

백문호는 차마 말을 잇지 못하고 고개를 돌렸다.

'아!'

무영은 아무런 말도 하지 못했다.

그는 쓰러지듯 의자에 앉아 머리를 감싸 쥐고 고개를 숙였다.

청해삼호도 감히 더 이상 소리 내어 울지 못했고, 조씨 오 형제는 그
저 눈물만 훔칠 뿐이었다. 자신들이 느끼는 슬픔이 어디 부모를 잃은
아들만하겠는가.

조씨 오 형제에게 있어 대학사는 생명의 은인이고 대부인마님은 어머니나 다름없었다. 천애 고아가 되어 형장의 이슬로 사라질 뻔한 자신들을 살리고 거두어주신 분들이 아니었던가. 부모를 다시 잃은 듯한 슬픔에 형제들은 서로 껴안고 울었다.

막혜도 고개를 숙였다.

이미 아픔을 겪었기에 무영 스스로가 감당해야 할 슬픔의 크기를 그녀도 잘 알았다. 이럴 때는 그저 자리를 피해주는 것이 최선이었다. 그녀는 조용히 자신의 방으로 돌아갔다.

나머지 사람들도 하나둘 자리를 떴다.

새벽이 올 때까지 무영은 그렇게 움직이지 않더니 여명이 비출 무렵 갑자기 일어나 글을 썼다. 남우선에게 동가장으로 오시길 청하는 글이었다.

아침이 밝았다.

사람들이 무영의 주위로 모여들자 그는 싱긋 웃으며 일어났다.

"제가 추태를 부렸지요?"

붉어진 눈동자에 수척한 얼굴.

밤새 홀로 슬픔을 갈무리하려 노력한 흔적들이 눈에 보이기에 그의 미소에 아무도 같이 웃어주지 못했다.

"백 관주님, 자세한 얘기를 듣고 싶군요."

백문호는 그동안 대학사댁에서 일어났던 모든 일들을 하나도 빼지 않고 말해 주었다.

"제가 죽일 놈이지요, 차라리 아명을 대학사님께 소개시키지 말 것을……."

백문호는 그렇게 말을 맺고는 입을 닫았다.

무영은 여전히 말이 없었다.

그의 침묵에 다른 사람들도 감히 입을 열지 못했다.

한참이 지났을까?

"북경으로 가야겠어요."

아들로서 당연한 얘기였다.

"위험할지 모릅니다. 오다가 들으니 장례는 이미 중원 전체의 유림장(儒林葬)으로 치러졌다고 하더군요. 제가 남아 있으면서 두 분을 모셨어야 했는데 공자께 알리는 것이 더 시급한 일일 것 같아 달려왔습니다."

백문호가 말했다.

사실 그가 항주로 온 것은 겁이 나서 몸을 피한 측면이 더 많았지만 그렇게 말할 수는 없는 노릇이었다.

무영을 만난 것은 운이 좋았다.

남우선이 항주에 있다는 말을 들은 것 같아 그가 있다는 곳으로 가니 학예춘만이 빈집을 지키고 있었고 집주인은 이미 동정호 근처로 거처를 옮겼다고 했다. 학예춘이 그곳에 남은 건 그가 항주 기녀 월영(月影)에게 푹 빠져 헤어나지를 못하고 있기 때문이었다.

그는 같이 동정호로 가자는 남우선의 말을 이런저런 핑계로 버티며 남아 있다가 월영의 주위를 지키던 항주 무뢰배들과 싸움을 벌여 실컷 두들겨 맞아 자리에 누워 있었다.

물론 학예춘은 망신스러운 생각에 백문호에게 입을 다물었지만 그가 하룻밤 신세를 지게 되어 머물던 중 학예춘의 수발을 들던 아낙이 몰래 귀띔을 해주어 알게 된 것이었다. 다녀간 의원의 말로는 한 달은 조기 요양해야 할 것 같다고 했단다.

백 관주는 그곳에 계속 신세를 질 수 없어 객잔에 머물며 무영 일행을 수소문하던 중 우연히 원공돈 일을 마무리 짓기 위해 풍요립 등과 함께 항주에 남아 있던 청해삼호를 만나 같이 소주로 온 것이다.

"그렇다고 가지 않을 수는 없습니다."

무영은 말없이 짐을 꾸렸다.

청해삼호와 조씨 형제들도 각자 준비를 했다.

밤새 울었는지 조씨 형제들의 얼굴은 통통 부어 있었다. 무영은 소금을 팔아 생긴 전표를 꺼내 막혜에게 주었다.

"이걸로 다시 재기하도록 하세요. 황 행두님이 남기신 염인으로 만든 것이니 섬서 상방 사람들에게 도움이 되었으면 좋겠습니다."

전표를 받아 든 막혜는 입을 다물지 못했다.

"소금을 실은 배가 오늘 정도면 도착할 겁니다. 그건 영후발 아저씨께 드리고 싶군요."

무영은 청방의 화물표도 함께 맡겼다.

"너무 감사해서……."

막혜는 말을 잇지 못했다.

"공자, 이 은혜를 어찌 갚아야 할지……."

아침 일찍 객잔을 찾아왔던 영후발은 무영의 말에 눈물을 글썽였다. 그동안 이것저것 다 날리고 빈털터리가 되어 술로 세월을 보내다가 막혜의 소개로 만난 무영이 횡재를 안겨주었다.

무영은 빙긋 웃으며 말했다.

"몇 년 내로 수십 배로 불려 갚으세요."

잘되라는 덕담이었다.

영후발은 다시 한 번 고개 숙이며 감사를 표했다.

"백 관주님은 이곳에 남아 풍 어르신을 도와주십시오."

무영은 백문호에게 자신이 남우선에게 쓴 편지를 건네며 말했다. 장문인이라 부르지 않은 것은 여럿의 이목이 있기 때문이었다.

그렇지 않아도 끔찍한 장면을 목격한 터라 은근히 뒤가 구려 무영과 같이 북경으로 가야 하나 말아야 하나 고민하던 백문호는 그 말에 얼굴에 희색이 돌았다.

"염려 마십시오. 누구 말이라고 거절하겠습니까? 제가 도울 일이라도 있으면 다행이지요."

"남우선 선생님을 모셔주십시오. 그분이라면 지금 우리의 힘을 몇 배로 높일 수 있는 방법을 가르쳐 주실 겁니다."

무영은 풍요립을 보며 말을 이었다.

"장문인께서 결정하실 일이지만 당분간 그분에게 곤륜파의 무공 지도를 맡긴다면 큰 성과가 있을 것입니다. 저도 그분께 무공을 배웠습니다."

"알겠네. 내 고려해 보지."

풍요립이 고개를 끄덕였다. 여태껏 무영의 일 처리로 보아 허튼소리 할 사람이 아니라는 것을 잘 알고 있었다.

"잘 부탁드립니다."

풍요립은 그동안 달운으로부터 백문호에 대해 들었기에 그에게도 인사를 했다.

"그나저나 몸조심하십시오. 예사 놈들이 아닙니다. 정말 다시는 보고 싶지 않은 광경이었습니다."

아명 일가의 처참한 죽음을 떠올리며 백문호가 말했다.

그 말에 부모님의 죽음을 떠올린 무영의 안색이 어두워지자 모두가 도끼눈으로 백 관주를 째려보았다.

'왜 쓸데없는 소릴 해가지고.'

곡완주는 북경성에 왔다.

낙양 망산에서 벽력삼노와 일전을 치른 곡완주는 비록 그들을 죽음으로 몰아넣기는 했으나 그녀가 받은 충격도 만만치 않아 도저히 배를 탈 엄두가 나지 않았다.

은밀히 빈 고묘(古墓)에 숨어 사문의 영약을 먹고 운기해 가며 몸을 조리한 그녀가 성안으로 돌아온 것은 싸움이 있은 지 사흘이 지난 후였다.

배 편을 수소문하던 중 대학사댁의 참변을 들었다. 아들인 무영도 소문을 들었다면 당연히 집으로 돌아갈 테니 애써 소주로 갈 필요는 없었다.

곡완주가 북경 대학사댁에 도착한 것은 그로부터 닷새 후였다.

초원을 떠나 무영과 함께 처음 이 집에 왔을 때 보고 느낀 것은 대학사의 명성과 지위만큼이나 당당한, 뿌리 깊은 전통이 엿보이는 고색창연(古色蒼然)의 위엄이었다. 하지만 주인이 떠난 대학사댁은 한동안 사람이 살지 않는 것같이 을씨년스러웠다.

집 안에는 미랑과 연화만이 넓은 집을 지키고 있었다.

두 여자는 그동안 상을 치르느라 한동안 분주하다가 상이 끝나고 조용해지니 여자만 둘이 있는 것이 그렇게 무서울 수 없었다며 곡완주를 크게 반겼다. 벌써 아이를 가졌는지 연화는 행동거지를 조심하는 것이 눈에 띄었다.

미랑이 나서서 그동안 곡완주가 무영과 함께 떠난 후 있었던 일들을 간략하게 말해 주었다.

안채를 보니 금방이라도 주설하가 자애로운 미소를 담은 채 방문을 열고 나올 것 같은 생각이 들었다.

무영의 채취라도 맡을 수 있을지 모른다는 생각에 중문을 나서 별채로 가보았다.

소담한 별채에는 여름을 맞아 초록 바탕에 나무와 꽃들이 한데 어우러져 저마다의 미태(美態)를 자랑했지만 주인이 없는 탓인지 어딘가 모르게 낯선 여운이 감돌았다.

연못가 나무 그늘 아래 돌 위에 걸터앉았다.

물고기들이 하릴없이 크지 않은 연못 안을 빙빙 돌고 있었다.

조그만 돌을 집어 연못 안으로 집어 던지니 화들짝 놀란 물고기들이 사방으로 흩어졌다.

'응?

순간 누군가 자신을 감시하고 있는 듯한 느낌이었다.

오랜만에 마음이 푸근한 곳으로 돌아왔기에 너무 방심했다는 생각이 들었다.

곡완주는 귀를 열었다.

'담장 아래다.'

왼쪽 담장 풀이 잔뜩 우거진 커다란 나무 밑 구석진 곳이었다.

미약하지만 일정하게 흐르는 상대의 숨결은 내공을 일으키지 않고는 도저히 알아들을 수 없을 정도였다.

'고도의 훈련을 받은 자다.'

연못 주변의 조그만 돌을 집었다.

휙.

곡완주가 던진 돌멩이가 수풀 속으로 날았다.

"윽!"

사내 하나가 풀숲 옆으로 굴렀다.

땅그랑.

연화였다.

오랜만에 돌아온 곡완주를 위해 시원한 샘물을 길어 화채를 준비해 중문으로 들어오던 그녀는 돌연한 사태에 놀라 그릇을 놓치며 손으로 입을 가렸다.

곡완주가 사내 곁으로 갔다.

이미 혈도가 제압당한 그는 눈만 멀뚱거리며 곡완주를 바라보고 있었다.

"웬 놈이냐?"

험한 꼴을 보지 말라고 연화를 안채로 돌려보낸 곡완주가 사내의 혈도를 풀어주며 다그치는 순간 그의 입가에서 검붉은 피가 흘러내렸다. 재빨리 독단을 깨문 것이다.

혈도가 풀리는 순간을 기다렸던 것이 분명했다.

'아차!'

이런 일을 예상하지 못한 자신의 실수였다.

혹시 하며 사내의 품속을 뒤져 보았지만 호신용으로 보이는 단검과 은자 몇 냥이 전부였다.

안채로 가니 연화가 놀란 가슴을 진정시키며 미랑과 그 일을 얘기하고 있었다.

"저번에는 그나마 밤을 지켜주던 멍멍이가 갑자기 죽어 놀랐는데 아무래도 누군가 이 집을 노리는 것 같습니다.”

미랑이 불안한 표정으로 말했다.

그녀는 품속에서 편지 한 장을 꺼내 곡완주에게 건넸다. 백문호가
남긴 것이었다.

“백 관주님은 뭔가 알고 계시는 눈치던데 첫날만 보이시더니 더 이
상 나타나지 않고 은밀히 이걸 전하더군요. 무슨 일이 있는 것 같아요.
선문학관에도 안 계신다고 하더군요.”

봉투에는 수취인이 표시되어 있지 않았는데 내용은 아명의 죽음과
산서 상방의 움직임에 관한 것으로 백문호는 은연중에 산서 상방이 대
학사의 죽음과 관련이 있음을 암시했다.

대학사댁 식구는 곡완주에게 있어 남이 아니었다.

그녀가 대부인 주설하에게서 느끼는 감정은 남달랐는데, 어려서 어
머니의 정을 받지 못한 그녀는 남몰래 대부인을 어머니같이 생각했던
적이 한두 번이 아니었다.

곡완주는 사람을 불러 시체를 치우게 하고는 집을 나섰다.

백문호가 남긴 서신 한 장으로 단서가 되어 막연했던 범인들의 윤곽
이 드러났다.

대문을 나서는 그녀는 혹시 뒤를 따르는 자가 없는지 은밀하게 살폈
다.

교가장.

교평천은 전서구로 온 보고서를 읽고 있었다.

산서 상방 소속의 양주 염방 대행두 여인중의 죽음에 관한 보고서였
다. 중원제일의 상방인 대산서 상방을 상대로 감히 사기 행각을 벌이

는 놈들이 있다니 우스운 일이었다.

멍청한 여인중이 상대의 술수에 놀아난 꼴이 아닌가?

곁에 있었더라면 발길질을 수십 번 한 연후에 목이라도 따버리고 싶었다.

'못난 놈.'

잘 죽었다.

그런 놈은 살아 있어야 조금도 상방에 도움되는 놈이 아니었다. 하지만 원수는 갚아줄 생각이었다. 그동안의 의리를 생각해서가 아니라 상방의 체면이 걸려 있었다.

놈들의 정체는 곧 밝혀질 것이니 천천히 시간을 가지고 목을 졸라 마지막 발버둥을 즐기며 대가를 청구할 것이었다.

그동안 눈엣가시였던 섬서 상방을 쓰러뜨렸다.

놈들의 주력이라 할 수 있는 북경, 개봉, 정주에 이르는 모든 섬서 상방의 공소와 회관은 이미 흔적도 없이 사라졌다.

'세상에 쉬운 일은 없어.'

아버지는 놈들과의 경쟁에서 이길 생각만 했지만 뿌리를 뽑아버리는 근본적인 해결책은 생각하지 못했다.

화근은 단번에 없애는 것이 가장 쉬운 방법이었다.

섬서 상방 잔당들이 강절에서 재기를 노린다지만 뜻대로 되지는 않을 것이었다. 이미 놈들의 신용은 바닥에 떨어졌고 사람들은 섬서 상방의 이름을 잊기 시작했다.

화무십일홍(花無十日紅).

하늘 아래 영원한 것은 없었다.

중원에는 그 대지를 스쳐 간 숱한 왕조보다도 수배나 더 많은 상방들이 새로 생겨나고 다시 스러졌다.

지금은 섬서 상방이 그렇게 갔다.

언젠가는 자신의 산서 상방도 그렇게 되겠지만 아직은 아니다. 적어도 후손 수대까지는 흔들리지 않을 기초를 이미 다져 놓았다. 할 만큼 했으니 나머지는 그들의 몫일 뿐이었다.

"휘상(徽商)들도 이번 기회에 손을 보도록 해라. 그동안 염전을 노렸으니 여인중이 죽은 지금 나름대로 암중으로 길을 뚫고 있겠지. 위험한 싹은 미리 잘라 버려야 후환이 없는 법이다."

"예, 총행두어른, 그런데 장자맹의 집에서 감시를 하던 자가 시체가 되어 나왔다고 합니다. 장무영의 호위무사를 하던 곡완주라는 자가 돌아와 벌인 일입니다."

사람은 보이지 않고 말소리만이 들려왔다.

"내버려 두어라."

"존명."

말소리는 더 이상 들려오지 않았다.

교평천은 일어서서 창가로 갔다.

멀리서 하인들이 넓은 정원의 나뭇잎을 비로 쓸어 모았다. 여름에도 가끔은 병들어 잎이 누렇게 떠 떨어지는 놈들도 꽤 있지만 나뭇잎들이 미처 땅에 닿기 무섭게 하인들이 빗자루로 쓸어내기에 쌓여 있을 틈도 없었다.

잘하는 일이 아니었다.

'쓰레기는 한데 모아 태워 버리는 것이 효과적이야.'

교가장은 생각보다 훨씬 넓었다.

곡완주는 어둠을 이용해 안으로 잠입해 들어왔지만 도무지 내원에는 접근하기가 쉽지 않았다.

보이지 않는 수많은 눈들이 장주가 있는 내원의 구석구석을 지키고 있어 마치 용담호혈 같은 분위기였다. 상인 사는 집이라고 하기엔 너무나 삼엄한 경계에 황제가 있는 황궁인들이 이 정도일까 싶을 정도였다.

'문 쪽에 둘, 담 아래 넷, 지붕에 넷. 젠장, 전면에만 이 정도니 다른 곳은 볼 필요도 없겠군.'

곡완주는 조용히 물러 나왔다.

무리하게 시도를 하다가는 오히려 상대에게 경각심만 심어줄 우려가 있었다.

곡완주는 며칠 동안 교가장 주변을 은밀히 탐색한 끝에 내원을 수시로 날아오르는 전서구를 목격했다.

멀리서 관찰한 결과 전서구가 날아가는 방향은 일정하지 않았지만 그중에 한 방향으로 특히 자주 날아오르는 것을 목격했다. 그녀는 다시 며칠을 허비한 끝에 전서구가 성안의 한 청루로 날아간다는 사실을 알았다.

전서구는 북경 외성의 좌안문(左安門) 거리에 있는 청수원(淸水園)이라고 불리는 청루(靑樓) 안의 한 건물로 스며들었다.

다른 전서구들은 일정한 시도, 방향도 없이 날았지만 청수원으로 가는 전서구는 항상 일정했다. 매일 미시(未時:2시 전후) 무렵에 교가장 내원에서 날아오른 전서구는 일각 후면 정확하게 청수원에 도착했다.

곡완주의 행동은 은밀했다.

항상 묘시(卯時:6시 전후)가 시작될 무렵 어둠을 타고 대학사댁의 담을 넘어 나갔다. 그녀가 그토록 조심하는 이유는 이 집을 감시하는 눈이 한둘이 아니라는 것을 알기 때문이었다.

은신술 하나는 혀를 내두를 정도로 교묘해 곡완주조차도 귀를 열지 않으면 눈치 채지 못할 정도였다.

한 놈을 없애면 다음에 또 하나가 올 텐데 공연히 피라미를 건드려 쓸데없는 경각심을 일으키게 할 필요는 없다. 상대가 자신이 하는 일만 모르면 그뿐이었다.

곡완주는 청수원을 조사하기로 마음먹었다.

청루를 가본 적은 없지만 무엇을 하는 곳인지는 알고 있었다.

곡완주는 며칠 동안 청루의 주변을 철저하게 조사했다. 그 결과 교가장의 전서구가 날아온 지 한두 시진 이내에 다시 청루에서 전서구가 사방으로 날아오르는 것을 목격했다.

청루는 교가장의 연락 본부였다.

하지만 단순히 전서구가 오가는 것으로만은 아무것도 알아낼 수 없었다.

청루도 만만한 곳이 아니었다. 곳곳에서 보이지 않는 감시의 눈이 번뜩이고 있는 것을 알 수 있었다.

곡완주는 밤이 깊을 무렵 청수원의 담을 넘었다.

‘어이구!’

그녀는 깜짝 놀라지 않을 수 없었다.

분명 깊은 밤이라고 생각했는데 주변은 자욱한 안개가 가득 깔려 있고 자세히 보니 넓은 풀밭 위에 심어진 수십 수백 만의 나무들이 저마다 꽃을 활짝 피우고 있었다. 꽃나무의 숲은 가도가도 끝이 없었다.

‘이렇게 넓었나?’

청수원이 큰 청루이기는 했지만 분명 이 정도는 아니라는 생각이 들었는데 계속 이어지는 꽃 숲을 몇 시진이 넘게 걸어도 주변의 경물은 조금도 바뀌지 않았다.

어느 순간일까, 코를 찌르는 화향(花香)에 취한 그녀는 잠에 취한 듯 스르르 풀밭 위에 쓰러져 잠이 들었다.

중원의 상계(商界)는 바뀌고 있었다.

섬서 상방의 이름은 사람들의 기억에서 사라져 간 것에 더해 휘주 상방이 휘청인다는 소문이 입에 오르내렸다.

양주를 출발한 휘상 소속의 수십 척의 소금배가 장강에 수장되었다는 소문 때문이었다.

장강 물길의 운송은 청방이 전담하다시피 했는데 그 운임이 약간 비싼 경향이 있었다. 휘상들이 이를 아끼려고 수십 척의 소금 운반선을 직접 몰고 와 소금을 구입해 가다가 장강에서 모두 물에 잠겼다고 했다.

크고 작은 배들이 수시로 오가는 장강이었지만 수십 척이나 되는 소금배의 침몰을 보았다는 수부(水夫)들은 없었다.

소금 운송을 놓친 청방이 복수를 했다는 말이 떠돌았지만 당연히 청방에서는 부인했다. 수십만 냥어치의 소금이라 관아에서도 철저하게 조사를 했지만 늘 그랬던 것처럼 청방이 관련된 흔적은 물론이고 어떤 사실도 밝혀내지 못했다.

세론이 끓자 관아에서는 휘상들이 은자를 아끼려고 노후한 배를 많이 사용했다는 것과 양주 근방의 물길을 잘 모르는 외지의 수부들이 무리하게 배를 몬 것이 침몰의 원인일 것이라는 추측을 내놓았지만 믿는 사람은 없었다.

그 소금은 수백의 휘상들이 자금을 합쳐 총방의 주도 아래 사들이는 것이었기에 소금배의 침몰로 휘주 상방이 휘청거린다는 소문은 낭설이 아니었다.

휘상들이 정신을 못 차리고 당황하는 사이 광동 상방(廣東商幫)이 남에서 북으로 상권을 넓혀왔다.

원래 광동 상방은 신안을 중심으로 해남도(海南島)와 남창(南昌), 복주(福州) 오문(澳門) 등 중원 남동을 중심으로 해상과 육상을 넘나들며 상행을 하는 상방이었다. 그들이 주력으로 취급하는 상품은 소금과 식량, 그리고 무이산(武夷山)의 용봉차(龍鳳茶) 등 여러 가지가 있었는데 그중에서도 무이산의 용봉차는 황제에게 진상될 정도로 이름이 있었기에 가장 이문이 컸다.

휘주 상방이 대규모로 소금을 구입하려 한 것은 산서 상방의 몰락으로 사천 등이 무주공산(無主空山)으로 남을 가능성이 크자 사천 쪽으로 활동 영역을 높이기 위해 자금을 일으키려고 했던 것인데 오히려 큰 손해를 보게 되었다.

광동 상방은 그 틈을 노려 그동안 노려왔던 무이산을 넘어 절강으로의 상권 확대에 주력했고 그 움직임은 장강 이남의 전체 상계(商界)를 뒤흔들었다.

산서 상방은 중원 상권의 절반을 장악했다.

개봉을 경계선으로 하던 섬서 상방과의 보이지 않는 상권(商圈)의 분할은 섬서 상방의 붕괴로 사라졌다. 섬서 상방과 휘주 상방까지 합쳐 삼파전을 벌였던 양주 염전의 주도권도 완전히 장악한 지 오래였다.

그들은 개봉을 넘어 정주와 낙양, 서안을 잇는 교역로를 자유로이 왕래했고, 그동안 섬서 상방이 독점하다시피 했던 서역 상인들과의 교역은 서서히 진상들에게 넘어왔다. 기존의 상권을 지키려는 섬서 상방 소상인들과 간혹 크고 작은 마찰이 있기는 했지만 대세를 움직일 수는 없었다.

서역의 길목인 육반산(六盤山) 등성이를 돌아 오르내리는 산서 상단의 행렬을 보는 것도 이제는 드문 일이 아니었다.

그들의 상권은 동서로는 황하를 일주했고 남으로는 장강에서 북으로는 장성을 넘나들었다.

장강 이북을 동서로 양분했던 섬서 상방의 몰락은 결과적으로 산서 상방의 독주를 가져왔고, 장강 이남에서 중부와 북부를 장악했던 휘상의 위축은 남부 광동 상방의 상권 확대를 가져왔다.

제5장 청수원(淸水園)

무영이 북경으로 돌아온 것은 일행이 소주를 출발한 지 보름이 지나
서였다.

원래는 한 달의 여정이라 할 수 있는 먼 길이었지만 조급한 마음에
여유를 부리지 않고 중간중간 은자를 풀어가며 가장 빠른 배를 갈아
탄 덕분이었다.

어느 정도 냉정을 찾은 무영은 선실 안에서 비엽신공을 연마해 북경
에 도착할 때쯤 되니 강기를 둘로 나누어 가벼운 물건을 움직일 정도
가 되었다.

집 근처에 온 무영은 조심스레 주변을 살폈다. 눈을 감고도 훤히 알
수 있는 익숙한 곳이었다. 과연 한 사내가 어둠 속에서 감시를 하고 있
는 것이 보였다. 무영은 멀리서 지풍을 날려 그의 수혈을 짚었다.

아버지를 죽인 자들이 집을 감시하고 있을 것은 불문가지였다.

성을 들어오기 전 어설프게나마 은밀히 변장하고 나뉘어 들어온 그
들은 날이 저물기를 기다려 조씨 오 형제를 객잔에 기다리게 하고는
은밀히 집 안으로 잠입한 것이었다.

그들은 성안의 여러 객잔에 한둘씩 나뉘어 모르는 사람들처럼 투숙
했다. 별채에 나 있는 뒷담을 은밀히 넘자마자 신속히 건물 안으로 스
며들었다.

다시 한 번 집 주변을 살핀 뒤에 그는 더 이상 감시의 눈길이 보이지
않자 안채로 갔다.

"공자. 흑흑흑."

무영을 본 미랑은 다짜고짜 무영을 껴안으며 흐느꼈다.

"흑흑."

그동안 쌓였던 안타까운 일들에 연화도 울음을 참지 못했고, 그 모
습에 청해삼호도 눈시울을 붉혔다.

자정이 될 무렵 돌아온 곡완주는 무영을 보곤 냉담한 표정을 지었
다. 내심이야 기쁨에 겨워 눈물을 흘릴 지경이었지만 자존심을 팽개칠
수는 없는 노릇이었다.

"흥, 혼자 다니니 좋습디까?"

"험, 험. 내가 좀 심한 말을 하기는 했다만 네가 그렇게 삐치고 정말
갈 줄은 몰랐다."

미안한 생각이 들어 연신 헛기침을 해가며 무영이 말했다.

"두 분 마님이 돌아가시지 않았다면 이 집에 발을 들여놓는 일은 없
었을 겁니다."

곡완주는 그렇게 체면을 세웠다.

무영은 그런 마음 씀씀이가 내심 고마웠다.

"동생, 내 다시는 헛소리하지 않으마."

곡완주는 무영이 동생으로 부르자 그만 감격했다.

그만큼 자신을 생각한다는 뜻이 아닌가?

"저를 그토록 생각해 주신다니 고맙습니다. 저도 크게 잘한 것은 없다는 걸 알고 있습니다. 그 일이 있은 후에는 많이 자제하고 있습니다. 앞으로 저도 형님으로 모시겠습니다."

무영이 곡완주의 두 손을 맞잡았다. 생긴 것만큼이나 부드러운 손이었다.

"고맙다, 아우. 나도 모르게 동생이라는 말이 나왔는데 동생이 허락해 주니 진짜 형제가 되었구만."

그가 그토록 자신의 뒤를 따랐다는 사실에 무영은 죄책감마저 들 정도였다.

두 사람은 그동안 서로에게 있었던 일을 얘기했다. 특히 곡완주는 청수원에 대해 거론했다.

"청수원이 수상합니다. 여러 번 담을 넘었습니다만 후원으로는 이상한 진세(陣勢)가 펼쳐져 있어 감히 접근하지 못했습니다. 들어만 서면 자욱한 화향(花香)에 절로 정신을 잃게 되는데 신기하게도 아침이 되면 저절로 풀려났습니다."

"흠, 청루에 전서구가 오가고 기문진(奇門陣)이 설치돼 있다니 기이한 일이군. 한번 들러봐야겠구나."

사람을 혼란에 빠뜨리거나 상하게 하는 기이한 진법이 있다는 걸 남우선에게 배운 기억이 났다.

"일단 이곳을 피하는 것이 좋을 것 같습니다. 교가장에서는 아직 형님이 온 것을 모르니 그 편이 움직이기가 더 좋습니다."

다음날 무영은 은밀히 변대길을 만났다.

"청수원이라는 청루는 하오문에서 운영하는 곳이 아닙니다. 그곳이 생긴 것은 일 년 전인데 우리 업종이라 은근히 시비를 걸고 장사를 방해하려고 했지만 대번에 관아에서 압력이 들어오더군요. 그래서 고관이 뒷돈을 대어 부업하는 곳인가를 조사했습니다만 워낙 비밀이 철저해서 알 수조차 없는 곳이더군요."

원래 청루나 도박장은 하오문의 고유 업종이니 청수원에 대한 하오문의 태도는 당연했다.

변대길은 말을 이었다.

"주로 그곳에 들락거리는 자들을 조사해 보니 조정의 고관들이나 그 자제들이 많은지라 우리도 더 이상 손을 쓰지 못하고 나중에는 포기하고 구경만 했습니다. 그런데 이상하게도 그곳에서 전서구가 수시로 들락거리는 것이 아무래도 수상한 냄새가 나서 계속 감시를 하고 있는데 아직 뚜렷한 결과가 없습니다."

"그곳을 주로 찾는 사람들의 명단을 작성해 줄 수 있겠소?"

"계속 감시를 하던 곳이니 금방 가능합니다."

무영은 변대길이 해먹은 청해삼호의 은자 천 냥도 대신 물어주었고, 그동안 인간적으로 그를 대했기에 지금은 과거의 불쾌했던 기억 대신 서로에 대한 신뢰 관계가 형성되어 있었다.

무영 일행은 성안의 조그만 집을 한 채 빌렸다.

집에 있으면 아무래도 결국 감시의 눈길에 띌 것이라는 생각이었다. 오랫동안 헤어져 있던 곡완주도 같은 집을 쓰기로 했는데 매우 기뻐하는 눈치였다.

곡완주는 그동안 무영이 자신의 해한검을 소중히 여겨준 것에 특히 감사해했다.

일단 청수원 안으로 한번 들어가 보기로 하고 곡완주와 함께 집을 나섰다. 혼자 가보려고 했는데 부득불 따라나서니 같이 가기로 한 것이다.

청수원은 청루라고 하기에는 그 규모가 상당히 크고 정원까지 갖춘 잘 꾸며진 곳이라는 것은 밖에서 보아도 알 수 있었다.

무영은 곡완주를 멀리서 기다리게 하고는 안으로 들어섰다.

청수원(淸水園).

마치 도가(道家)의 도량과 같아 청루에는 전혀 어울리지 않는 이름이었다.

북경성 중심에서 벗어난 이곳이 성안의 유명한 명물이 된 것은 이름과도 같은 맑고 청순한 미태를 자랑하는 여인들이 시중을 들기 때문이었다.

대개 청루라는 곳이 지분 냄새 가득 풍기는 요염한 화녀(花女)들이 하룻밤 즐기러 찾아온 사내들에게 허리를 비틀어가며 요염한 몸짓에 헤픈 웃음으로 접대를 하기 마련이지만 이곳 청수원은 격이 달랐다.

손님을 맞는 기녀들은 화장을 거의 하지 않았고, 시문서화(詩文書畵)에 능한 것은 물론이며 접대하던 손님의 수준이 기녀 자신의 기대에 못 미치면 냉정하게 돌아서는 것으로 유명했다.

게다가 청수원에는 매란국죽(梅蘭菊竹)의 사향(四香)이라 불리는 자매가 있었는데 북경에서 청수원 사향의 얼굴을 보지 못했다면 진정한 한량이 아니라는 말까지 있었다.

사향은 청수원 수십의 기녀 중에서도 네 명의 특등기녀를 이르는 말이었는데, 그들은 청수원을 찾는 손님들에게 음주가무의 접대는 했지만 절대 몸은 허락하지 않았다.

아직 자신들의 몸을 허락할 만한 수준의 손님을 받지 못했다는 것이 그 이유였다.

자연히 경도(京都)에서 좀 한다 하는 한량 패들이며 대갓댁 자제들이 문지방이 닳을 정도로 뻔질나게 들락거렸으나 항상 감칠맛만 보고 가기가 일수였고, 청수원의 일반 기녀와 만리장성을 쌓은 사람조차도 많지 않았다.

북경 젊은이들 사이에서는 청수원에서 하루 저녁 대접을 받고 나온 자와 그렇지 못한 자들 사이에는 일종의 차별마저 있는 판국이니 그 명성이 어떠한지 짐작할 수 있었다.

하경(夏瓊).

청심원의 수십 명의 기녀도 모두 군계일학이라 할 수 있는 미모를 지녔지만 사람들은 그중에서도 청심원 원주 하경을 제일로 쳤는데, 그녀는 백옥 같은 뽀얀 피부와 입가에 흐르는 잔잔한 미소로 옥관음(玉觀音)이라고 불렀다.

그녀는 명모호치(明眸皓齒)라는 말이 부끄럽지 않을, 맑은 산골 시냇물같이 투명한, 사람을 빨아들일 것 같은 눈과 말을 할 때 살짝 드러나는 하얀 이, 그리고 양 볼의 보조개에서 발산하는 은근한 매력을 가진 여자였다.

어쩌다 그녀의 옆모습이라도 한 번 본 사내들 중 상사병에 걸린 사람도 한둘이 아니었다. 보다 못한 부모들이 남몰래 금은보화를 싸 가지고 하경을 찾았으나 허사였다는 말도 돌았다.

무영을 마중하는 여인은 스물 초반은 되어 보였는데 청루의 여자답지 않게 지분 냄새를 맡을 수 없었다.

"청수원에서는 예(禮)가 아니면 손님을 맞지 않습니다. 공자께서는 저희가 주관하는 삼차의 관문을 통과하셔야 내원으로 드실 수 있습니다. 다만 금자 열 냥을 내시면 관문을 통과하지 않고 가무를 감상하실 수 있습니다. 행여 지금이라도 마음에 들지 않는다면 다시 나가셔도 손님을 탓하지는 않을 것입니다."

'음, 까다롭군.'

청수원의 명성을 잘 모르는 무영이었기에 규칙이 그렇다는 데야 어쩔 수 없었다.

"주인이 그렇게 하겠다는 데야 객이 무어라 하겠소. 절이 싫으면 중이 떠나면 그뿐 아니겠소? 그 관문이라는 것에 한번 도전해 보고 싶소이다."

"호호호, 역시 제 눈이 틀리지는 않았군요. 한단이라 합니다. 이리로 드시지요."

여자는 마치 그런 대답을 기다리기라도 했던 것처럼 무영을 안으로 안내했다.

문사건(文士巾)을 쓴 무영의 모습은 누가 보아도 학문에 열중하는 대갓집 귀공자같이 보였다. 내실로 들어가자 이제껏 안내했던 여인이 물러가고 스물이 채 안 되는 앳된 기녀가 마주했다.

"매향(梅香)이라 합니다. 주제넘지만 제가 시험관이 되겠사오니 헤아려 주십시오."

매향이라 소개한 소녀는 요염한 미소를 지으며 말을 이었다.

"첫 번째는 화관(畫關)입니다. 이것을 그린 사람이 말하고자 하는 것을 묻고자 합니다."

매향은 비파나무가 그려진 화폭을 펼쳤다.

한눈에 보아도 잘 그린 그림이라는 것을 알 수 있을 정도로 멋진 그림이었다.

"비파는 가을에 꽃봉오리를 맺어 겨울에 개화를 하고 봄에 맺은 열매가 여름에 익는 나무요. 그런고로 봄의 온기와 여름의 화기, 가을의 냉기, 겨울의 한기 등 이른바 사시지기(四時之氣)를 고루 갖추었으니, 음양오행의 조화로움이 집 안에 가득하기를 바라는 것이라 하겠소."

매향의 얼굴에 가벼운 미소가 흘렀다.

"제가 너무 쉬운 문제를 드렸나 보군요. 다음은 쉽지 않을 것입니다. 이제 서관(書關)입니다. 공자께서 이 글씨를 보고 느끼시는 바를 말씀해 주십시오."

매향이 가지고 온 두 번째 두루마리는 족자였는데 펼치자 잘 써진 시문이 모습을 드러냈다.

'인생득의수진환(人生得意須盡歡).'

인생은 모름지기 기쁨을 누리며 살기 위한 것이라는 뜻이었는데 청루에서 내는 문제로는 적절하다는 생각이 들었다.

글씨는 마치 봉황이 춤을 추며 날아갈 듯이 단숨에 써 내려간 행서체의 능서(能書)였다.

글이라면 자다가도 벌떡 일어나 중얼거릴 정도로 남우선에게 신물이 나도록 당하며 배웠다. 무영은 시문을 흘낏 보고는 말했다.

"서체가 아름답기는 하나 필이 가늘고 힘이 떨어지는 것이 이 글을 쓴 사람은 필경 여자일 것이고, 낙관(落款)을 하지 않은 것은 자신을 내놓지 않고 숨기려는 마음이 있음이오. 언뜻 보아서는 잘 쓴 듯하나 자세히 보면 노(努:세로로 긋기)와 적(趯:노의 삐침)이 조금씩 차이를 보이고 있으니, 이는 그 사람의 마음이 요즘 심란하여 갈피를 잡지 못하고 있음을 말해 주고 있소. 게다가 먹이 충분히 갈리지 않아 글씨가 윤(潤:먹의 윤기)을 잃었으니 조급한 마음 또한 없지 않다 할 것이오.”

“아!”

기녀의 입에서 탄성이 흘렀다.

“저도 미처 생각지 못한 부분까지 말씀하고 계시는군요. 제가 보니 나머지 관문은 있으나마나 하겠군요. 삼관을 모두 통과한 것으로 하겠어요.”

말을 마친 매향은 방문 앞 홍등에 불을 밝혔다.

그러고 보니 내실로 안내되는 동안 다른 방에도 홍등 하나가 걸려 있는 것을 보았다. 아마 관문을 통과한 손님이 있다는 표시인 모양이었다.

무영은 남우선께 감사했다.

그렇게 공부를 시키려고 채찍질했던 스승이었다. 문득 남우선이 그리웠다.

‘응?’

그런데 아까부터 뭔가 이상한 느낌이 그에게 전해지고 있었다.

언젠가 황궁에서 묵환을 찾았을 때 느꼈던 그런 기분이었는데 묵환도 은은하게 팔목을 통해 공명(共鳴)을 내고 있었다.

혹시 그 신검이라는 것이 이곳에 있을지도 모른다는 생각을 하고 있는데 하녀들에 의해 주안상이 올려지는 중에 매향이 금(琴)을 가지고 돌아왔다.

"하하하, 나는 방 안에서는 금을 즐기지 않는다오. 모름지기 금음(琴音)은 자연을 벗 삼아야 제 맛이 나는 법이지."

후원을 염두에 둔 말이었다.

청수원의 구조를 보니 방향으로 보아 후원 쪽에서 전서구가 오가는 것이 틀림없었다.

후원이라면 간단한 정원에 연못 정도는 있겠지 하는 것이 그의 생각이었다.

매향이 난처한 표정을 띠었다.

"이곳에는 그런 후원도 없소? 허, 청수원 같은 유명한 곳에 그런 운치가 없다니. 쯧쯧."

무영은 자못 안타까운 표정을 지으며 혀까지 찼다.

매향은 이미 무영에게 막말로 뻑 간 상태였다. 잘생긴 외모에 학문도 높으니 열일곱 방심이 설레는 것은 당연했다. 그동안 그녀를 찾은 손님을 분류하자면 학문이 높으면 나이도 많은 경우가 대부분이었다.

하지만 눈앞의 손님은 정말 오랜만에 받아보는 귀공자였다.

"후원은 원주님의 거처라 외인의 출입이 제한된 곳이기는 하지만 가끔 예외도 있으니 제가 한번 알아보겠습니다."

"손님께서 후원에서 음(音)을 즐기기를 원하십니다."

매향은 연못가에 망연히 앉아 물장난을 하는 하경에게 공손한 어조로 말했다.

정원에는 각종 꽃이 만발한 나뭇가지 여기저기에 걸어놓은 분홍색 등촉불이 연못에 비추어 하늘거렸다. 의자에 앉아 망연히 그런 광경을 보고 있던 하경은 매향의 말에 얼굴을 가리는 얇은 망사가 살짝 흔들릴 정도로 흠칫하더니 잠시 생각하는 눈치였다.

망사는 보조개가 드러나도록 속이 훤히 비치고 있었는데 그녀의 아름다움에 신비로움까지 더하는 역할을 했다.

물론 매향의 말처럼 가끔은 후원까지 허락하는 손님이 있기는 했다. 하지만 그것은 '특별한' 손님일 경우에만 허락된 것이고, 그 특별함에는 매향이 모르는 비밀이 있었다.

"원주님의 글씨를 평하는 것을 보고 소녀도 놀랐습니다."

조금이라도 결정에 도움이 되고자 매향은 손님이 한 서평(書評)에 관한 이야기를 말해 주었다.

하경의 눈이 반짝 빛났다.

매향이 무영에게 보여준 글씨는 하경의 것이었다.

'마음이 글에 녹았던가?

요즘에 부쩍 심란해 일이 손에 잡히지 않아 손님조차 받지 않고 있었다. 물론 원주인 그녀가 술 손님들을 마주하는 일은 없었지만 모습을 드러내는 경우는 간혹 있었다. 하지만 그마저도 마음이 내키지 않아 중지한 처지였다.

"마음에 드는 사내더냐?"

속마음을 들킨 매향의 얼굴이 붉어졌다.

"처음입니다."

매향이 속을 열었다.

엄격하기는 하지만 항상 자매 같은 정을 느끼는 서로였다.

"호호호, 모처럼 나도 자리를 같이하고 싶구나."

조건부 허락이었다.

매향은 조용히 하경을 응시했다.

요즘 부쩍 외로움을 타고 있다는 걸 그녀도 알고 있었다.

“이리로 모시겠습니다.”

매향이 말을 하며 하경의 얼굴을 보자 그녀는 가벼운 미소를 지어주었다.

처음 무영을 대하는 하경의 면사가 살짝 흔들렸다.

가볍게 인사를 마친 그녀는 자리에 앉았다.

띵.

하경이 가볍게 금줄을 튕겼다.

본시 금은 선비들의 악기지만 무영이 금을 외면하자 하경이 눈치 빠르게 가져간 것이다.

띵.

다시 한 번 금줄을 튕겼다.

‘응?’

무영은 금을 잘 탈 줄은 모르지만 하경이 현을 고르는 것이 아니라는 것을 알았다.

금음이 묘한 여운을 담고 그의 마음으로 전해졌다.

‘당신은 누구신가요?’

마치 그렇게 묻는 것 같았다. 면사를 통해 보이는 하경의 눈빛에서 묘한 심술이 배어나고 있다고 느껴졌다.

“북창삼우(北窓三友:거문고, 술, 시)가 예 있는데 근심할 것이 무엇이겠소?”

무영이 문자를 썼다. 남우선에게 열심히 배웠지만 그동안 마땅히 써먹을 곳이 없었는데 때를 만났다.

즐거운 시간을 보내면 그뿐, 다른 일로 머리를 쓰지 말자는 애기였다. 무영은 얇은 면사에 숨겨진 그녀의 얼굴에 더 관심이 많았는지라 연신 흘낏거리고 있었다.

'음, 아라 공주도 저랬지.'

하지만 풍기는 분위기는 전혀 달랐다.

자칫 천박한 행동으로 보일 수도 있겠지만 하경은 그의 눈길이 싫지는 않은 듯 가볍게 빙긋 웃더니 금을 걸친 무릎의 자세를 바로했다.

옥으로 빚은 듯한 고운 손가락이 용두(龍頭)와 봉미(鳳尾) 사이에 매어진 명주실을 가볍게 쓰다듬었다.

땅! 땅! 띠딩!

시(匙)를 쥔 오른손이 서서히 움직이기 시작했고, 얇은 면사로 가린 얼굴은 왼손을 따라 용두와 봉미를 오가며 춤추었다.

장한가(長恨歌).

당(唐) 현종이 안록산의 반란으로 피난을 하던 중 마외파(馬嵬坡)에서 근위군들의 항명으로 어쩔 수 없이 환관 고역사(高力士)를 시켜 교살한 양귀비에 대한 슬픈 사랑 이야기를 전설과 함께 엮어낸 백거이의 장한가였다.

딩, 딩, 딩딩딩.

장중하면서도 애잔하게 퍼지는 은은한 금음이 무영의 마음을 흔들었다.

남궁화의 얼굴이 떠올랐다.

약속을 하고도 남궁가를 찾지 못했다. 염인을 소금으로 바꾸어 장사 밑천을 마련했을 때 남궁화를 생각했었다. 일을 마무리 지은 후에 찾아보리라 했지만 부모님이 돌아가셨다는 소식에 급히 올라온 처지였다.

잘 익은 사과같이 수시로 붉어지는 남궁화의 얼굴은 정말 깨물어주고 싶을 정도로 귀여웠다.

금음은 끊어질 듯 다시 이어지며 듣는 사람들의 마음을 사로잡았다.

매향은 소리에 취했다.

오랜만에 들어보는 하경의 금음이었다.

반쯤 어둠에 잠겨 금음이 가득한 연못 주변은 마치 장한가 속의 선녀(仙女)가 하강해서 춤을 추는 듯한 느낌이 들 정도였다.

하경의 두 손이 수없이 금을 오르내리길 반복하더니 마침내 종국으로 치달았다.

딩!

그녀는 시(匙)를 쥔 손으로 금을 쓰다듬듯 하더니 연주를 멈추었다. 하경이 입가에 잔잔한 미소를 띠었다. 사람을 편안하게 만드는 미소였다.

"무엇으로 화답(和答)하시겠는지요?"

무영도 무언가를 보여달라는 말이었다. 하지만 악기라고는 기타밖에 배운 게 없었다.

연주법이 비슷한 비파(琵琶)를 몇 번 튕겨본 것이 고작이었지만 익숙하지는 않았다. 그래도 기타와 가장 비슷한 것이 비파였다.

"비파가 있었으면 좋겠군요."

분위기상 하는 수 없이 비파라도 부탁했다.

"문사(文士)께서 금(琴) 대신에 비파라, 뭔가 특이한 것이 기대되는군요."

하경은 면사 속의 하얀 이[齒]가 비치도록 웃으며 말했다.

"향아, 비파를 가져다 주겠니?"

하경이 매향을 돌아보며 말했다.

매향은 조용히 고개를 숙이곤 물러났다.

"댁은 정말 기이한 느낌이 드는 분이군요."

하경이 말했다.

"무엇이 말입니까?"

"모르겠어요. 그냥 여자의 직감이랄까? 내면 깊숙한 곳에 뭔가를 묻어두고 계신 분 같아요."

"모두들 마음속에 뭔가를 묻어두고 살지요."

"공자님은 특별해요."

"그렇다고 해둡시다."

띵!

하경이 금줄을 튕겼다.

'마음을 조금 열어보시겠어요?'

상대는 금음을 통해 말을 하고 있었다.

무영은 마음속으로 하경의 재간에 감탄했다.

"낭자야말로 가슴속에 가득 눌러두고 있는 뭔가가 있는 것 같군요. 금에 대해서 제대로 배운 바는 없지만 소리는 구별할 수 있지요. 곡조가 너무 슬프더군요."

딩! 디딩! 딩!

'인생은 원래 슬픈 것이 아닌가요?'

"슬픔을 생각하면 슬퍼지고 기쁜 것을 생각하면 기쁘게 살 수 있다는 생각이 드는군요. 마음에 담긴 대로 나오지 않겠습니까?"

하경의 면사가 고정됐다.

"기쁜 마음으로 사시나요?"

"그렇지는 않소이다."

말이 오가는 도중에 매향이 비파를 가져왔다.

"원래 저는 여섯 줄로 된 비파를 만들어 가지고 탄주를 했기에 네 줄 짜리는 익숙하지 않습니다.

"여섯 줄로 된 비파는 처음 들어보는군요."

"개성이지요."

띵, 띵.

비파를 몇 번 튕겨보았다.

기타처럼 잘되지는 않겠지만 못할 것도 없다.

'빗속에 여인.'

줄이 네 개뿐이라서 잘되지는 않았지만 그런대로 끝까지 마칠 수는 있었다.

"무슨 노래지요? 빠르기는 하지만 슬픈 곡조로군요."

"해동국의 곡이라고 합디다. 우연히 접하게 되었는데 곡조가 너무 마음에 들어 익혔습니다."

"정말 대단한 분이시군요. 해동의 곡까지 알고 있다니."

"특별한 것을 좋아합니다. 그런데 젊은 나이에 이런 큰 청루를 운영 하다니 낭자야말로 정말 대단한 분이시군요."

무영은 은근히 화제를 옮겼다.

"부모님께서 저만 남기고 일찍 돌아가셨답니다. 여자의 몸으로 마땅 히 할 일을 찾지 못해 부모님이 남긴 유산으로 청루를 운영하게 되었 지요."

"이 정도 규모로 지으려면 엄청난 은자가 들어갔을 터인데 낭자의 부모님은 꽤 부자였던 모양이오."

"개인적인 얘기는 하고 싶지 않군요."

하경은 교묘하게 답을 피했다.

"새를 좋아하시는 모양입니다."

정원 쪽으로 나 있는 내실 창가에 새장이 매여 있는 것을 보고 무영이 지나가는 말투로 물었다.

면사를 한 하경의 얼굴이 살짝 흔들리는 게 언뜻 당황한 것으로 보였다. 하지만 이내 평정을 되찾은 그녀는 귀를 간질이는 목소리로 웃으며 말했다.

"호호호, 비둘기를 좋아한답니다. 겁을 먹은 듯한 눈이 마치 제 모습 같아서요."

하경은 말을 이었다.

"그런데 공자께서는 후원에 관심이 많으신 것 같군요."

말을 돌리려는 것이다.

"후후후, 낭자를 속이지는 못하겠구려. 청수원 옥관음의 아름다움이 경도의 뭇 사내들을 상사병으로 몰고 간다는 말을 듣고 눈으로 직접 확인하기 위해 찾았소이다."

무영의 대답에 매향의 얼굴에 언뜻 실망의 표정이 돌았다.

"소녀가 미처 공자님의 마음을 헤아리지 못했군요."

매향이 자리에서 일어나 조용히 물러났지만 하경은 제지하지 않았다.

"여섯 줄로 된 비파 소리를 듣고 싶군요."

"준비가 되면 언제 한번 들려 드리겠습니다."

"꼭 기다리겠어요."

말을 나누는 중에 시비로 보이는 여인이 다가왔다.

"주안상이 준비되었습니다."

"가시죠."

하경은 공손히 그를 안내했다.

후원 내실로 사내들을 들인 적은 없었다. 하지만 요즘 들어 부쩍 외로움을 느끼던 차라 오늘 하루만이라도 마음을 풀고 얘기하고 싶었다.

내실에는 여러 가지 이름 모를 화초를 키우고 있어 진한 화향이 가득했다. 하지만 젊은 여자 혼자 지내기에는 너무 큰 거실이라 어딘지 모르게 쓸쓸한 느낌을 지울 수가 없었다.

내실 위층으로 가니 밖이 훤히 내다보이는 정자같이 꾸며진 곳이 있었다. 마치 주청(酒廳) 같은 분위기였는데 이미 하녀들이 술자리를 보아놓고 있었다. 기둥마다 줄을 달아 청홍의 등불을 밝히니 주변은 마치 대낮처럼 환했다.

자리에 앉자 하경이 술을 따랐다.

진한 국화 꽃 냄새가 코를 간질였다.

"국화주(菊花酒)예요. 작년 가을에 정원에서 딴 꽃잎으로 담근 것인데 올 중양절(重陽節)에 내려고 준비해 둔 것입니다. 귀한 손님이 오셨기에 내어오라고 했습니다."

집 안에 담아두었던 국화주를 중양절에 꺼내 마시는 것은 재난을 피한다는 뜻을 가진 오래된 풍속이었다.

"문사건(文士巾)에 검을 차고 계시니 굉장히 특이한 분으로 보이는군요."

무사에게는 영웅건(英雄巾)이 제격이다.

"호신용일 뿐이오."

무영이 검집을 어루만지며 말했다.

"복수검(復讐劍)이 아닐까 무척 걱정했어요."

하경의 말에 무영이 흠칫했다.

"무슨 말이오?"

"대학사댁의 장 공자께서 검을 차고 이곳을 찾은 이유를 알고 싶군요."

"……."

순간적으로 무영은 할 말을 잊었다.

"대학사님이 살해당하신 것은 저도 유감으로 생각하지만 이곳으로 검을 들고 찾아오실 줄은 정말 몰랐습니다."

"어떻게 나를 알아보았소?"

"거용관의 영웅이 무사히 살아서 돌아왔다는 얘기가 성안에 자자할 무렵 소녀도 먼발치에서 장군님을 뵌 적이 있었지요. 모르셨나요, 공자님은 중원 여인들의 우상이라는 것을?"

그랬었나?

공연히 무안한 생각에 얼굴이 붉어졌다.

"국화주는 아무에게나 내는 술이 아니라는 것은 알고 계시겠죠? 스스로를 밝힐 기회를 드렸는데도 애써 외면하셨으니 소녀를 원망하지는 말아주세요."

'하!'

처음 하경을 보았을 때 그녀의 표정에서 심술궂음이 깃든 느낌이 있었음을 기억했다.

그녀는 처음 보는 순간부터 그를 알아본 것이 틀림없었다.

"복수검이라는 말은 무슨 뜻이오?"

"저분은 공자의 호위무사로 알고 있습니다만."

하경이 배시시 웃으며 일어서더니 담장 밖을 보며 말했다.

깜짝 놀란 무영이 얼른 자리에서 일어나 보니 나무들의 잎새 사이로 곡완주가 불안한 듯 제자리에서 왔다 갔다 하는 것이 한눈에 들어왔다. 나무에 가려 밖에서는 안을 보기가 쉽지 않지만 안에서는 잘 보였다.

"사실 저분은 며칠 전부터 이곳 담장을 넘더군요. 후원은 언뜻 보기에는 아름답지만 만화절진(萬花絶陣)이 설치되어 있어 외인이 함부로 넘을 수 없는 곳이지요. 만일 외인이 진에 들어오면 꽃들은 향과 빛을 잃고, 그때 제가 진세를 발동시킨다면 환상 속을 헤매다가 침입자는 결국 탈진하게 마련이죠. 무공의 고하(高下)와는 아무런 관계가 없습니다."

"짙은 화향에 있었고 안개는 아침이 되면 저절로 걷혔다고 들었는데……."

"제가 진세를 풀어드린 것이랍니다. 아침까지 기다린 것은 무단 침입에 대한 벌이지요. 호호호."

하경은 재미있다는 듯이 웃었다.

'으이그, 바보 같은 놈.'

마치 큰 공이나 세운 듯이 당당히 말하던 곡완주의 표정이 생각나 웃음이 다 나왔다.

밖을 보니 곡완주는 여전히 불안한 듯 계속 제자리를 오가고 있었다. 자신은 은밀히 행동한다고 후미진 곳에 있는 모양인데, 사실 그 자리는 이곳에서 가장 잘 보이는 곳이었다.

멍청한 녀석.

"호위무사가 검을 차고 수시로 청수원의 담장을 넘고, 주인 되시는 분은 검을 차고 저를 찾으니 제가 마치 대학사님의 죽음에 무슨 관련이 있는 것으로 보신 것 같아 복수검이라고 말한 것입니다. 행여 마음 상하셨다면 개의치 말아주세요."

'병 주고 약 주는군.'

"비둘기를 좋아하신다고요?"

전서구를 말한 것이었다.

"어쩔 수 없는 사정이 있습니다."

말하기가 어려우니 더 묻지 말라는 뜻이었다.

하지만 하경의 말에서 적어도 그녀가 부모님의 죽음에 직접 관련이 없다는 느낌을 강하게 받았다.

하경이 다시 술잔을 채웠다.

화사한 국화 향이 코끝을 스쳤다.

무영은 연신 잔을 들이켰고 그녀는 말없이 잔을 채웠다.

"누란지세(累卵之勢)입니다. 보중하세요."

위험한 상황이라는 말이었다.

뜬금없는 말이지만 가슴으로 하경의 충고를 받아들였다.

적어도 흉수는 아니었다. 자신이 교가장과 맞서려는 것을 알고 걱정해 주는 것 같았다. 하지만 마음속에 구름처럼 피어나는 의문을 지울 수 없었다.

무영의 그런 마음을 아는지 모르는지 그녀는 계속 말했다.

"때를 아는 자가 준걸이라 했습니다. 모진 비바람은 피해 가는 법이지요."

갑자기 알 듯 모를 듯한 말을 하던 그녀는 잠시 뜸을 들이더니 말을 이었다.

"모처럼 좋은 저녁을 보낸 것 같군요."

하경의 얼굴에 옅은 미소가 흘렀다.

"면사는 무엇 때문에 쓰고 계신 것이오?"

"지금은 이른 것 같군요. 후일에도 연(緣)이 닿는다면 자세히 말씀드릴 기회가 오겠지요."

하경은 그렇게 말하고는 자리에서 일어섰다.

더 이상 말하기 싫으니 그만 나가달라는 축객령이었다.

말을 들을수록 의문만 쌓여갔지만 어쩔 수 없었다.

"다음에는 여섯 줄로 된 비파 소리를 꼭 듣고 싶군요."

나뭇잎 사이로 불어오는 시원한 저녁 바람에 얼굴 위의 면사가 살짝 흔들리며 하경의 뺨에 보조개와 가지런한 치아가 드러났다.

밖으로 나오니 곡완주는 아직도 그곳에서 안절부절못하고 있다가 그를 보자 반색했다.

"무슨 일이라도 생겼는지 알고 걱정… 아니, 그런데 이게 무슨 향긋한 주향입니까? 흥, 나는 밖에서 걱정을 하고 있는데 그래, 형님은 안에 들어가 미녀들의 품에서 맛있는 술에 취해 시간을 보내고 있었다는 말입니까?"

완전히 열받은 표정이다.

"큭큭큭, 공무(公務)야, 위에서 보니 쉬지도 않고 앞뒤로 걷고 있더군. 발가락에 무슨 병이 있나?"

"다 보여요?"

곡완주는 깜짝 놀라며 물었다.

"멍청하기는, 여태 몰래 잠입했다가 살아난 것도 주인이 봐주었기 때문이라더군. 우리 얼굴을 다 알아보던데 괜히 창피만 당했어."

청루 주변에 매달아놓은 청홍의 등불에 비친 곡완주의 얼굴이 벌게지는 게 보였다.

"가자고. 아버님 사건과 이곳이 직접적인 관련이 있는 것 같지는 않더군."

"흥, 아름다운 미녀가 몸으로 살살 녹이니 홀딱 빠졌다가 나온 모양이지요? 교가장과 전서구가 수시로 오가는데 관련이 없다니, 말이나 되는 소립니까?"

"아무튼 그런 느낌이 들어."

"흥."

곡완주는 코웃음을 쳤다. 무영이 기루에 들어갈 때부터 이미 마음이 상했었다.

"아우는 계집애처럼 자꾸 코웃음을 치고 그래? 가뜩이나 얼굴도 예쁘장한데 남들이 놀리겠어. 학예춘이 놀렸던 것도 크게 잘못이라 할 수는 없지. 그러니 앞으로 그 버릇 좀 고쳐."

곡완주의 얼굴이 더욱 붉게 물들었지만 이번에는 아무 소리도 하지 못했다.

"일단 교가장으로 쳐들어가서 교평천이라는 놈을 잡아 족쳐야 할 것 같습니다."

언제나 급한 성질을 참지 못하는 달우였다.

"흥, 거기는 용담호혈이오. 무턱대고 쳐들어갔다가는 시체도 건지지 못할걸."

이미 교가장의 경비 상태를 알고 있는 곡완주가 말도 되지 않는다는 듯 나섰다.

"그럼 곡 공자는 마땅히 다른 수라도 있소?"

"제가 살펴본 바로는 교가장의 내당을 지키는 무인들은 모두 일급고 수들입니다. 저라 해도 세 명 이상은 감당하지 못할 정도라는 느낌입 니다. 게다가 싸움이 벌어진다면 외곽 고수들까지 벌 떼처럼 몰려들 터인데 무슨 수로 교평천을 잡아다 족친다는 겁니까? 아마 들키면 도 망갈 수도 없을 겁니다."

지금 모인 사람들 중에 가장 고수가 곡완주였다.

모두들 그의 실력을 익히 알고 있기에 그 말에 입을 닫았다.

"밤이 늦었으니 자고 나서 맑은 정신에 다시 생각해 보지요."

숙취에 머리가 아픈 무영이 결론도 나지 않는 대책에 지루했는지 나 섰다.

곡완주는 그런 무영을 보고 입을 삐죽 내밀더니 자신의 방으로 돌아 가 버렸고 청해삼호와 조씨 오 형제도 그 뒤를 따랐다.

무영은 이내 잠에 떨어졌다.

하지만 곡완주는 속이 영 불편했다. 그녀는 낮에 우겨서라도 같이 들어가 볼 걸 그랬다는 생각에 잠을 못 이루고 있었다. 갑자기 무영에 대해 관심이 가는 자신의 마음이 이상했다.

'응?'

침상 위에서 한참을 뜬눈으로 있다가 잠을 청하는데 뭔가 수상한 바 람 소리가 귀를 간질였다.

인기척이다.

하나, 둘, 세, 넷…….

그리 크지는 않은 집이기에 방에서 담장까지의 거리가 멀지 않았다. 그녀는 담 주변으로 은밀히 다가서는 수많은 인기척들을 확연히 느낄 수 있었다.

"적입니다. 수가 많고 모두 고수 급입니다."

곡완주는 재빨리 전음을 펼쳐 각자의 방에서 자고 있는 일행들에게 알리고 검을 집어 들었다.

신형이 허공을 나는 듯한 소리가 들리고 이어 건물 안으로 조심스레 움직이고 있는 것이 느껴졌다.

펑!

"욱!"

"흡!"

창문을 부수며 안으로 뛰어들던 복면의 침입자 둘이 기다리던 무영과 달뢰의 검에 가슴을 맞고 절명했다.

상대는 죽어가면서도 큰 신음을 내지 않는 것이 전문적인 암살 훈련을 받은 자들로 보였다.

"헛!"

곡완주의 일검에 또 한 명의 목이 날아갔다.

상대는 죽음을 두려워하지 않고 계속 안으로 침입을 시도했다.

펑!

콰당탕!

벽이 무너지면서 기둥이 쓰러지고 지붕이 떨어져 내렸다.

좁은 장소에서 불리하다고 본 침입자들이 벽을 쓰러뜨렸는데 지은 지 오래된 집이라 쉽게 무너져 내렸다.

"욱!"

곡완주의 검은 그 틈에도 쉬지 않고 상대를 베었고 다시 두 명이 목숨을 잃었다.

'어이쿠!'

사방이 트이자 무영의 입이 딱 벌어졌다.

좁은 공간 안에 수십 명의 복면인들이 마치 죽음을 대기하기 위해 줄을 서 있는 자들처럼 도열해 있었고, 그 뒤에는 상당한 고수들로 보이는 자들이 담장 위에 군데군데 버티고 서서 퇴로를 차단하고 있었다.

어느 정도 공간이 확보되자 복면인들이 순식간에 무영 일행을 둘러싸고 포위망을 형성했다. 복면인들은 이미 대여섯이 죽어 쓰러져 있었지만 조금도 위축되지 않고 공격의 고삐를 조여왔다.

"네놈들은 누구냐?"

"흐흐흐, 곧 죽을 놈들이 쓸데없는 데 관심이 많구나."

무영의 말에 복면인들의 후미에 서 있던 우두머리로 보이는 흑의복면인 하나가 말했다.

기도(氣道)가 비슷했다.

정주성에서 황영기 일행을 공격했던 자들과 흡사한 분위기에 그들이 흑방의 사신검수일 것이라는 확신이 들었다.

"정주에서는 꼬리를 말고 달아나 목숨만 건져 가더니 오늘은 아예 관을 짜놓고 이곳에 무덤을 파려고 왔냐?"

"건방진 애송이, 아비는 조용히 가주었는데 아들놈은 주둥이가 몹시 사납구나."

피가 끓었다.

아버님을 해치고 어머니를 죽게 한 놈들이었다.

휘익!

무영의 손에서 홍광이 날았다.

"윽!"

"억!"

복면인은 무영이 미처 마음을 가라앉히지 못한 탓에 엉성하게 쏘아진 묵환강기를 겨우 몸을 돌려 피했으나 대신 뒤에 있던 수하 하나가 졸지에 황천으로 직행했다.

곡완주는 밖으로 나오자 사나운 범처럼 날았다.

번쩍거리는 그녀의 검광이 주변 복면인들에게는 마치 죽음의 전조를 알리는 검무와도 같았다.

순식간에 근처의 복면인들이 세 명이나 쓰러지며 포위망이 흐트러지자 사신검수로 짐작되는 뒷면의 흑의복면인 넷이 몸을 날렸다. 그들은 다른 사람들에 대한 공격은 수하들에게 맡겨두고 모든 공격을 곡완주에게 집중했다.

네 명의 합공에는 곡완주도 어쩔 수 없었는지 이내 공세가 수그러들고 오히려 수세로 몰렸다. 사신검수들의 공격 하나하나는 모두 죽음에 직결되는 치명적인 것이라 조금의 방심도 허락되지 않았기에 잠시도 한눈을 팔 수 없었다.

청해삼호보다도 사정이 나은 것은 조씨 오 형제였다.

그들은 평소 장봉을 단창처럼 세 마디로 분리해 가지고 다녔는데, 곡완주의 전음으로 신속하게 조립하고 끝에 창날을 끼울 수 있어 장창으로도 쓰고 있었다.

다섯 명에 의한 장창의 공수는 적과의 거리를 유지할 수 있게 해 다수와 싸우는 지금 가장 형편이 나았다.

집중적인 목표가 된 무영과 곡완주를 제외한다면 오히려 검에만 의지하는 청해삼호가 가장 허덕거리고 있었다.

그리 넓지 않은 집 안은 살기를 품은 장풍과 도검이 난무하는 곳으

로 변해 순식간에 담장마저 무너졌지만 워낙 흉흉한 기세에 고개를 내
미는 이웃은 없었다.

순라꾼이라도 올 법한 야심한 밤이었지만 침입자들이 사전에 손을
쓴 듯 개미 한 마리 얼씬거리지 않았다.

죽음도 불사하는 끈질긴 복면들의 공격에 수적으로 확연히 열세인
이쪽이 점차 밀리고 있었다.

"억!"

달우가 등에 칼을 맞았다. 뒤를 지키던 달뢰가 밀리며 틈이 생긴 것
을 복면인 하나가 놓치지 않았다.

한 명이 다치자 가뜩이나 열세에 몰리던 삼 형제의 수비망에 큰 허
점이 생겼다.

"으악!"

비명 소리와 함께 이번에는 등을 다쳐 주춤거리는 달우의 등을 복면
인의 검이 꿰뚫고 나왔다. 달운이 황급히 복면인의 목을 날렸지만 달
우의 허리가 앞으로 꺾어졌다. 복면들은 다친 달우에게 공격을 집중시
켜 하나라도 수를 줄이려는 것이었다.

자신 때문에 동생이 다쳤다는 생각에 달뢰가 침착을 잃고 공격해 들
어간 것은 오히려 실수였다.

달운과 달뢰는 이성을 잃었다.

그들은 닥치는 대로 베고 찌르고 했으나 힘을 소모한 만큼 적을 죽
이지도 못하고 오히려 크고 작은 상처만 늘었다.

그때였다.

"캑!"

갑자기 포위망의 뒤쪽에서 포승줄이 날아오더니 뒤쪽 복면인의 목

이 꺾어졌다.

삐익!

나타난 사람은 포쾌들이 동료를 부를 때 쓰는 호각을 길게 불며 잇따라 공격을 가해 두 명의 흑의인을 쓰러뜨렸다.

퍽!

예기치 못한 배후 공격에 좀체 뚫리지 않을 것 같은 포위망이 흐트러지며 전열에 틈이 생기자 당황한 사신검수의 심장에 곡완주가 검을 쑤셔 박았다.

추명이었다.

삐익! 삑!

그는 눈이 마주친 무영을 향해 가볍게 웃어주더니 동료를 호출할 때 쓰는 호각을 계속 불어대며 포승줄을 무기로 사정없이 복면인들을 공격했다. 그 틈에 팽팽하던 접전에서 기선을 제압한 곡완주의 검이 허공에서 검광을 발하며 춤을 추었다.

네 명이 겨우 묶어놓고 있던 곡완주의 검이 고삐 풀린 망아지처럼 포위망을 휘젓자 또 한 명의 사신검수가 무릎을 꺾으며 전열에서 이탈했다. 곡완주가 가장 무서운 상대라는 것을 아는 다른 복면인 몇몇이 열 일을 제쳐 두고 황급히 그 자리를 채우려고 달려들었지만 사신검수의 빈자리를 메울 만한 수준은 아니었다.

한층 어깨가 가벼워진 그녀의 신형이 허공으로 날았다.

"애화만천!"

꽃비가 월광을 받아 밤하늘을 수놓았다.

"윽!"

"헉!"

곡완주가 가볍게 지면으로 내려서며 숨을 헐떡이는 순간 그녀를 포위하고 있던 사신검수 둘을 포함한 대여섯의 복면인들이 낮은 신음성과 함께 지면으로 쓰러졌다.

쿵……!

삼십여 명에 달하던 복면인들은 채 절반도 남지 않았다.

삑삑, 삐이익!

멀리서 호각 소리가 들리며 수십의 관병들이 몰려오는 발자국 소리가 지면을 울렸다. 그들은 추명의 호각 소리를 듣고 달려온 포쾌며 순검들이었다. 아무리 접근하지 말라는 지시를 받았어도 동료가 긴급히 호출을 하는 데 오지 않을 포교는 없었다.

삐이익!

추명은 마치 포쾌들의 발자국 소리에 호응이라도 하듯 열심히 호각을 불어댔다.

"윽!"

힘을 얻은 조씨 오 형제의 장창이 윙윙거리며 전열이 흐트러진 복면인들의 목을 사정없이 노리자 한 복면이 다시 명부로 떠났다.

"퇴각!"

무영을 포위하며 공격하던 사신검수 하나가 나지막하게 소리를 치고 허공으로 몸을 날려 달아나자 이어 남은 복면인들이 뒤질세라 재빨리 그 뒤를 따랐다.

"으윽!"

곡완주와 달운이 달아나던 복면인 둘을 격살했다.

하지만 칼에 맞은 달우가 걱정된 달운은 재빨리 돌아왔고 무영도 곡완주를 제지했다.

"우리도 빨리 자리를 피합시다. 관병과 마주치면 일이 복잡해질 우려가 있습니다."

달뢰는 몸을 다쳐 거동이 힘든 상태였고 달우는 죽은 듯 미동도 않고 있었다. 조씨 오 형제가 신속히 그들을 부축해 무영이 가리키는 방향으로 몸을 날렸다.

곡완주는 분을 못 이겨 씨근댔지만 후미에 따라오며 혹시라도 있을지 모를 기습을 대비했다.

마땅히 갈 곳이 없었던 그들은 일단 무영의 집으로 몸을 피했다.

한밤중에 온통 몸에 피 칠한 일행을 맞은 미랑과 연화가 깜짝 놀라며 물을 데우고 수건을 삶는 등 부산을 떨었고, 특히 연화는 달뢰가 운신도 제대로 못하자 손을 벌벌 떨어가며 물 대야를 날랐다.

"수, 숨을 쉬지 않아요."

달우의 옆 벽에 기대에 숨을 헐떡이던 달뢰는 눈에 눈물이 그렁그렁 매달린 채로 달우의 코에 손을 대며 울먹였다.

그는 정신이 반쯤 나간 상태였다.

삼 형제 중에서 달우와 달뢰는 남이 보기에 다투기도 많이 했었지만 그만큼 정이 많이 쌓여 있었다.

추명이 앞으로 나서며 달운의 눈을 까집어보고는 맥을 짚었다.

"아직 살아 있소."

추명이 고개를 들며 말했다.

관아에 십수 년 몸을 담고 있으며 죽음과 삶을 오가는 숱한 사건과 사람을 경험한 그였다. 의원은 아니었지만 죽어갈 사람과 살 사람을 구별 못할 그가 아니었다.

“아우야!”

“형님!”

그 소리에 달운과 달뢰의 목이 메었다. 이곳에서 형제 하나를 잃는 줄 알았었다.

스르륵.

달뢰의 몸이 벽에서 미끌어지는 것을 곡완주가 겨우 붙들었다. 가뜩이나 피를 많이 흘린 상태에서 달우가 죽은 줄 알고 큰 충격을 받았다가 긴장이 풀리며 일시적으로 혼절한 것이었다.

“아악!”

달뢰의 혼절에 연화가 얼굴을 감싸며 몸을 떨자 미랑이 얼른 뒤에서 안아주며 진정시켰다.

“잠깐 혼절한 것뿐이다. 환자에게 좋지 않으니 호들갑 떨지 마라.”

수십 년 이 집 기둥에 몸을 기댄 이래 그동안 여러 번 송장도 치우고 환자도 돌보았다. 그녀는 익숙한 솜씨로 달뢰를 편히 눕히고 요대를 풀어준 후 입에 헝겊을 물렸다.

달운은 아우들이 잇따라 쓰러지는 것을 보고 망연자실했다.

“형……!”

달운의 입에서 마치 암소가 새끼를 찾는 듯한 울음이 터졌다.

무영은 고개를 돌렸다.

누구보다도 그들 형제를 잘 아는 그였다. 게다가 달우나 달뢰 모두 그에게는 형님 같은 존재였다.

부모님, 마 집사 할아범, 막청, 황영기…….

진심으로 정을 주었던 사람들이 다시는 못 올 길로 앞서거니 뒤서거니 곁을 떠났다.

눈물이 소리없이 볼을 타고 흘렀다.

"살려야 해!"

그는 황급히 품속을 뒤져 화령속근단 두 개를 꺼내 각각 물에 타서 먹였다.

"실패인가?"

희미한 등촉 한 개가 불을 밝힌 대전(大殿) 중앙 태사의에 앉은 검은 무복 차림의 노인이 물었다.

그는 몸이 불편한지 비스듬히 기대어앉아 있었는데 한 손에 수건을 거머쥐고 연신 입가를 훔쳤다.

커다란 태사의가 노인의 몸을 한층 왜소해 보이게 했다.

"사신검수 넷을 포함한 일급살수들도 상당히 잃었습니다."

"콜록, 콜록."

노인은 충격을 받은 듯 허리를 꺾어 몸을 숙이며 큰 기침을 했다.

남아 있던 전력의 삼 분지 일이 죽었다.

기침이 멎지 않자 그는 황급히 수건을 입으로 가져갔는데 수건에는 검붉은 선혈이 묻어났다.

"교가장에서 제대로 된 정보를 주지 않았습니다. 성숙노괴의 제자로 보이는 자가 있었습니다."

노인의 앞에는 흑의의 사십 대 사내가 부복을 하고 있었다.

"성숙노괴? 콜록, 콜록."

기침에 노인의 몸이 가볍게 흔들렸다.

싸움터에서 잔뼈가 굵은 백전노장과 같이 억센 얼굴에 온통 칼자국 투성이인 그는 희미한 불빛 아래에서 보아도 시커먼 주름투성이의 얼굴엔 병색이 완연했다. 왼쪽 이마에서 뺨까지 길게 검상이 지나갔고 그 때문인지 왼쪽 눈은 눈동자가 보이지 않았다.

"애화만천이라는 초식을 사용했습니다. 게다가 처음 겪는 무공이었지만 방주님께서 예전에 말씀하신 산화수라는 성숙파파의 초식을 사용한 것도 틀림없다고 확신합니다."

흑의인은 말을 이었다.

"게다가 예상하지 못했던 장창을 쓰는 젊은 놈 다섯이 있었습니다. 양가창법을 배운 놈들이었는데, 놈들의 장창 때문에 수하들의 움직임에 많은 제약이 있었습니다. 미리 집 안에 은신해 있던 놈들 같습니다. 그동안 모습을 드러내지 않았기에 교가장에서도 미처 계산에 넣지 못했던 것 같습니다."

"흠, 그런 일이 있었다면 청부를 이행 못한 잘못은 그쪽에 있으니, 콜록, 오히려 배상을 청구할 수 있겠군."

"그렇습니다. 애초 의뢰에는 무공 등급이 최대 갑 급(甲級)인 호위 네 명을 포함한 인원이었습니다. 하지만 성숙파파의 제자로 보이는 자의 무공은 십대고수에 필적했습니다."

그 정도였다면 전력의 삼 분지 일을 잃고 돌아온 이호를 나무랄 일은 아니었다.

"십대고수 수준이라면 적어도 애초 청부금의 열 배는 받아야 했다. 콜록, 콜록. 청구 대상자의 수준을 제대로 알려주지 않은 잘못을, 콜록, 추궁하도록 하고 사상자의 배상금도 함께 청구해라."

마치 목이 갈라지는 듯한 쉰 소리를 하는 노인은 말을 하는 도중에도 연신 기침을 하며 수건을 잡은 손을 입으로 가져갔다.

"알겠습니다."

“콜록, 이호(二號), 네 어깨에 흑방의 사활이 달렸다.”

노인은 무척 힘들게 말을 했다.

원래 일호가 방주의 명을 받아야 하건만 그는 이미 이 세상 사람이 아니었다.

흑방 창립 이래 차기 방주 계승자인 일호가 죽은 예는 없었다. 그만큼 지금 흑방의 사정은 다급했다.

부복을 한 이호는 고개를 한층 더 숙였다.

“가, 가능하면 재청부를 받아, 콜록, 이… 이번에는 가능한 전력 전부를 투입…….”

노인은 계속되는 기침을 참으려고 말끝을 제대로 맺지 못하고 고개를 돌려 수건으로 입을 막았다.

“존명.”

이호는 자리에서 일어나 걱정스러운 눈으로 노인을 본 후 포권을 하고 자리를 떴다.

흑방의 남은 인원이라야 사신검수 몇 명에 일급살수 십수 명이 전부였다.

한 명의 인재를 뽑아 사신검수를 키우는 데는 십수 년의 시간이 필요하고, 그 사신검수가 이름에 걸맞는 몸값을 하는 데는 다시 오 년 이상 경험을 해야 하니 진정한 사신검수를 길러내기 위해서는 이십 년의 세월이 필요했다.

그렇게 키워진 사신검수는 오십호까지 있는데, 한 명이 죽으면 그동안 기르던 새 인물을 보충하는 것으로 절대 오십을 넘지 않았다. 하지만 지금 남은 사신검수는 이호를 포함해 모두 아홉 명뿐이었다. 한꺼번에 너무 많이 죽어 미처 자리를 메우지 못한 것이 악순환이 되어 청부를 받을 때마다 예상보다 많은 사신검수가 명을 달리했다.

사신검수를 키우던 비밀 수련장이 텅 비어버린 지 오래였고, 새로운 후진을 양성할 교관도 청부를 받고 나갔다가 죽었다.

흑방이 교가장의 개가 되어버린 것은 부활을 꿈꾸며 마지막 힘을 살라보려는 현 방주가 던진 승부수였다.

하지만 그도 폐에 깊은 상처를 입어 몇 달을 넘기기 어려울 전망이니 이호 자신이 모든 대권을 이어받아 흑방을 부활시키는 막중한 책무를 감당해야 하는 처지였다.

'마지막 청부로 생각하자.'

이호는 입술을 한일 자로 굳게 다물었다.

살수가 부족하니 나머지는 사람을 사서라도 자리를 메워야 했다. 특정 거물의 암살은 사신검수만 투입해야 하지만, 이번 경우는 어차피 상대의 수가 적지 않으니 놈들의 전력을 약화시키려면 개 떼처럼 우르르 달려들어 물어뜯는 것이 최선이었다.

'흑방도 끝인가?'

이호의 어깨가 처졌다.

사실 이런 종류의 일은 이름있는 사신검수가 나설 자리가 아니었다.

피식.

그의 얼굴에 자조의 웃음이 피어났다.

흑방의 얼굴이 두꺼워진 것이 어디 어제오늘 일인가?

대전을 나선 이호는 중문으로 난 길을 따라 전면의 객청(客廳)으로 갔다. 손님이 기다리고 있었다.

예전 같으면 총단인 이곳까지 청부인을 들일 이유가 없었다. 하지만 지금은 여기저기 뿌려놓을 만큼 인원도 충분치 않았고 총단을 운영하는 것도 사실 벅찼다.

객청 안에는 둥근 원형 탁자 앞에 한 중년 사내가 앉아 있었다.

"청부는 실패요."

이호가 자리에 앉자마자 말했다.

"우리도 알고 있소. 성숙파파의 전인이 그 자리에 있었다는 것을 알지 못했소."

중년인의 말에 이호의 눈썹이 꿈틀댔다.

"교가장의 정보력이 그토록 대단한 줄 몰랐소이다. 진 총관의 능력에 경의를 표할 뿐이오."

그런 정보력이 있으면서도 제대로 된 정보를 주지 않은 것을 빗대어 하는 책망이었다.

"허허, 그런 것이 아니오. 지난번 낙양 북망산에서 팽가의 세 호법을 죽인 젊은 놈이 바로 그자요. 개방에서는 백면살귀(白面殺鬼)라 부른다고 합디다. 우리가 실수한 것은 그놈이 팽산을 죽였을 때 동행했던 젊은 상인이 장무영이라는 것을 몰랐다는 데에 있소."

"정보력이 개방까지 미치는 줄은 몰랐소이다."

지난밤 희생이 컸던지라 심사가 뒤틀린 이호는 계속 말을 비꼬았다.

"흑방에서는 우리 교가장을 너무 과대평가하고 있는 것 같습니다. 그리고 지금은 우리가 협력해야 할 때가 아닙니까? 이번 일만 깔끔하게 마무리해 주신다면 흑방이 옛날의 명성을 되찾는 일은 결코 어려운 일이 아닐 겁니다."

귀신도 부릴 수 있는 것이 은자였다.

이호의 얼굴에 어두운 그림자가 스쳤다.

상대는 흑방이 아파하는 곳을 꼬집고 있었다.

“몇 번의 싸움에서 이미 전력의 칠 할이 소모되었소. 번번이 당신들이 충분한 정보를 주지 않아 그리되었소. 우리가 그에 상응하는 대가를 충분히 받았다고 생각지는 않소.”

이호의 말에 진 총관의 얼굴에 옅은 미소가 흘렀다.

놈이 말하고 싶어하는 것은 역시 은자였다. 그거라면 천금이라도 밀어줄 수 있었다.

“하하하, 우리 잘못을 인정합니다.”

그는 눈을 가늘게 뜨고 말을 이었다.

“은자 십만 냥을 따로 준비했습니다. 그리고 앞으로 교가장의 모든 청부는 흑방을 통할 것을 약속드리지요. 지금 강남에서도 흑방의 도움을 필요로 하는 일이 한둘이 아닙니다.”

산서 상방이 강남으로 진출할 것이라는 말이었다.

그렇게만 된다면 당분간은 굵직한 일거리들이 산적할 것이고 그것은 곧 흑방이 도약할 수 있는 기회가 될 수 있었다. 비록 흑방 살수들의 희생이 많기는 했지만 돈에 몸을 파는 매검수(賣劍手)들은 얼마든지 구할 길이 있었다.

“이번에는 전력을 투입하겠소.”

“그러실 줄 알았습니다. 기회는 자주 오는 것이 아니지요.”

진 총관은 품속에서 전표 뭉치를 꺼내 건넸다.

모두 중원 제일의 신용을 자랑하는 금릉전장의 전표다.

“오늘 중으로.”

진 총관은 한마디 덧붙이고는 자리에서 일어섰다.

대학사댁도 더 이상 안전한 곳이 아니라는 추명의 말에 다들 마음이 급해졌다.

특히 추명은 마음이 편치 않았다.

그는 살수들의 특성을 잘 알고 있었다.

흑방은 청부를 마치기 전에는 결코 포기하지 않는다. 그의 불안은 공연한 것이 아니었다.

필살(必殺).

청부 대상자를 죽이지 못하면 보통은 두 배에서 열 배에 이르는 배상금을 물어야 했다. 그보다 더 문제가 되는 건 청부에 투입되었던 살수 개인에 대한 신뢰나 명성이 떨어지는 것은 당연하고, 실패한 조직은 고객을 잃는 것은 물론 같은 업계에서조차 제대로 대접을 받지 못했다.

반드시 다시 나타날 놈들이다.

추명은 얼마 전에 개봉부 포두 생활을 그만두었다.

어지럽게 돌아가는 판세를 보니 험한 강호로 뛰어든 결정이 잘못된 것이 아닌가 하는 생각마저 들 지경이었다. 무영과의 술자리에서 말을 나누다가 자신이 살아온 인생에 회의를 느낀 것이 이유라고나 할까. 그저 호구를 해결하기 위해 인생을 허비한 느낌이었다. 어떤 뚜렷한 목표를 가지고 살거나, 차라리 더 늙기 전에 확실하게 돈이라도 벌어야 겠다는 생각도 들었다.

문득 무영을 떠올린 그가 포두 출신답게 오씨 포목점부터 탐문을 시작한 섬서 상방의 연락망을 따라 무영을 서안까지 추적하는 데는 별 어려움이 없었다.

다행히 방극을 만날 수 있었는데, 그는 자신이 만났던 젊은이가 유명한 장무영 대장군이라는 사실에 대단히 놀랐다.

그 사실에 뭔가 자신의 늦깎이 인생을 풀어낼 끈을 잡은 느낌이 들었다.

다시 소주(蘇州)로 향하던 중 대학사의 죽음을 들었고, 아들인 장무영이 그 소식을 안다면 반드시 집으로 돌아올 것이라는 예측에 북경으로 왔다.

그런 그가 싸움판에 끼어든 것은 실로 우연이었다.

직업상 야행성인 추명은 난생처음 온 북경의 밤거리를 구경 삼아 다니다가 한 거리에서 크게 들리는 칼부림 소리에 놀랐다. 그것도 상당한 규모의 싸움이었다.

황도(皇都)에서 큰 싸움이 났는데도 관부에서 출동하지 않는 것을 이상히 여겨 몰래 싸움판을 구경하던 그는 복면인들에게 포위를 당해 쩔쩔매는 무영 일행을 보고 뛰어든 것이었다.

하지만 아직 끝난 것은 아니었다. 다시 온다면 철저한 준비를 하고 올 놈들이었다. 더구나 도성 안에서 집단 살상을 시도할 정도로 뒷배경이나 담이 큰 놈들이었으니 대학사댁이라 해도 결코 안전한 피난처가 되지 못할 것은 자명했다.

대학사가 칼을 맞은 곳도 집 앞이었다.

"자리를 피합시다. 복수도 중요하지만 우선 남은 사람들의 목숨이 더 중하오."

추명이 모두를 향해 말했다.

무영은 그 말에 대꾸를 하지 않았다.

아버님 장례식에도 참석하지 못한 처지에 산소에도 가보지 못하는 면목없는 놈이 되기는 싫었다. 하지만 죽은 사람을 위하다가 남은 사람들을 죽음으로 몰고 갈 권리도 없었다. 여러 가지 복잡한 생각이 머리를 오가는 통에 그는 쉽게 결정을 내리지 못했다.

추명이 입을 다물었다.

이런 상태에서 더 이상 말을 해보았자 입만 아프다.

그는 조용히 곡완주를 불러냈다.

"곡 공자, 지금 여기서 공자의 무공이 가장 높은 것으로 알고 있소. 지금 이곳은 매우 위험합니다. 살수들은 절대 먹이를 포기하는 법이 없소. 장 공자는 감정에 치우쳐 결정을 못하고 있으니 큰일이오."

"무슨 대책을 세워야 하는 것 아닙니까?"

"그래서 내가 공자를 부른 것이오. 내 짐작이 맞는다면 지금 집 주변을 감시하는 놈들이 한둘은 아닐 게요. 우선 그놈들을 조용히 제거해서 운신의 폭을 넓혀야 하오. 장 공자에게 그걸 알려 경각심을 가지게 할 필요가 있소."

추명은 다급한 어조로 말했다.

날이 어두워지면 흑방이 활동을 시작할 테니 밝을 때 움직이는 것이 차라리 낫다는 생각이었다.

곡완주의 신형이 순식간에 사라졌다.

그의 말투와 표정에서 그 일의 급박함을 읽은 까닭이다.

잠시 후 곡완주가 돌아왔다.

"모두 다섯 놈이었습니다."

감시가 늘어난 사실에 곡완주도 긴장했다.

무영이 고개를 끄덕였다. 이곳을 떠나자는 말이었다.

먼저 조일과 조삼의 호위 속에 미랑과 연화, 달뢰, 달우가 항주 동가장으로 길을 떠났다. 놈들이 오지 않는다면 다행한 일이지만 만일 싸움이 벌어지더라도 안전을 보장할 수 없기에 따로 보낸 것이다.

달뢰와 달우는 무영이 남궁화에게 받은 화령속근단을 먹고 많이 호전되기는 했지만 아직 제대로 기동을 하지 못했다. 그들은 남아서 같이 움직이기를 원했지만 오히려 짐이 된다는 말에 더 이상 고집을 부리지는 않았다.

남은 사람들은 무영과 함께 대학사 부부의 무덤에 가서 제사를 지냈다. 모두들 피눈물을 흘리며 복수를 다짐했다.

"제가 집을 떠나지만 않았어도……."

무영은 부모님의 죽음이 자신 때문인 것 같아 견딜 수 없었다.

"아니오, 운명이 그렇다면 어디에 있다고 피할 수 있었겠소? 그래도 두 분 마님께서 여러 사람들에게 잊지 못할 정을 남기고 가시지 않았소. 우리가 항상 기억할 테니 먼저 떠난 부모님도 그리 외롭지만은 않을 것이오."

달운이 말했다.

그들 형제를 마치 자식 대하듯 했던 대부인 주설하의 진한 사랑을 느낀 그들이었다.

산을 내려오면서도 그들은 있을지 모를 추적자를 대비했다.

"우리가 너무 예민하게 반응한 것이 아닙니까?"

달운이 말했다.

"그렇지가 않소. 살수들은 절대 포기라는 것을 모르오. 나는 청부 살인 사건을 숱하게 취급했지만 한두 번 실패했다고 그만두는 살수는 보지 못했소."

포두 출신인 추명의 말에 모두 긴장을 늦추지 못했다.

이미 하루가 다한 듯 땅거미가 서서히 깔리고 있었다.

곡완주는 무영의 뒤에서 말없이 따라왔다.

일단 싸움이 벌어지면 무공이 고강한 자신의 역할이 가장 중요했다.

상대는 살수, 아마도 무영을 집중적으로 노릴 것이라는 생각이 들었다.

'당신을 다치게 하는 놈들은 그냥 두지 않을 거예요.'

그녀는 앞서서 걸어가는 무영의 뒷모습을 보며 남몰래 다짐했다.

'무슨 일이 있어도 당신을 보호하겠어요.'

곡완주는 언제부터인가 마음속에 싹튼 야릇한 감정에 스스로가 놀란 적이 한두 번이 아니었다.

"추 포두님은 지금 우리 곁을 떠나시는 것이 어떻습니까? 놈들은 무서운 살수들입니다. 공연히 목숨을 거실 필요는 없습니다. 떠나시더라도 어제 도움을 주신 일은 절대 잊지 않겠습니다."

무영이 추명을 보며 말했다.

달운과 조씨 형제는 남이랄 수 없고, 곡완주도 형님 아우 하는 사이니 떠나라 하면 섭섭해할 것이었다. 하지만 추명까지 위험에 들게 할 수는 없다고 생각했다.

"아니, 나를 어떻게 보고 하는 소린가? 평생 관아에서 썩고 있기가 싫어 나온 놈일세. 혹시 아는가? 이번에 도와준 공으로 자네가 돈 좀 벌게 해줄는지."

그는 펄쩍 뛰면서도 익살스럽게 말했다.

"목숨을 걸어야 합니다."

"포두라는 직업을 우습게 아는구먼. 날마다 목숨을 걸지 않으면 해낼 수 없는 일일세. 내가 포승줄로 잡은 놈들 중에 제법 무공 높은 흉악한 강도나 도둑놈들이 어디 한둘인 줄 아는가? 그뿐 아니라 훗날 앙심을 품고 몰래 뒤에서 칼질이나 몽둥이질을 해댄 놈도 많았네. 하지만 아직까지 살아남았지."

"고맙습니다."

무영은 추명의 의리에 진심으로 고마워했다.

"지금껏 살아오면서 내가 제일 후회한 일이 뭔지 아는가? 바로 개봉부에서만 뱅뱅 돌며 한 달에 은자 몇 냥을 받고 세월을 보낸 일일세. 가족들에게 미안한 일이기는 하지만 나도 내 뜻을 펼쳐 보고 싶군. 자네 뒤를 따라다니면 잘은 몰라도 뭔가 이룰 것 같은 생각이 들어."

그는 허리춤에서 포승줄을 꺼내 팽팽하게 당기며 말을 이었다.

"자네, 이게 뭔지 아는가? 천잠사(天蠶絲)에 비할 바는 아니지만 은잠사(銀蠶絲)로 꼰 포승줄일세. 웬만한 도검에는 흠집이 나지 않는 것은 물론이고 잘만 휘두르면 쇠도 자르지. 덕분에 개봉에서는 은잠포왕(銀蠶捕王) 추명하면……. 후후."

추명의 너스레에 모두 웃었다. 큰 싸움을 앞두고 긴장을 풀어주려는 그의 마음 씀씀이였다.

갑자기 곡완주의 안색이 굳어졌다.

"왔습니다."

그 말에 모두 긴장하며 각자의 무기를 뽑았다.

내심 대비를 하고 있었지만 아직 날이 밝은데 공격을 해오리라곤 생각지 않았다. 날이 어두워지려면 아직 한 시진 정도는 더 있어야 하는 시각이었다.

하지만 곡완주의 말에 사방을 살피니 앞으로 난 길 좌우의 숲 속에 뭔가 음산한 기운이 뻗치고 있었다.

주변을 살피니 비스듬한 구릉에 시야가 가려 있어 성에서 멀리 떨어지지는 않았지만 관도를 오가는 사람들이 볼 수 없는 곳이었다.

여름 숲의 주인인 풀벌레 소리도 들리지 않았기에 사람들의 표정이 모두 굳었다.

더 이상 앞으로 나가기에는 살기가 너무 짙었다.

"너희들의 무덤은 파놓고 왔겠지?"

숲 속 어디선가 음산한 말소리가 들렸다.

"누구냐?!"

곡완주가 앞으로 나서며 날카롭게 반문했다.

"흐흐흐. 백면살귀, 지금이라도 네놈이 이곳을 떠난다면 성숙노괴의 체면을 보아 어제 일에 대한 책임을 묻진 않겠다."

얼핏 들으면 상대의 체면을 세워주는 듯하지만 기실 이 편의 분열을 노리자는 수작이었다.

"네놈 따위가 감히 내 스승님의 체면을 말할 자격이 있느냐?"

곡완주는 백면살귀가 누구를 말하는지 모르다가 사부인 성숙노괴 운운하는 것을 보고 자신을 가리키는 것이란 걸 알았다.

"관을 보기 전에는 눈물을 흘리지 않을 놈이구나."

말이 끝나기 무섭게 숲 속에서 암기가 비 오듯 쏟아지고 뒤를 이어 경장 차림의 흑의인 칠팔십이 쏟아져 나오더니 순식간에 포위망을 구성해 도검을 휘두르며 달려들었다.

곡완주는 검신에 내공을 주입했다. 다음 순간 그녀의 몸이 허공으로 치솟으며 검광을 뿜었다.

애화만천.

"으아악!"

칠팔 명의 흑의인들이 피를 뿜으며 쓰러졌다.

첫 수부터 공력을 극한으로 끌어올려 살수를 썼다.

일단 적을 만나면 최대한 많은 적을 죽이고 싸움을 시작하자는 약속을 했었다. 물론 말처럼 쉬운 일은 아니지만 그 방법이 최선이었다.

자신이 먼저 뛰쳐 나가며 다수의 적을 도륙하고 이어 다른 사람들이 공격을 한다는 것이 전략이었다.

강한 일격을 당한 흑의인들이 미처 상황을 수습하기도 전에 다시 곡완주의 제이검이 바람을 갈랐다. 호되게 당한 상대도 준비를 하고 있었지만 곡완주가 너무나 빨랐다. 다시 흑의인 둘이 가슴에 칼을 맞고 뒤로 쓰러졌다.

곡완주의 뒤를 무영과 달운이 받쳤고 추명과 조씨 형제는 반대쪽으로 치고 나갔다. 그녀는 순식간에 십여 명의 흑의인을 죽였는데 그중에는 무공이 상당해 보이는 흑의인도 몇몇 보이는 것이 아마 추명이 말했던 사신검수인 것 같았다.

기회를 노리던 무영은 묵환강기를 쳐내 사신검수 하나를 격살했고 달운도 흑의인 둘을 베었다.

하지만 추명과 조씨 형제들은 그렇지 못했다.

싸움이 시작될 무렵 은잠포승과 장창으로 몇 명 죽인 것을 빼고는 오히려 계속 밀리고 있었다.

삼사십에 이르는 흑의인들이 숲 속의 모든 공간을 점령하고 죽기살기로 추명과 조씨 형제를 포위하며 몰아치자 함께 등을 마주하고 버티던 조씨 형제들은 추명과 떨어져 이십여 명의 흑의인들에게 포위되어 싸우는 형국이 되었다.

게다가 흑의인들은 수시로 암기를 날리며 위협을 하는 통에 정신이 분산될 수밖에 없어 실력을 제대로 발휘할 수조차 없었지만, 조씨 형제들은 장창을 사용하는 덕분에 근접전을 피할 수 있어 그나마 겨우 함께 버티고 있었다.

하지만 시간이 흐르자 우열이 드러났다.

휘익―

한순간 굳게 자리를 지키던 그들의 머리 위로 갑자기 그물이 펴지며 허공을 덮었다. 곳곳에 흑의인들이 포위를 하며 압박하는 처지라 피할 자리도 없었다.

넷째는 미리 방향을 잡아 그물을 장창으로 쳐냈지만 나머지 두 형제는 싸움에 집중하느라 뒤늦게 발견했다. 그물이 창에 엉켜 둘째가 당황해 보법이 흐트러진 틈에 비표(秘鏢)가 날아와 허벅지에 박혔다.

"억!"

그의 한쪽 다리가 휘청하는 순간 혼전 중 한 흑의인의 검이 둘째의 목을 쓸었다.

'죽는구나.'

그는 망연한 눈빛으로 허공을 보는 순간 어디선가 날아온 홍광이 흑의인의 가슴을 꿰뚫었다.

"커억!"

흑의인은 가슴에 시커먼 구멍이 뚫어지면 뒤로 나가떨어졌다.

혼전 중에 우연히 발견한 무영이 그를 구했다. 하지만 무영은 대가를 치러야 했다. 대적하고 있던 사신검수의 날카로운 검이 허점을 보인 틈을 노려 허리를 쓸어왔다.

'흡!'

화끈한 느낌과 함께 허리에서 통증이 느껴졌다. 재빨리 몸을 틀어 상처가 깊지 않은 것이 다행이었다.

조씨 형제들은 여전히 힘든 싸움을 했다.

넷째는 그물 가장자리에 덮였기에 재빨리 창끝으로 걷어내며 옆으로 피했으나 그 틈을 노린 흑의인의 검에 왼팔이 찍혔다.

픽!

그가 비틀거리며 뒤로 물러서는 순간 어디선가 비표가 날아와 그대로 어깨에 박히며 그 충격에 창을 놓쳤다. 그러자 서너 개의 도검들이 그를 집중적으로 노리고 달려들었다. 넷째의 위기를 본 나머지 형제들이 달려들어 혼전을 벌이며 막아준 덕에 겨우 뒤로 몸을 뺐지만 온전하지는 못했다.

옆구리를 찔러오던 검을 미처 피하지 못한 것이었다. 검의 주인은 조이의 장창에 정수리를 맞고 절명했지만 넷째의 옆구리에는 주인없는 검이 깊숙이 박혔다. 조사는 그대로 주저앉았고 나머지 형제들은 그를 에워싸 보호하며 결사적으로 항전했다.

추명의 등에도 검이 스치며 살을 갈랐지만 개의치 않았다. 그는 이 자리에 뼈를 묻어도 할 수 없다고 생각했다. 미친 듯이 포승줄을 휘둘렀지만 이미 옆구리와 어깨에 심한 부상을 입어 움직임이 원활하지 못한 탓에 계속 위기를 맞았다.

무영은 정신없이 검을 휘둘렀다.

운룡대팔식의 화려한 검초는 다수의 고수를 상대하는 지금 힘만 낭비할 뿐이었다. 그는 일격에 목숨을 노리는 간결한 살수만을 사용했다. 내 살을 내주고 상대의 뼈를 자른다는 각오였다.

어차피 한 번 죽었던 목숨이 아닌가? 목표가 장무영인지라 이호를 위시한 몇 명의 사신검수들과 십수 명의 살수들은 그를 노렸다. 곡완주도 수시로 무영 주위에서 싸움판 이리저리로 몸을 날려가며 흑의인들을 주살했지만 그녀도 여기저기 크고 작은 상처를 입고 지쳐 가고 있었다.

그녀는 몸을 재빠르게 움직이며 상대의 틈을 이리저리 파고들어 공격하고 있었지만 수시로 무영에게 신경을 쓰는 탓에 검이 제 위력을 발휘하지 못해 번번이 상대에게 허점을 보여 위기를 맞기까지 했다.

이미 수십 명의 살수들이 피를 뿌리며 쓰러졌지만 공세는 조금도 수그러들 기미를 보이지 않았다.

한순간 무영이 허점을 보이며 비틀대자 기다렸다는 듯 세 개의 검이 그를 노리고 들어왔다.

"억!"

무영이 비틀대더니 무릎을 꿇었다.

두 개의 검은 겨우 막아냈지만 왼쪽 다리를 쓸어오는 이호의 마지막 일검은 피하지 못했다.

이호는 무영만 죽이면 된다는 생각으로 계속 기회를 노리다가 다른 사신검수들이 무영의 허점을 파고드는 순간 그의 심장을 노렸으나 무영이 몸을 틀자 다리를 공격한 것이었다.

뒤를 이어 또다시 몇 개의 검이 그를 향해 날아왔다.

사신검수 넷을 상대하던 곡완주는 자신의 몸을 돌보지 않고 달려나가 그들을 쓸어갔다. 그 순간 무리하게 몸을 빼는 그녀의 앞가슴에 흑의인의 날카로운 검이 날아들었다.

겨우 신형을 틀어 피해가며 무영을 향하던 몇 개의 검을 쳐냈으나 그녀도 성치 못했다. 또 하나의 검이 눈앞에서 번뜩인다고 느낀 순간 앞가슴에 화끈한 느낌이 든 것으로 자신도 당했음을 알았다.

'웃!'

몸이 휘청였지만 그녀의 눈은 그 와중에도 자신의 상처가 아니라 무영을 향하고 있었다.

“아악!”

곡완주의 눈이 커지며 경악성이 나왔다.

그토록 구하려고 애를 썼건만 흑의인들의 무자비한 공격에 무영은 몸이 난자당하며 쓰러지고 있었다.

“오지 마…….”

정신을 잃고 쓰러져 가는 무영의 눈에 자신을 구하기 위해 몸을 돌보지 않고 달려오는 곡완주의 모습이 들어오자 젖 먹던 힘까지 짜낸 무영의 마지막 뱉어낸 말이었다.

“안 돼!”

몸으로 공격을 받아가며 곁으로 달려온 곡완주는 무영을 일으켜 안고는 마지막 공력을 끌어올려 경공을 전개해 달아났다.

“쫓아라!”

미처 달아날 것을 예상하지 못한 이호가 당황하여 소리를 지르자 수십 명의 살수들이 그녀의 뒤를 쫓았다.

그녀는 젖 먹던 힘까지 다해 앞으로 몸을 날렸다. 공력을 일으킨 까닭에 검에 베인 앞가슴에서는 응급 지혈을 했음에도 피가 줄줄 흘러내렸지만 신경 쓸 겨를도 없었다.

무영을 안은 채 일각을 내달으니 뒤를 쫓아오는 자들의 수가 대여섯에 불과한 것이 보였다. 나머지는 무공이 처져 뒤를 놓친 것으로 보였다. 하지만 그들이 경공을 전개하며 쫓아오는 것을 보니 하나같이 상당한 고수라는 것을 알 수 있었다.

따라잡히면 끝장이다.

몸이라도 성하면 도박을 걸어볼 만도 했지만 지금은 아니었다.

곡완주는 가물거리는 정신을 억지로 다잡으며 전력으로 앞을 향해

질주했다. 한참을 달려오던 그녀는 높은 성벽이 앞을 가로막는 것을 보고야 자신이 북경성으로 돌아왔음을 알았다. 워낙 경황이 없어 방향을 잘못 잡아 호굴로 들어간 것이다.

온몸에 힘이 빠져나가고 있었기에 행여 무영을 놓칠까 팔에 더욱 힘을 주어 무영을 안은 그녀는 지키는 병사들을 무시하고 몸을 날려 수장 높이의 성벽을 넘었다. 병사들은 항상 모자라는 잠을 보충하기 바빴기에 아무도 그녀의 월장을 눈치 채지 못했다.

성벽 아래로 땅에 발을 디디는 순간 온몸에서 힘이 빠져나가며 다리가 휘청거렸지만 곡완주는 숨 돌릴 새도 없이 앞으로 뛰었다. 추적자를 떼어내려면 성벽이 뒤를 가려주는 사이에 재빨리 몸을 숨기는 길밖에 없었다.

곡완주는 무영을 안고 정신없이 골목 안으로 몸을 숨겼다.

이미 어둠이 내려 인적이 드물었다.

힘들게 골목길을 나서던 그녀는 눈에 익숙한 건물을 보았다. 청수원이었다. 어차피 성안에 그녀가 몸을 숨길 연고가 있는 곳도 없고, 더 이상 다른 곳으로 옮길 만한 힘도 남아 있지 않았다.

'생사는 하늘에 맡긴다.'

자신이 무단 침입을 해 화진(花陣) 안에 갇혀 있을 때도 아무런 위해를 가하지 않고 무사히 풀어주었다는 무영의 말을 기억하고는 그대로 후원의 담장을 넘었다.

제6장 이루지 못한 꿈은 바다로 흘러간다

쿵!

실내에 있던 하경은 후원의 꽃밭 안으로 무언가 둔중한 물체가 떨어지는 소리에 깜짝 놀랐다.

황급히 문을 열고 정원을 내다보니 꽃밭 안에 사람이 떨어져 있는 것이 희미한 등불에 보였다.

가슴이 철렁 내려앉은 그녀는 얼른 몸종 춘앵을 불렀다.

마침 춘앵도 무슨 소린가 하여 문가로 오고 있었다.

"저, 저것이 사람이 맞느냐?"

"그런 것 같습니다."

두 사람은 겁먹은 걸음걸이로 다가가 보았다.

"어멋!"

등불을 들고 앞장선 춘앵이 입을 가리며 소릴 질렀다.

"무, 무슨 일이냐?"

뒤를 따르던 하경이 놀라 한 걸음 물러서며 물었다.

"한 명은 장 공자고 다른 사람은 후원을 몇 번 넘나들었던 사람이에
요. 그런데… 어머, 심하게 피를 흘린 것 같아요."

금방 무영을 알아본 시비 춘앵이 말했다.

"뭐라고?"

하경은 깜짝 놀라며 앞으로 나갔다.

춘앵이 황급히 등불을 비추어주었다.

틀림없는 무영과 그 사내였다. 두 사람 모두 온몸에 피 칠을 한 채였
는데 몸 곳곳의 상처에서 계속 선혈을 흘리고 있었다.

"어, 어떻게 하지요?"

춘앵이 눈물을 흘릴 듯한 얼굴로 물었다.

열여섯의 그녀는 한 번도 이런 끔찍한 경우를 본 적이 없었기에 온
몸을 사시나무 떨듯 떨었다.

"일단 내실로 옮겨라."

"네? 피 좀 보세요. 죽었는지도 모르는데요."

"죽은 사람 몸에서는 피가 흘러나오지 않는다. 어서 서둘러라."

하경과 춘앵은 끙끙거리며 반 시진이나 허비해 겨우 두 사람을 침상
으로 옮기는 데 성공했다.

"화진(花陣)의 생문(生門)을 모두 닫아라."

하경은 혹시라도 이들의 뒤를 쫓을지 모르는 추적자를 염려해 그렇
게 지시했다. 춘앵은 밖으로 나가 주변의 나뭇가지 몇 개를 방위에 따
라 꽂고는 안으로 들어왔다.

조심스레 나란히 침상에 눕힌 후 춘앵이 급히 더운물을 준비하러 나

가자 하경은 곡완주의 가슴에서 흐르는 피를 보고 상처를 살피기 위해 앞섶을 열었다. 보기는 무영 쪽을 먼저 보았지만 이미 살았는지조차 판단하기 어려웠기 때문이었다.

앞가슴은 헝겊으로 한 겹 더 동여매져 있었는데 칼자국에 반쯤 잘린 상태였다.

조심스레 헝겊을 풀어가던 하경의 눈이 크게 떠졌다.

'아!'

하마터면 소리를 지를 뻔했다.

곱상한 사내로 생각했는데 남장여인이었다.

모습을 드러낸 앞가슴은 여자를 상징하는 두 개의 앙증맞은 봉오리가 솟아 있었다. 마치 잘 익은 뽀얀 수밀도(水蜜桃) 같은 젖무덤은 여자라도 마음을 설레게 할 만큼 귀여웠다. 도검 자국은 왼쪽 젖가슴 아래에서 배꼽으로 나 있는데 숨을 들이쉴 때마다 상처에서 조금씩 피가 배어 나왔다.

하경은 춘앵이 들어오는 발자국 소리가 들리자 황급히 앞가슴을 덮어주었다.

"의원을 부를까요?"

대야에 담아온 더운물을 탁자 위에 놓으며 춘앵이 물었다.

하경은 잠시 생각에 잠겼다. 그동안의 정황으로 보건대 두 사람을 이렇게 만든 상대는 자신이 몸을 의탁하고 있는 교가장일 가능성이 높았다.

교가장이 가진 정보력으로 볼 때 의원을 부른다는 것은 어쩌면 도박이 될지도 몰랐다.

"국 의원(菊醫員)을 모셔오거라."

하경은 사람을 살리는 것이 우선이라고 생각했다.

'나중에 벌어질 일은 두 사람의 명운에 달린 일이겠지.'

어쨌거나 자신은 이들을 살릴 재주가 없었다.

"하지만 국 의원님은 왕진을 하시는 분이 아닌데요."

"일단 모셔는 봐야 하지 않느냐. 출입은 뒷문으로 나가도록 하고 국 의원님이 오시든 오시지 않든 비밀로 해달라고 당부드려라. 오시고 안 오시고는 두 사람의 명운에 달린 일이다."

말은 그렇게 했지만 마음속으론 춘앵이 국 의원이 모셔오기를 간절히 빌었다. 춘앵이 나가자 하경은 급히 곡완주의 앞가슴을 열어 피가 흐르는 상처를 더운물로 닦아내고 지혈을 위해 흰 천으로 동여매 두었다.

상처는 그뿐이 아니었다.

또 다른 검상이 엉덩이에서 넓적다리 부근까지 나 있었는데, 자신이 여자이면서도 감히 상처를 들추어 볼 엄두를 내기가 민망한 여자의 비처(秘處) 근처였다. 하경은 상처에 피가 말라붙은 바지를 조심스레 벗겨내고 그곳도 동여매 주었다.

쉬운 일이 아니었기에 이마에는 송골송골 땀이 맺혔다.

이번에는 무영의 코에 손을 대보았으나 숨 쉬는 기운이 전혀 느껴지지 않았고 맥박의 움직임도 없었다. 몸은 여기저기 도검에 맞아 만신창이가 되어 있어 도저히 살아 있다는 생각이 들지 않았고 상처에서도 피가 흐르지 않았다.

죽었을까 하는 생각이 들자 공연히 안타까운 마음이 들었다.

'응?'

그런데 무영의 양 손목에 감겨 있는 묵환에서 은은한 홍색 기운이 사방으로 뻗쳐 나는 것이 아닌가?

여러 가지 장신구나 노리개를 보았지만 이토록 신기한 물건을 본 일은 없었다. 얼핏 보기에 거무튀튀한 것이 별로 가치있는 것으로 보이지 않았지만 자세히 보니 정교하게 새겨진 방패와 쌍검 무늬가 상당히 공을 들인 물건으로 보였다.

묵환은 스스로 홍광을 일으키고 있는 데 마치 무언가 말을 하려는 듯한 착각마저 들게 했다.

바로 그때였다.

웅, 웅, 웅.

정신을 집중하지 않으면 들을 수 없을 만큼 미약했지만 얕게 귓전을 스치는 웅웅거리는 소리에 깜짝 놀란 그녀는 소리가 나는 방향으로 고개를 돌렸다.

내실 쪽이었다.

신경을 집중해 겨우 방향을 잡아 따라가니 내실의 목곽 안에서 나는 소리였다. 목곽을 여니 안에서 검이 은은한 청광을 내뿜으며 소리를 내고 있었다.

검의 유래는 몰랐지만 돌아가신 아버님이 남기신 것으로 무공을 모르는 그녀지만 기념 삼아 가지고 있었던 것이다. 동물의 뼈로 된 것 같은데 무척 가볍지만 쇠와 부딪쳐도 흠집이 나지 않는 귀한 검이라는 것이 그녀가 아는 전부였다.

"아가씨, 국 의원님이 오셨습니다."

안으로 들어서기 전 춘앵이 그렇게 말한 것은 자신에게 면사를 쓸 시간을 주기 위한 것이었다. 화들짝 놀란 그녀는 황급히 목곽의 뚜껑을 닫고 침실로 가서 면사를 썼다.

“안으로 모셔라.”

춘앵이 들어서고 국 의원이 뒤를 따랐다.

국 의원은 그녀에게 가볍게 고개를 숙여 주인에 대한 예를 표하고는 곧장 환자가 있는 침상으로 다가갔다.

비록 크고 화려한 청루의 주인이었지만 만약당(萬藥堂)의 명성에 비추어 그 정도 인사면 적당했다.

그는 가지고 온 보자기를 풀어 진맥을 준비했다.

국 의원이 만약당 밖으로 왕진을 나온 것은 이번이 두 번째였는데 두 번 모두 같은 환자라는 것이 묘한 인연이었다. 죽은 대학사의 아들 무영이 아니라면 누가 부른다 해도 절대 발걸음하지 않았을 것이다. 하지만 대학사를 남달리 흠모한 그였기에 춘앵이 말한 환자 이름을 듣고는 조금도 망설이지 않았다.

대학사의 죽음은 그로서도 무척 안타까운 일이었다.

그토록 훌륭하신 분이 야밤에 괴한에게 피살됐다는 소식에 남다른 슬픔을 감추지 못했고, 나라를 지켜온 한 기둥이 뽑혀져 나갔다는 생각에 진정으로 나라의 장래를 걱정하기도 했다. 가능하다면 이제 하나 남은 아들이라도 살려내는 것이 존경했던 망자에 대한 자신의 조그마한 성의라는 생각이었다.

죽은 듯이 침상에 누워 있는 젊은이는 더 이상 예전에 자신이 진맥했던 천진난만한 모습의 어린 소년이 아니었지만 얼굴에 드러나는 윤곽은 옛날 그대로였다.

국 의원은 조심스레 무영의 맥을 짚어갔다. 자신도 모르게 신경이 예민해지는 것을 느꼈다. 숱한 환자를 진맥해 왔지만 이렇듯 의원 본인이 긴장하는 경우는 거의 없었다. 환자 앞에서 의원이 흥분된 마음을 갖는다는 것은 금기(禁忌) 중의 금기이기도 했지만 숱한 환자를 대하다 보면 감정이 메말라 그렇게 되는 것은 의원도 사람이기에 어쩔 수 없었다.

무영의 맥을 잡은 손끝에 조금의 기맥(氣脈)조차도 느껴지지 않았다.

준비한 종이를 꺼내 환자의 코끝에 가져가 보았으나 숨이 이미 끊어졌다는 것을 알 수 있었다. 하지만 그는 포기하지 않고 계속 무영의 전신을 세심히 관찰했다.

"한 시진 전에도 지금과 똑같은 상태였습니다. 다른 곳에서 심한 상처를 입은 채 업혀 왔는데, 외람된 말씀이지만 이미 명(命)이 끊어진 것은 아닌지요?"

옆에서 같이 긴장해 가며 국 의원이 진찰하는 과정을 지켜보다 못한 하경이 말했다.

"한 시진 전에도 이랬다는 말이오?"

"예, 숨도 쉬지 않았고 맥도 없었습니다."

"흠……."

국 의원은 숨을 들이쉬었다.

그는 다시 무영의 몸을 만져 보았다.

아직까지 몸에는 따뜻한 체온이 느껴지고 있었다.

한 시진 전에도 이미 숨을 쉬지 않고 있었다면 지금쯤 몸이 싸늘하게 식어 있어야 옳았다.

국 의원은 문득 과거의 기억을 떠올렸다.

그때도 자신은 이미 죽음을 돌이킬 수 없을 것으로 말했지만 황제 폐하께서 내리신 만년설삼을 복용하곤 나았다고 했다. 하지만 자신이 알기로 그 당시에는 이미 그 경계를 넘어 어떤 영약을 복용시키더라도 회생의 가능성은 없어 보였다. 당시 들리는 말로 어떤 노법사가 신통력을 발휘해 자신의 목숨과 바꿔가며 무영을 살렸다는 말도 들렸지만 자신이 알고 있는 의리(醫理)로는 도저히 납득할 수 없었다.

무언가 자신이 알아내지 못한 것이 있다는 생각에 그는 온 신경을 집중하고 발끝부터 머리끝까지 다시 살폈다. 도검에 의한 숱한 상처가 몸을 덮다시피 했다.

'허!'

국 의원은 고개를 저었다.

이 젊은이에게 상처를 입힌 사람들은 전문적으로 사람을 죽이는 것을 업으로 하는 자들임이 틀림없었다. 모든 상처들이 상대에게 결정적으로 타격을 주는 인체의 요혈에 집중되어 있는 것을 보면 알 수 있었다.

목과 어깨가 만나는 곳에 있는 짓뭉개진 견우혈(肩髃穴)의 상처는 싸움판에서 두 손을 묶었고, 갈비뼈 아래 경문혈(京門穴)의 칼자국은 명줄을 노렸다. 예를 들자면 한이 없지만 상대의 손속이 악랄하기까지 하다고 보는 것이, 발뒤꿈치 경골혈(京骨穴)마저도 도검 자국 있다는 것은 무영을 공격한 상대가 전문적으로 순식간에 상대를 무력화시켜 목숨을 끊어버리는 훈련을 받았음을 말했다.

상처가 각각인 것이 무영을 공격한 사람은 한둘이 아니라는 얘기다. 아마도 여러 명의 적들에게 둘러싸여 어려운 싸움을 벌이다가 겨우 목숨을 구해 도망쳐 왔을 것이었다.

아무리 난전 중에 벌어진 공격이라지만 이렇게 급소만 공격한다는 것은 뼈를 깎는 훈련 없이는 가능한 일이 아니었다.

전에도 이런 상처 입은 사람을 여럿 보았었다. 돈을 받고 사람을 전문적으로 죽인다는 살수의 짓이다. 그렇게 받은 상처는 환자에게 치명적이라 살아난다 해도 평생을 불구로 살아야 하는 것은 물론이고 힘도 제대로 쓰지 못한다. 식사는 물론 대소변까지도 남의 손을 빌려야 한다는 말이었다.

그러나 지금 누워 있는 대학사의 아들은 남의 시중받는 것은 고사하고 살아날 희망이 거의 없어 보였다.

상처로 보아 피를 한 시진이 넘도록 흘린 것은 분명했다. 아마 도망치며 제대로 지혈을 하지 못한 것이 틀림없다. 피를 쏟게 되면 보통 일각을 버티기도 힘들다. 벌써 죽었어야 할 목숨이다. 상처로 보아도 최소한 두 시진은 지난 것이 틀림없었다.

그런데,

지금쯤 관(棺)을 짤 목재를 무엇으로 쓸 것인지 걱정해야 할 시각에 호흡도 멎어 이미 숨이 끊어진 것이 분명한 상태로 몸의 온기를 유지하는 이유는 도대체 무엇이란 말인가?

국 의원이 그것을 밝혀내는 것은 환자의 생사 여부를 떠나 의원으로서의 호기심과 자존심에 관한 문제였다.

한참을 살피던 국 의원에게 짚이는 것이 있었다.

묵환을 차고 있는 무영의 양 손목 주위에서 느껴지는 온기는 다른 곳보다 더 따뜻한 기운이었는데, 그 온기들이 은근히 전신으로 퍼지며 몸을 데우고 있는 것을 알았다. 게다가 묵환에는 은은한 홍광까지 감돌고 있었는데 그 빛이 너무 약한 데다 환자의 몸에만 온 신경을 집중하느라 미처 알아채지 못한 것이다.

피독주(避毒珠)니 피한주(避寒珠)니 하는 얘기는 들었어도 죽은 사람의 몸에 온기를 불어넣는 신묘한 기능을 가진 기물(奇物)에 대한 얘기는 들어본 적이 없었다. 하지만 자신이 지금 눈으로 보고 있는 환자의 상태는 분명 정상적인 것이 아니었고, 그것이 손목에 끼고 있는 묵환 때문일 것이라는 생각은 이미 마음속에 확신처럼 와 닿았다.

그의 시선이 곡완주에게 옮겨갔다.

더 이상 자신이 무영을 위해 해줄 수 있는 일은 없다는 생각에 그는 시선을 곡완주에게 옮겼다.

"저… 공자님은 어떤 상태인가요?"

하경의 인내심이 한계에 달했다.

그녀는 더 이상 조급한 마음을 이기지 못하고 국 의원에게 물었다.

"솔직히 본 의원도 자세히는 말하기가 어렵소. 그러나 환자의 생사에 관해 내기를 건다면 나는 살아난다는 쪽에 걸겠소."

말을 마친 국 의원은 더 이상 무영의 상세를 돌보지 않고 곡완주를 살피기 시작했다. 이미 무영의 상태가 어떤 의리(醫理)로 설명될 성질의 것이 아니기에 하경의 질문에 의원으로서 일일이 설명할 수도 없었다.

국 의원은 곡완주에게 집중했다.

맥을 짚은 국 의원의 표정이 얄궂게 변하더니 고개를 돌려 하경을 보고 무어라 말을 하려고 했다.

'여자요?'

하경이 춘앵을 힐끔 보고는 재빨리 고개만 끄덕였다.

'네, 하지만 이목이 있으니.'

대충 그런 뜻이었다.

수년을 자신의 수발을 들어온 춘앵을 못 믿을 건 아니었지만 내심 작정한 바가 있기에 사소한 것일지라도 이 사람들의 비밀을 알게 하고 싶지 않았다.

국 의원은 고개를 돌려 곡완주의 상세를 계속 살폈다. 여자라는 것을 알았기에 환자일지라도 조심스럽게 대했다. 국 의원이야 남자든 여자든 다 같은 환자로 전혀 개의치 않았지만, 여자들의 경우 함부로 대했다가는 후일 그 일로 환자가 충격을 받는 수도 있기 때문이다. 그가 명의라는 소리를 듣는 것은 실력도 실력이었지만 환자에게 나쁜 영향을 줄 수 있는 사소한 것이라도 가리려는 배려가 한몫했다.

한참이 지난 후에 국 의원이 손길을 거두었다.

하경이 진료를 마치고 돌아앉은 국 의원을 마주 보았다. 그녀의 상세를 말해 달라는 것이었다.

"아직 생사를 가늠할 때는 아니지만 산다 해도 평생 침상에서 누워 지내야 할 것이오."

"……."

하경이 할 말을 잃었다.

"다행히 눈에 난 상처가 깊지 않아 흉터는 남겠지만 외눈박이는 면하겠소. 앞가슴의 상처는 별것 아니지만 의외로 등을 지나간 칼자국이 척추를 건드려 신경이 마비될 가능성이 높소. 게다가 옆구리에 찔린 칼이 아래로 내리박혀 중요한 것을 다치게 해 평생 구실을 할 수가 없을 것이오."

그 말에 춘앵도 심히 애처롭다는 표정을 지었다.

같은 말이지만 하경은 아이를 가질 수 없다는 말로 들었고, 사내로 알고 있는 춘앵은 '그것' 이 제구실을 못한다는 말로 들었다.

"살 가능성은 육칠 할이라고 보면 되오."

말을 마친 국 의원은 지필묵을 준비해 처방전을 써주고는 자리에서 일어났다.

"정말 살아날 수 있을까요?"

국 의원이 가고 난 후 춘앵이 물었다.

"의원도 알지 못하는 것을 내 어찌 알겠느냐? 밤이 늦었으니 너도 이만 물러가도록 해라."

하경은 춘앵을 물렸다. 목곽 안에 있는 검에 대한 궁금증을 하루빨리 알아보고 싶었다.

하경도 국 의원의 행동에서 묵환과 무영의 상세가 어떤 관련이 있을지 모른다는 것을 짐작하고는 있었다. 천하에 기진이보(奇珍異寶)는 한둘이 아닐 테니 무영이 명줄을 붙잡고 있는 게 묵환의 효능에 의한 것이라면 중원의 명의 국 의원이라 해도 알 수 없으리라는 생각이었다.

하경이 검을 목곽에서 빼는 순간 기이한 울림이 전해졌다.

예전에 가끔 아버지를 생각하며 만진 적은 있었지만 이런 느낌을 받은 적은 단 한 번도 없었다.

"아악! 이, 이게!"

갑자기 정원에서 사람들의 공포에 찬 목소리가 들려왔다.

누군가 담을 넘었다가 진세(陣勢)에 빠진 것이다.

이미 생문(生門)이 닫히고 곳곳이 사문(死門)이라 일단 진 속으로 들어서면 갖가지 환상에 시달리다가 자기 편끼리 서로를 죽이거나 끝내는 환상에 빠져 진기가 고갈되어 죽음에 이르는 것이 만화절진(萬花絕陣)의 무서움이었다.

설사 진법에 정통한 자라 할지라도 팔괘(八卦)와 구궁(九宮)이 교묘하게 얽힌 진을 파해한다는 것은 상당한 공을 들이지 않으면 불가능했다.

하경이 얼른 창밖을 내다보았다.

몇 명의 흑의인들이 진세 속에 빠져 정신을 차리지 못하고 있었다. 허공을 향해 장풍을 날리거나 검을 휘두르는 등 반응도 각양각색이었는데 하나같이 무공이 고강한 자들이라는 것을 알 수 있었다.

"아씨, 어, 어쩌지요?"

어느 틈에 춘앵이 겁에 질린 얼굴로 물어왔다.

그녀도 침입자로 인해 화진(花陣)이 발동하며 소란이 일자 다시 돌아왔다.

"사향(四香)을 후원으로 불러들여라."

하경의 말에 춘앵이 후원과 본건물을 통하는 중문으로 내달았다.

사향은 매향, 국향, 난향 죽향으로 청수원의 이름값을 올리는 청루의 네 기둥이었다.

일단 진세가 발동된 후원으로 들어올 수 있는 사람은 청수원에서도 하경의 시비인 춘앵과 사향 자매뿐이었다.

그때였다.

"원주님, 교가장에서 사람이 왔습니다. 교가장에 큰 죄를 지은 사람들이 본 원의 후원 담을 넘어 들어갔다고 합니다. 뒤를 쫓던 교가장 사람들이 만화절진에 갇혔으니 진세를 열어 사람들을 풀어주고 죄인들을 인도해 달라고 합니다."

매향이었다.

"누가 왔더냐?"

"부총관입니다."

말을 하는 중에 춘앵이 사향의 나머지 자매들과 함께 중문을 넘어 들어섰다.

"만약 사부님과 나 사이에 심각한 문제가 있다면 너희들은 누구를 따를 셈이냐?”

하경의 갑작스런 말에 춘앵을 비롯한 사향의 안색이 변했다.

그들은 한순간 할 말을 잊은 듯 서로의 눈치를 보고 있던 중 춘앵이 앞으로 나서며 말했다.

“사부님은 길에서 주리던 저를 거두어 길러주신 분으로 그 은혜는 결코 잊을 수 없을 것입니다. 저는 절대 사부님을 배신할 수 없습니다.”

하경의 안색이 변했다.

“하지만 원주님은 어릴 때부터 저와 함께 고락을 같이하신 분이니 그 정이 어찌 친자매보다 적다고 하겠습니까? 사부님께는 죄송한 일이지만 저는 원주님을 따르겠습니다.”

그 말에 하경의 굳었던 얼굴이 다시 펴졌다.

“저희 또한 같습니다. 사부님의 은혜는 잊을 수 없으나 다른 사람도 아닌 원주님이 사부님과 등을 돌려야 할 사정이 있다면 저희 자매도 원주님을 따를 것입니다.”

매란국죽 네 명의 여인들은 서로의 얼굴을 마주 보며 뭔가 뜻을 주고받더니 결심을 한 듯 매향이 대표로 나서며 말했다.

“고맙구나.”

떨리는 소리로 하경의 눈이 붉게 물들었다.

그녀들에게 무리한 선택을 강요한 것은 이제 사부와의 악연을 끊을 때가 왔다는 생각에서였다.

‘아버지.’

전대(前代) 하오문주 하공명(夏功皿)이 그녀의 아버지라는 것을 아는 사람은 아무도 없었다.

벌써 십 년도 넘은 일이었다.

기회만 있으면 아랫사람들이 항상 권좌를 탐하는 약육강식의 하오문에서 수십 년 동안 문주 자리를 굳게 지켜왔던 아버지는 가장 믿었던 부하에게 죽임을 당해 영원히 밀려났다.

대부분의 하오문도들이 그렇지만 지금의 하오문주 문일기(門溢冀)도 그녀의 아버지가 거둔 고아였다. 하지만 하공명은 정이 많은 사람이라 그를 마치 자식처럼 대했다.

그녀보다 이십여 세 연상인 문일기는 하공명의 늦게 둔 딸 하경을 마치 친딸처럼 보살폈고 어떤 가족도 부럽지 않을 만큼 화목했는데, 항상 경계를 늦추지 않던 하공명도 그런 문일기에 대해서는 부문주에 임명할 정도로 조금의 의심도 품지 않고 믿었다.

아버지의 회갑연이 있던 그날 여덟 살밖에 되지 않던 그녀가 본 것은 안방 문을 나서던 아버지를 등 뒤에서 단검으로 찌르며 잔혹한 웃음을 짓던 문일기였다.

아버지를 놀래주려고 아무도 없는 안방 침상 밑에 숨어 있던 그녀가 본 것은 너무나 끔찍했다.

"서, 설마 일기 네가……."

입가로 피를 흘리며 쓰러지던 아버지가 망연한 표정으로 남긴 마지막 말과 음산한 미소를 지으며 단검에 묻은 피를 닦아내던 문일기의 짐승 같은 얼굴을 잊을 수 없었다.

더 충격적인 것은 늦은 나이에 자신을 낳다 돌아가신 엄마를 대신해 온 새엄마가 그동안 문일기의 정부(情婦) 노릇을 해왔다는 것을 알았을 때였다. 그녀는 문일기가 하공명을 죽이자 기다렸다는 듯이 나타나 문일기의 품에 안겼다.

"호호호, 운공을 하기 전에는 공력을 상실한 걸 눈치 채지 못한다더니 이번에 구한 산공독의 효과는 정말 대단하군요."

"흐흐흐, 만약 놈이 그걸 복용하지 않았더라면 자신을 죽이려는 살기를 모르진 않았을 게요. 그래도 결과는 달라지지 않았겠지만 일이 좀 시끄러워질 우려가 있었지."

침상 밑에 숨어 있던 하경은 두 정부들의 대화를 하나도 빼지 않고 들었다.

지금의 사부를 만난 것은 아버지의 또 다른 심복이던 팔비랑(八匕浪)을 따라 집을 나선 이후였다. 밤중에 몰래 팔비랑의 손에 이끌려 집을 나서는 그녀를 몇몇 총방의 무사들이 보았으나 옛정을 생각했음인지 모두 눈감아주었다.

하경이 지금의 사부인 요월선자(夭月仙子)를 만난 것도 바로 그 무렵이었다. 이름만 사부였지 사제 간의 정은 조금도 없었다. 그동안 이 자리를 지키고 있으면서 가르치고 키워준 것에 대한 보답은 충분히 했다는 생각이었다.

"곧 이곳을 떠날 테니 반각 안에 각자 간단한 짐을 꾸려라. 모두들 필히 사내 옷을 챙기도록 해라."

청수원의 기녀들은 가끔 저잣거리를 구경 갈 때면 남들의 이목을 피하기 위해 남장을 하고 다녔기에 모두들 자기 몸에 맞는 한 벌씩의 남자 옷은 준비하고 있었다.

그녀의 말에 모두들 자신의 방으로 돌아갔다.

하경은 골검이 든 목곽과 간단한 은자, 그리고 당장 갈아입을 옷에 꼭 필요한 것만 챙긴 후에 두 사람을 운반할 들것을 만들었다.

가장 빠른 시간 안에 만화절진을 파괴할 수 있는 사람은 자신의 사부인 요월선자뿐이었다. 교가장에서 자신들의 배신을 눈치 채고 요월선자를 보내려면 적어도 한 시진은 걸릴 것이니 그동안 최대한 멀고 안전한 곳으로 달아나는 것이 급선무였다.

잠시 후에 행낭을 꾸려 나타난 사향과 춘앵이 두 사람을 재빨리 들 것에 옮기자 하경은 손잡이를 돌려 침상이 들리도록 했다. 침상 밑으로는 한 사람이 겨우 통과할 만한 통로가 나 있었다.

하경을 제외한 다른 여인들의 입이 벌어졌다.

한 번도 들은 적이 없는 통로였기 때문이다. 심지어 같이 생활하던 춘앵조차도 모르는 길이었다. 비도(秘道)는 사부인 요월선자가 이곳을 꾸밀 당시 만들어둔 비밀 통로였다.

그녀는 항상 자신이 도망갈 곳을 만들어두고 움직이는 여자였다. 자신의 부귀영달만이 목적이기에 다른 사람의 행복이나 불행은 안중에도 없었다. 그런 종류의 인간들이 대개 그렇듯 요월선자도 자신이 최후로 몰렸을 경우를 대비해 청수장을 만들 때부터 지하비도(地下秘道)를 만들어놓고 있었는데 그 사실을 아는 사람은 요월선자와 하경뿐이었다.

모두들 힘을 합쳐 어렵게 두 사람을 통로 안으로 끌고 들어갔다.

통로의 입구에는 화섭자와 횃불이 준비되어 있었고 암도(暗道)는 성 밖 한 기루의 마구간으로 통해 있다는 것을 알고 있었다.

하경이 알기로 그곳 책임자는 사매인 수진(繡珍)이었다. 그녀는 하경보다 한 살 아래였는데, 하경을 무척 잘 따랐기에 청수원에 같이 들어와 살기를 원했으나 암도의 출구를 책임질 믿을 만한 사람을 우려했던 사부에 의해 뜻을 이루지 못했다.

하경이 횃불에 불을 붙여 앞장섰고, 사향은 들것을 들고 춘앵과 함께 그 뒤를 따랐다.

칙칙한 냄새 나는 지하 통로는 무척 길었는데 그들은 반 시진이 지나서야 출구로 나올 수 있었다.

그런데 마구간 옆 바닥의 출구 문을 여는 순간 하경은 깜짝 놀랐다.

"어서 나오세요."

수진이었다.

"어, 어떻게?"

간이 콩알만해진 하경이 물었다.

"놀라지 마세요. 암도를 나가는 출구에 가까이 오면 자신도 모르게 청석을 밟게 되어 있는데 그게 제 방의 줄과 연결되어 있어 제가 알 수 있어요. 그런데 설마 언니가 올 줄은 몰랐군요."

하경이 가슴을 쓸어 내렸다.

뒤를 따르던 다른 사람들도 혹시 발각이 된 줄 알고 걱정을 했던 터라 모두 안도의 한숨을 내쉬었다.

"동생, 급히 마차 한 대만 구해줄 수 있어? 이유는 묻지 말고."

하경은 사정하듯 말했다.

잠시 그녀를 보던 수진이 고개를 끄덕였다.

하경이 뒤로 신호를 보내자 사향이 들것을 들고 암도 밖으로 나섰다.

"혹시?"

미처 들것을 보지 못했던 수진은 깜짝 놀랐으나 아무런 질문도 하지 않고 밖으로 갔다.

"마차는 준비했어요. 다른 것은 묻지 않겠지만 언니가 사부님 몰래 이곳을 떠나려 한다면 저도 데려가 주세요."

다시 나타난 수진이 말했다.

하경이 말이 없자 그녀는 다시 말했다.

"언니도 알잖아요? 저도 더 이상 이렇게 살고 싶지는 않아요."

수진이 말하는 뜻을 하경이라고 모를 리 없었다.

얼마 지나지 않아 나이가 차면 수진도 거물들의 상납용으로 보내질 것이 틀림없었다.

"같이 가자."

하경의 말에 수진은 뛸 듯이 기뻐하며 마구간으로 가서 몇 필의 말을 끌고 왔다.

"마차가 좁아 다 탈 수 없으니 언니와 부상을 입은 사람들만 타고 나머지는 말을 타야 해요. 그런데 어디로 가죠?"

"일단 통주(通州)로 간다."

더 이상 물을 필요도, 시간도 없었다. 그들이 환자들을 마차 안으로 옮기자 춘앵이 마차의 고삐를 잡고 출발했다. 기루의 마구간지기는 한밤중의 행렬에 뭔가 물어보려고 머뭇거렸지만 무섭게 쏘아보는 수진의 눈초리에 입을 닫았다.

통주까지는 수십 리 길이었다. 마을을 벗어나 관도에 들어서자 그들은 말의 속도를 더했다.

"속도를 더 빨리해라."

하경이 마차 밖으로 머리를 내밀어 춘앵을 보며 말했다.

"네, 아씨."

춘앵이 채찍을 쥔 손에 더욱 힘을 가했다.

관도를 비춰주는 달빛이 길을 밝혀주어 다행이었다.

통주 나루터에 도착하니 이미 밤이 늦어 술시(戌時: 열시 전후)에 접어든지라 인적이 드물었다. 다행히 늦게 남아서 배를 정리하는 한 노인

수부(水夫)를 만나 배를 살 수 있었다. 작고 낡은 배를 시세보다 서너 배는 넘게 주겠다는 말에 노인은 두말없이 배를 팔았다. 후하게 쳐주는 대신 북당(北塘)까지 배를 몰아달라고 부탁했다.

북당은 대해(大海)로 나가는 입구였다.

물길을 따라가도 반나절은 족히 걸리는 거리였지만 노인은 사내들이 모두 들것에 몸을 의탁해야 하는 환자인 것을 알고는 늦은 밤이었으나 기꺼이 그 청을 수락했다.

"대해(大海)로 간다. 중원에서 그자들의 손길이 덜 미치는 곳은 장강 이남뿐이다. 날이 새기 전에 북당에 도착해 대해를 갈 수 있는 배를 찾아야 한다."

하경이 모두를 향해 굳은 얼굴로 말했다.

"허, 인시(寅時:네시 전후) 전에 북당에 도착할 텐데 그때 무슨 배를 수소문한다는 게요? 묘시(卯時:여섯시 전후)는 되어야 할 텐데 한 시진 이상은 족히 기다려야 할 게요. 게다가 잘 모르는 상태에서 배를 잡으려면 한두 시진은 걸릴 것으로 생각해야 하오. 내가 부당에 잘 아는 선주가 몇 있으니 은밀히 손을 써주리다."

사공이 걱정스런 어조로 도움을 자청하고 나섰다.

"그래만 주신다면 은혜는 잊지 않겠습니다. 목적지는 일단 장강 이남으로 부탁드릴 게요. 그리고 포구에 도착하면 이 약재도 부탁드려요"

하경이 국 의원의 처방전까지 맡기며 춘앵에게 눈짓을 하자 그녀는 재빨리 보퉁이에서 은원보(銀元寶:말굽 모양 은덩이) 한 개를 꺼내 사공에게 건넸다.

"허, 이렇게 하지 않으셔도 되는데."

사공은 그렇게 말하면서도 달빛에 반짝이는 은덩이를 누가 가져가기라도 할 것처럼 재빨리 받아 품속에 넣었다. 포구에 있는 약재상은 손님들이 한밤중이나 새벽에도 문을 두드리는 데 익숙해 있어 약재를 구하는 것은 그리 어렵지 않을 터였다.

능숙한 사공의 솜씨에 배는 백하(白河)의 물살을 타고 화살처럼 빠르게 하류로 내려갔다.

"환자를 데리고 여자들만 여행을 한다면 뒤를 쫓는 자들이 누군지는 몰라도 금방 추적해 올 테니 은자가 충분하다면 안전을 위해 배를 세내는 것이 좋을 게요."

"여러모로 신경 써주셔서 고맙습니다. 은자는 신경 쓰지 마시고 배만 빌릴 수 있도록 해주세요."

하경이 진심으로 고마워하며 인사했다.

"일 년이면 이런 비슷한 일이 몇 번은 벌어진다오. 왜들 그리 서로 죽이려고만 드는지. 쯧쯧. 하지만 여자들만 이렇게 쫓겨 다니는 것을 보는 것은 처음이라오."

노사공은 북당에 도착하자 일행을 배 안에 남겨두고 떠나더니 반 시진 후에 돌아왔다. 그는 약재도 구했는지 보퉁이를 춘앵에게 넘겨주며 말했다.

"손님이 모두 여자들이라니 배를 태우는 것을 꺼리기는 했지만 은자 삼백 냥에 배를 빌렸소. 대신 해신(海神)님이 노여워할지 모르니 모두 남장(男裝)을 해달라는 부탁이오. 크지는 않지만 물을 따라 내려간다면 그런 대로 안전할 게요. 선주를 빼고도 사공이 다섯인데, 낭자들의 안전을 위해 북경에 사는 먼 조카가 일을 당해 복주로 피해 간다고 말해두었소. 하지만 워낙 거친 사람들이니 각별히 조심해야 할 게요. 참고로 내 이름은 도강언이라 하고 육십이 넘은 지 몇 년 되었소. 혹시 선장이 묻거든 내가 일러준 대로 대답하시오."

하경은 너무 고맙게 대해주는지라 은원보 한 덩이를 더 주었다.

도강언의 안내에 따라 포구에 있던 큰 배로 옮겨 탄 일행이 백오십 냥의 전표를 선불로 건네주자 배가 어둠을 뚫고 동해로 나갔다.

선장은 자신이 양씨라고 소개했다.

도강언이 먼 친척이라고 소개했다지만 이미 대충 사정을 짐작하고 있었는지 밤바람이 차니 선실로 들어가라는 말만 하고는 더 이상 묻지 않았다. 하지만 모두들 바다로 처음 나와보는지 환자들 옆에 붙어 있는 하경과 춘앵을 제외하고는 갑판 위에서 기둥이며 문짝을 붙잡고 바다를 구경하며 들어가지 않았다.

바다로 나가니 배가 출렁거리기 시작했다. 게다가 점점 바람이 거세게 불어오더니 총총하던 하늘이 금세 어두워지며 달빛마저도 보이지 않게 되었다.

탈 때에는 제법 큰 배라고 생각했는데 대해로 나오니 강의 거룻배만도 못하다는 생각이 들 정도로 일렁거려 도 노인이 크지 않은 배라고 한 말을 실감했다.

"위험하니 모두 안으로 들어가시오. 아무래도 오늘 밤 한바탕 비바람과 싸워야 할 것 같소이다."

하늘을 살피던 선장 양씨가 일행을 선실로 몰았다.

높은 파도에 배가 심하게 출렁거리는 통에 겁을 잔뜩 집어먹은 여자들은 재빨리 선실로 들어갔다.

파도는 점점 거세졌고, 그에 따라 배의 출렁임도 거세졌는데 모두들 배는 처음 타보는지라 잠시 후 곳곳에서 웩웩거리며 아까 먹은 저녁 식사를 반납해야 했다.

배는 해안선을 따라 육지의 불빛으로 방향을 잡아가며 남쪽으로 내려가고 있었는데 파도가 한 번 지나갈 때마다 배가 휘청거려 선실 안은 잠깐 사이에 사람들의 토사물이 사방에 튀어 악취가 가득했다.

그들은 배 멀미에 정신이 없는 와중에도 무영과 곡완주를 떨어지지 않게 침상에 묶었다. 생사의 고비를 오가는 그들에게 이런 여행은 큰 부담이겠지만 청수장에 있거나 행여 교가장의 추격꾼에게 잡힌다면 틀림없이 죽을 것이 분명하니 어쩔 수 없었다.

가지고 왔던 짐들도 배의 출렁거림에 따라 이리저리 쓸려 다니는지라 모두 침상 다리에 묶어두었다.

하경은 배의 이곳저곳을 잡고 풍랑에 비틀거리는 몸을 겨우 유지하며 갑판으로 고개를 내밀었다. 혹시라도 배가 침몰할까 걱정이 되었기에 상황을 보려고 밖으로 나온 것이다. 갑판 위에서는 거센 비바람에도 선부들이 돛을 잡고 키를 유지하느라 안간힘을 쓰고 있었다.

"안에 들어가 얌전히 있지 않고 왜 나오는 게야?"

양씨 선장의 말투가 거칠어졌다. 그렇지 않아도 갑자기 변한 날씨에 내심 여자를 태워 용왕신이 노하셨나 하고 걱정하던 차였기 때문이다. 원래 바다에 나오면 그날 날씨는 한 치 앞을 예측할 수 없을 정도이기는 하지만 이런 핑곗거리가 생기면 선부들이 반발할 우려가 있기 때문이었다.

찔끔한 하경은 군말없이 재빨리 안으로 들어갔다.

비비람은 새벽 내내 계속되더니 수평선 너머에서 아침 해가 떠오를 무렵에야 잠잠해졌다.

"바다가 처음이면 모두 나와서 구경을 해도 좋소. 바다에서 저렇게 힘차게 뜨는 해를 보는 것도 자주 있는 일은 아니오."

선장이 선실 밖에서 안을 향해 말했다. 가뜩이나 갇혀서 고생을 한 터라 그 말에 모두들 갑판 위로 올라왔다.

마치 누렇게 타오르듯 바다를 물들이며 아침 해가 솟았다.

"아!"

누가 먼저랄 것도 없이 모든 사람들의 입에서 탄성이 절로 나왔고, 쫓기는 몸이라 묵직하던 마음 한구석이 바다 위를 번져 나가는 아침 해의 금빛 물결에 가슴이 팍 터져 나갈 듯한 감흥을 맛보았다. 그들은 도망가는 상황이라는 것도 잊은 채 뱃전에 몰려 해가 바다 위를 둥실 떠오를 때까지 지켜보았다.

"지금 어디쯤 지나가고 있나요?"

배는 계속해서 뭍을 오른쪽에 두고 바다를 내려가고 있었기에 멀리 보이는 돈대(墩臺)를 보고 물었다.

"등주(登州)요. 저곳을 지나면 발해만을 벗어나게 되니 파도가 더 거세질 게요."

"여태껏 엄청 고생했다고 생각했는데 그보다도 더 심해진다는 말씀이세요?"

"새벽에는 비바람이 심하게 몰아쳐서 그런 것이고 보통은 지난 새벽보다 더하지 않소. 덕분에 금방 바다에 익숙하게 되었으니 새벽에 몰아친 폭풍우가 댁들한테 그리 나쁜 것만은 아니었던 것 같구려."

양 선장의 말에 하경이 미소를 머금었다. 남장에 문사건을 했기에 면사를 하지 않은 그녀의 얼굴은 떠오르는 아침 햇살에 눈이 부실 정도로 아름답게 빛났다.

'헉!'

선장 양씨는 오십이 넘었지만 그 모습에 갑자기 숨이 탁 막히는 것이 반쯤 넋이 나갈 정도였다. 이미 이들이 남장을 한 여인들이라는 것

을 들어 알고 있었다. 그런 사실이 오히려 마음속에 묘한 흥분마저 일
으키고 있었다.

'꿀떡.'

양씨는 목구멍으로 침을 삼키는 소리를 행여 상대가 들을까 고개를
틀어가며 애써 목젖을 눌렀다.

'어이구, 이 나이에.'

순풍은 아니었지만 배를 익숙하게 모는 경험있는 선부들에 의해 빠
른 속도로 남으로 내려가고 있었다.

선부들의 입장에서는 비록 선객들에게 부드럽게 대한다고 했지만,
여자들이 보기에는 이제껏 자신들에게 대해왔던 품위있고 점잖은 남자
들에 비해 무척 거칠게 느껴져 답답하더라도 선실 밖으로 나오는 일은
하루에 몇 번에 불과했다.

하지만 그날 아침의 대화 이후로 양 선장의 머리 속은 하경에 대한
생각으로 가득 찼다. 자신도 그 나이에 딸만큼 어린 나이의 여자에게
그런 마음이 생길 줄은 몰랐지만 한번 피어오른 정염은 쉽게 수그러들
줄 몰랐다. 사내라고는 중환자인 남자 둘이 전부고 모두 아리따운 아
가씨들뿐이니 부두의 작부들만 상대하던 그로서는 어쩌면 당연한 반응
일지도 몰랐다.

그뿐이 아니었다.

이미 대충 내막을 눈치 챈 선부들도 은근히 한 배를 탄 남장 여자들
을 훔쳐보기에 바빴다. 그들은 말은 안 했어도 선장의 마음을 눈치 챘
는지 자기들끼리도 잠깐씩 밖으로 나오는 여자들을 보며 대충 서로 간
에 저 여자는 내가 찜했고, 또 저 여자는 누가 찍은 여자고 하는 구별
이 생겨나고 있었다. 실로 떡 줄 사람은 생각도 하지 않고 있었지만 언

제는 쥐서 먹었냐 하는 식이랄까?

숱한 한량들을 상대해 온 청수원의 여자들이 그런 분위기를 감지하지 못할 리 없었기에 하경을 위시한 여자들도 은근한 위기감마저 느끼고 있었다.

"어쩌죠? 이러다가 무슨 일이 일어나는 것이 아닐까요?"

저녁이 되자 춘앵이 여자들만 모인 선실에서 말을 꺼냈다.

모두들 알고 있었지만 차라리 입에 올리기 싫은 말이었기에 누구도 꺼내지 않고 있을 뿐이었다. 바다로 나온 지 하루 만에 이런 문제가 생기리라고는 전혀 짐작하지 못했었다.

"앞으로도 열흘은 족히 가야 할 텐데 큰일이구나. 우리끼리라도 조심하는 수밖에 없지 않느냐?"

하경도 마땅한 대책이 없어 그렇게 말할 뿐이었다.

하지만 식사라든가 용변 처리라든가 하는 피치 못할 상황이 있기에 조심하는 것도 한계가 있을 수밖에 없었다.

불행하게도 지금 그들 중에 무공을 배운 여자는 하나도 없었다. 만일 배 안의 사내들이 우격다짐으로 나온다면 꼼짝없이 당할 수밖에 없는 것이다. 또한 일이 벌어지면 후환을 없애기 위해 한 명도 살려두지 않을 것은 분명했다.

제7장

하늘은 하나를 얻어서 맑고,
땅에서는 다 달라니 어둡다

"참자, 참자, 참자."

양 선장은 자신의 인내력과 처절한 싸움을 벌이고 있었다.

벌써 사흘째였다.

오늘도 양심과 욕념의 사이에서 어쩔 줄 모르고 속을 끓이던 양 선장은 더 이상 표현을 자제하지 못하고 선부들 앞에서 자신도 모르게 그만 속내를 드러내는 말을 내뱉은 것이다.

여태껏 단 한 번도 화물이나 선객을 태우고서 하늘을 두고, 황법을 두고 한 점 부끄럼이나 잘못이 없다 할 수 없지만 그래도 대충 남들이 사는 것처럼 그렇게 양심적으로 평생을 보냈다고 자부했던 그였다.

"뭘 참자는 말씀입니까?"

돛대와 갑판을 담당하는 선부 전씨였다.

"엉? 내, 내가 그랬나? 음, 아니야. 자네들은 일이나 하게."

하지만 대충 얼버무리려는 양 선장의 속마음을 모를 리 없는 선부들
이 불을 질렀다.

"거, 남장을 했지만 평생 그렇게 아름다운 아가씨들을 한둘도 아니
고 일곱이나 한자리에서 보게 될 줄은 정말 몰랐습니다."

"그, 그렇지."

선장으로서의 권위를 내세워 배 안의 기강을 어지럽히는 말은 덮어
야 할 양씨였지만 뻔히 속을 들킨 것 같아 그럴 엄두도 내지 못하고 자
신도 모르게 맞장구치고 말았다.

"허참, 저런 계집을 한번 품어보는 것이 평생 소원이었는데 바로 옆
에 두고도 속을 끓이자니 밤마다 '그것'이 여간 귀찮게 굴어야 말이지
요. 차라리 눈에 띄지나 말 것이지, 가슴은 왜 그리 볼록하고 허리는
또 왜 그리 잘록한지. 게다가 지나가며 엉덩이를 한 번씩 흔들 때마다
눈이 팽팽 돌아가는 것 같습니다요."

"험, 험."

선장이 제대로 말을 못하고 헛기침만 해대자 전씨는 이때다 싶었는
지 말을 이었다.

"사실 이런 바다에서야 무슨 일이 일어난들 우리끼리만 입을 다물고
있으면 누가 알겠습니까? 도 영감에게야 무사히 잘 데려다 줬다고 말
하면 그뿐일 것이고, 또……."

"전씨, 뭔 소리를 하는 거야, 지금?"

더 이상 계속 듣고 있다가는 무슨 일이 날까 덜컥 겁이 난 양 선장이
얼른 말을 잘랐다. 하지만 전씨의 말은 그의 마음속에 있는 불량한 생
각을 대변한 것이나 다름없었다. 다른 선부들도 모두 각자 맡은 일을
하고 있었지만 그들의 말에 귀를 기울이고 있었다.

'휴, 이런 바다에서 미녀를 떼로 옆에 두고 그런 생각도 없으면 사내도 아니지.'

양 선장은 애써 그렇게 생각하곤 머리를 저어가며 나쁜 생각을 털어버리려고 노력했다. 하지만 배시시 미소 짓는 하경의 아름다운 모습이 머리 속을 떠나지 않았다.

양 선장이 우려하던 일은 그날 밤에 벌어졌다.

갑판수 전삼은 교대로 밤 항로를 지키느라 당번을 서야 했기에 잠을 자지 못하고 있었는데 하필이면 다들 싫어하는 새벽 당번이라 졸리는 잠을 쫓아가며 번을 서야 했다.

삐걱.

전방을 주시하고 있던 그는 선실로 통하는 문이 열리자 깜짝 놀라다가 이내 사람이 나오자 새벽에 오물을 버리기 위해 여자들이 나온다는 얘기를 떠올렸다.

보는 눈이 있기에 아무래도 낮에는 밖으로 들고 나와 처리하기가 곤란해 밤중에 처리해야 했는데 오물을 처리하는 일은 막내 격인 춘앵이 맡고 있었다.

춘앵은 그를 발견하곤 가볍게 고개를 숙이고는 난간으로 가서 오물을 버렸다. 뒷간이 따로 없는 배 안이니 어쩔 수 없었다.

"험, 험."

전삼이 나지막이 기침을 하며 춘앵에게 다가갔다.

춘앵은 깜짝 놀랐으나 그동안 한 번도 별 탈이 없었기에 겁은 났지만 아무런 짓도 하지 않은 그를 피해 달아나는 것도 우스운 일이어서 가만히 서 있었다.

"험. 소, 소저, 바다가 처음인 모양이오?"

행여 무슨 건수라도 있을까 가까이 다가서기는 했지만 마땅히 할 말이 없는 전삼은 뻔한 질문을 했다.

"예? 예."

말을 걸어오자 화들짝 놀랐지만 몇 차례 안면이 있는 터에 모른 체할 수 없어 춘앵은 간단히 대답했다.

"험."

밤 근무라 심심했는 데다 젊은 아가씨와 얘기를 나누는 모처럼의 기회를 맞은 전삼이었지만 특별히 할 말을 찾지 못해 헛기침만 하며 우물거리는 순간이었다.

"어머나!"

아직 배를 타는 것에 익숙하지 않은 춘앵이 배가 파도에 넘실대는 순간 옆으로 비틀했다.

전삼이 깜짝 놀라며 춘앵을 잡아갔지만 이미 그녀는 들고 있던 오물통을 저만치 놓치며 갑판 위로 굴렀다.

춘앵을 일으키기 위해 다가간 전삼은 순간적으로 짙은 여자 냄새를 맡자 아찔한 기분을 느꼈다. 뱃일 나간 사이 마누라가 이웃 사는 홀아비 곽가 놈하고 눈이 맞아 셋이나 되는 애들을 버려두고 집을 나간 것이 삼 년 전이었다.

그동안 포구를 떠도는 퇴기(退妓)들과 동전 몇십 문씩 주고 합방을 한 적은 있었지만 워낙 닳고 닳은 년들이라 별 감흥을 느끼지 못해 그 짓도 그만두었다.

전삼은 오랜만에 맡는 풋풋한 여인의 살 내음에 문득 진짜 여자를 안아본 지 무척 오래됐다는 생각이 들었다. 처음 결혼했을 때 열일곱 마누라가 풍기던 바로 그 속살 냄새였다.

'나중 일은 후에 생각하자.'

전삼은 아랫도리의 유혹을 참지 못했다.

'에라.'

그는 재빨리 춘앵을 눌러가며 한 손으로는 입을 막고 다른 한 손으로는 바지를 끌러 내렸다.

'읍, 읍! 안 돼, 안 돼!'

춘앵이 주먹으로 전삼을 때려가며 발버둥질을 쳤으나 뱃사람의 우악스런 손길을 당해낼 수는 없었다.

부욱.

이미 반쯤 돌아버린 전삼의 눈에는 가릴 것이 없었다.

그는 춘앵의 반항으로 앞섶이 제대로 열리지 않자 그대로 찢어버리고는 젖 가리개마저 풀었다.

달빛 아래 성숙한 여인의 뽀얀 수밀도가 드러났다.

춘앵의 발버둥질이 계속되자 전삼이 무릎으로 그녀의 넓적다리를 우악스럽게 눌렀다. 급한 김에 그녀는 다리를 오므렸지만 전삼의 무릎이 찍어오자 그만 힘이 풀리며 두 다리가 벌어졌다.

전삼은 한 손을 재빨리 움직여 바지와 고의를 끌어내린 후 자신도 급히 하의를 벗어버리고는 춘앵의 위로 올라탔다.

"악!"

춘앵이 놀라 소리를 질렀다.

사내의 손에 입이 막혀 있었으나 그가 바지에 신경을 쓰는 사이 저도 모르게 고개를 돌려 소리친 것이었다.

퍽!

전삼은 급한 김에 춘앵의 안면을 주먹으로 쳤다.

춘앵의 몸이 물먹은 솜처럼 풀어졌다.

그녀는 충격과 주먹 세례, 그리고 이어지는 하체가 찢어지는 고통에 정신을 잃고 고개를 늘어뜨렸다.

전삼은 넘실대는 파도에 흔들리는 배 위에서 마치 박자를 맞추듯이 하며 이마가 땀에 번들거리도록 춘앵의 몸을 유린했다.

밤하늘은 우중충한 구름에 가려 별빛을 잃었다.

한순간 전삼의 몸이 율동을 멈추었다.

"휴……."

일을 마친 전삼이 바지춤를 올리며 긴 한숨을 몰아쉬었다.

예상대로 계집은 사내가 처음이었다.

막상 일을 끝내고 보니 은근히 걱정이 됐다.

양 선장이나 다른 선부들이 계집들을 훔쳐보고 있다는 것은 알고 있지만 막상 일은 자기가 먼저 저질렀으니 그들이 이 사실을 알면 어떻게 나올 것인지 걱정이 된 것이다.

그는 일단 계집을 달래 입막음을 하기로 했다.

"이봐, 그만 일어나라구. 어차피 겪어야 할 일인데 홀아비인 내게 육보시(肉布施)를 했다고 치면 그리 서운하지 않을 게야. 내가 입 꽉 다물어줄 테니 아무 걱정 말구."

전삼이 계집을 흔들어 깨우며 말했다.

"엇!"

전삼은 화들짝 놀랐다.

계집의 몸이 싸늘히 식어 있었다. 진작에 죽어 있는 것을 그 짓에 정신이 팔려 몰랐다.

'사람을 죽였다.'

뱃일을 하다 보면 사고도 제법 나는 편이어서 그는 죽은 사람이 풍기는 냄새를 금세 알 수 있었다.

전삼의 맥이 급하게 요동 쳤다.

이미 계집을 안았을 때 느꼈던 흥분은 싹 가신 지 오래였다. 아까 소리를 지르려 하기에 급한 김에 얼굴을 한 대 후려친 것이 너무 셌던 것이 분명했다.

이 일이 알려지면 항구에 도착하는 즉시 관아로 압송되어 죽음을 면치 못할 것이라는 생각이 들었다.

겁에 질려 사방을 두리번거리던 그는 이내 결심한 듯 춘앵을 덥석 안아 바다에 던져 버렸다.

풍덩.

춘앵의 몸이 마치 짐짝처럼 밤바다의 차가운 물속으로 빨려들었고, 넘실대는 파도가 춘앵을 그대로 삼켰다.

방금 전 속살까지 섞은 처지에 미안한 마음이 없는 것은 아니지만 내가 살자면 어쩔 수 없었다.

"사람이 빠졌다! 사람이 물에 빠졌다!"

춘앵의 시신이 파도 속으로 사라진 것을 확인한 그는 선실 쪽에 대고 크게 소리를 질러댔다. 춘앵의 죽음을 실족하여 일어난 일로 위장하려는 것이었다.

"무슨 소리냐?"

잠결에 놀라 깬 선장 양씨를 비롯한 선원들과 하경 일행이 전삼의 고함에 갑판으로 달려나왔다.

"아까 선객 중에 한 분이 오물통을 비우려고 난간 쪽으로 가기에 그러려니 했는데, 제가 전방을 살피는 사이에 풍덩 소리가 나서 달려가 보니 보이지 않지 뭡니까."

"뭐야? 그럼 물에 빠졌다는 말이 아닌가?"

"그런 것 같습니다. 제가 달려왔을 때는 갑판 위에 아무것도 보이지 않았습니다."

전삼은 미리 준비해 둔 말을 스스로도 놀랄 정도로 조금도 더듬지 않고 쏟아냈다. 여자를 범하고 죽인 데다 시체까지 바다에 버렸으니 흥분해서 말이 더 잘 나왔는지도 몰랐다. 정신없이 쏟아내는 그의 말은 누가 보아도 사실로 믿을 정도로 감정 표현이 적절했다.

하경은 망연자실했다.

막내 같던 춘앵이었다. 미처 피지도 못하고 그렇게 허무하게 가리라고는 상상도 못했다.

행여 시체라도 찾을 수 있을까 일행 모두 난간에 달라붙어 이리저리 바다를 살펴보았으나 눈앞에 보이는 것은 이삼 장 높이로 출렁거리는 파도뿐이었다.

한동안 같이 바다를 둘러보던 양 선장을 비롯한 선부들은 끝내 춘앵의 시체가 보이지 않자 아무 말도 하지 않고 하경 일행을 지켜보기만 했다. 달이 훤하고 파도가 그리 높지는 않았지만 밤바다에서 시체를 찾는다는 것은 불가능했다. 아니, 낮이라도 일단 바다에 빠진 사람을 찾아 건져 내기는 쉽지 않을 터였다.

"선실로 돌아가자."

반 시진이 넘도록 바다에서 눈을 떼지 않던 하경이 나직하게 말하며 발걸음을 돌리자 사향과 수진이 말없이 뒤를 따랐다. 사향은 청수원 외원(外院)에서 주로 생활을 했기에 하경만큼 춘앵과 가까이 지냈던 사람이 없다는 것을 알았다. 그런 하경이 포기를 한 것이다. 다른 사람들도 내심 춘앵의 죽음을 기정사실로 받아들인 터였다.

그때, 맨 뒤를 따르던 수진의 눈에 옷이 찢어진 것으로 보이는 헝겊이 바닥에 떨어져 있는 것이 보였다.

수진은 영특한 소녀였다.

그녀는 재빨리 헝겊을 주워 소매 속으로 감추었다.

객실은 두 사람이 한방을 쓰도록 되어 있었기에 수진과 춘앵이 같은 방을 썼고 사향 자매가 두 개의 방을 썼다.

선실로 돌아온 일행은 각자의 객실로 가고 하경이 혼자 남았다. 하경은 무영과 곡완주를 직접 돌보며 같은 방을 쓰고 있었다. 배를 타고 오는 동안 곡완주는 입으로 흘려주는 약을 받아 마시며 누워 있는 자리에서 가끔 헛소리를 하는 등 깨어날 기미를 보였으나 무영은 아직도 정신을 차리지 못하고 있었다.

'내가 잘못했나?

비록 춘앵이 자신의 몸종이기는 했지만 오랫동안 정이 들었기에 동생이나 다름없었다. 갑자기 준비도 없이 청수원을 떠나 달아난 것이 춘앵을 죽게 했다는 생각에 하경은 깊은 자책감에 젖었다.

"언니, 들어가도 돼요?"

수진의 목소리였다.

"들어오너라."

혼자 있고 싶은 상태였지만 굳이 찾아온 수진을 물리고 싶은 생각은 없었다.

수진은 마치 무엇에 쫓기는 것처럼 밖을 살피더니 선실 문을 닫고는 소매 속에서 헝겊 조각을 꺼내 하경에게 보여주었다.

"그게 무엇이냐?"

"갑판에서 주운 것이에요. 혹시 해서 몰래 주워 온 것인데 제가 방에 가서 살펴보니 춘앵의 옷자락이 틀림없어요. 난간에서 꽤 멀리 떨어진 선실 입구 쪽이더군요."

"……."

"그 뱃놈이 춘앵을 겁간하고 바다에 던져 버린 것이 틀림없어요."

"……."

"언니, 어떻게 하지요?"

수진은 분하기도 하고 겁이 나기도 해 어찌할 바를 모르고 하경에게 물었다.

"날이 밝으면 선장에게 가서 따지겠다."

대답이 없던 하경이 마침내 결심을 한 듯 입을 열었다.

그녀도 이런 상황에서 시비를 가려야 하는지 망설였지만 도저히 춘앵의 죽음을 묵과할 수 없었던 것이다. 비록 일행을 이끌고 있었지만 그녀도 아직 스물이 넘지 않은 소녀였다.

"그동안 이 방에 있을 게요, 언니. 그 방에는 가고 싶지 않아요."

춘앵과 같은 선실을 썼던 수진은 도저히 아무도 없는 그곳으로 가고 싶지 않았다.

고개를 끄덕인 하경은 말없이 침상에 누운 두 사람을 보았다.

곡완주는 여전히 정신을 차리지 못하고 있었는데 그때 무영을 덮은 담요가 조금씩 들썩이는 것이 눈에 띄었다.

'앗.'

혹시 잘못 본 것은 아닌가 해서 두 눈을 부릅뜨고 다시 살폈지만 틀림없이 무영은 숨을 쉬고 있었다. 도박을 한다면 살아나는 쪽에 걸겠다는 국 의원의 말이 헛소리는 아닌 듯, 정말 그가 소문대로 명의는 맞구나 하는 생각이 들었다.

하경은 그 사실을 굳이 다른 사람들에게 알리지는 않았다. 춘앵이 죽은 이 마당에 떠들고 다닐 만한 큰 위안거리는 아니었기 때문이다.

뜬눈으로 그렇게 아침을 맞은 그들은 적당한 시간이 되자 다 함께 갑판으로 몰려 나갔다. 수진이 간밤에 옷자락을 주웠던 장소를 살폈다. 처녀의 파과(破瓜)를 말해 주는 핏자국이 난간과는 멀리 떨어진 선실 입구 쪽 갑판에 있었다.

"여기서 당한 것이 틀림없어요."

수진이 이를 갈듯 말했다.

선장 양씨는 여자들이 우르르 몰려나오자 무슨 일인가 하여 곁에서 지켜보다가 핏자국을 보고는 이내 사태를 짐작했다. 그렇지 않아도 선부 전씨의 말에 의심을 품고 있던 차였다.

"전가 놈은 어디 있느냐?"

"근무를 마치고 자고 있을 겁니다."

양 선장의 말에 주변에 서 있던 선부 하나가 대답했다.

"당장 끌고 오너라."

선부 셋이 우르르 선실로 내려갔다. 마치 한꺼번에 달려가 요절이라도 낼 듯한 기세였다.

하경을 비롯한 일행은 서로 얼굴만 마주 보며 사태의 추이를 지켜보았다.

"이놈들이!"

하지만 한참이 지났는데도 밖으로 나오는 기미가 없자 양 선장이 인상을 쓰며 선실 쪽으로 내려가려는 순간 전삼을 비롯한 선부들이 갑판으로 올라왔다.

전삼은 태연한 표정으로 앞장섰고, 그 뒤를 다른 선부들이 따라왔는데 표정들이 이상했다.

"어젯밤 네놈이 손님에게 몹쓸 짓을 한 것이 틀림없으렷다!"

선장 양씨가 눈을 부릅뜨며 말했다.

"흥, 그래서 어쨌다는 말이오? 그래서 당신이 저년들의 아비라도 된다는 것이오?"

두 손을 옆구리에 떡하니 올리고 하는 전삼의 당당한 말에 양씨는 숨이 턱 막혔다. 위계질서가 엄격한 배 위에서 고용한 선원들이 이렇게 나올 수 있는 경우는 단 하나뿐이었다.

선상 반란(船上反亂).

일이 터졌다.

도 영감이 급한 김에 너무 서둘러 객잔에 자고 있던 타지 선부 다섯을 깨워 배에 태운 것이 실수였다. 물론 그중 두 명은 양 선장도 몇 번 안면이 있는 놈들이었지만 포구의 인연이라는 것이 다 그렇다는 것쯤은 양 선장도 잘 알고 있었다.

본래 이 정도의 배를 몰려면 선부만도 최소한 열 명 이상이 필요한데 일이 꼬이려니 자신이 데리고 있던 사람들 중 하나가 이웃 마을 처녀와 장가를 간다고 하여 다른 선부들도 모두 신부를 맞기 위해 그 마을로 떠나 버려 사람이 없었던 까닭이다.

애초 그의 생각은 해안을 끼고 천천히 내려오다가 적당한 포구에 들러 선부를 모집해 계속 운항할 생각이었는데 의외로 파도가 거세 배를 붙이지도 못하고 계속 내려왔다.

"흐흐흐, 당신도 맘이 있다면 옛정을 생각해서 하나쯤 넘겨줄 수도 있소. 대신 우리는 중간에서 내리고 당신은 따로 선부들을 구해 배를 몰고 가면 그뿐 아니겠소?"

전삼은 능글맞게 웃어가며 양 선장에게 말했다.

이미 그의 뒤에는 남은 네 명의 선부들이 팔짱을 끼고 은근히 양 선장을 압박하며 위세를 보였다. 아마 전삼을 잡아오기 위해 선실로 내려간 선부들이 놈의 유혹에 넘어간 것이 분명했다.

"잘 생각하시오. 누이 좋고 매부 좋은 일이라는 것이 바로 이런 경우를 두고 하는 말이 아니겠소?"

전삼이 선심이나 쓰듯 그렇게 말한 것은 양 선장과 일종의 타협점을 모색하기 위함이었다. 양 선장까지 없앤다면 나중에 배의 처리가 골치 아플 뿐 아니라 후일 자신들이 평생 관부에 쫓겨 다니는 신세가 되어야 하지만, 만일 서로 타협을 해서 양 선장도 계집들 중에 하나를 건드리게 한다면 공범이 되는 셈이니 포구에 닿더라도 양 선장이 자신들을 고발하지는 못할 것이라는 계산이었다.

양 선장은 갈피를 잡기가 곤란한 판국이었다.

선객들을 소개한 도 노인과의 관계를 고려한다거나 선장으로서의 책무를 생각한다면 도저히 놈의 말을 따를 수 없지만, 지금 선부들 모두가 전삼의 편이 된 형세로 그로서도 어찌해 볼 방법이 없었다. 남은 선부들도 그동안 여자들의 미모에 눈이 반쯤 돌아 버렸다가 제 살길을 찾는 전삼의 꼬드김에 쉽게 넘어간 것이 분명했다.

"흐흐흐, 빨리 결정을 하시오. 사실 당신이나 나나 저만한 계집들을 어디 가서 맛보겠소? 마침 남은 계집이 여섯이니 당신만 승낙한다면 우선적으로 마음에 드는 계집을 골라 붙여주겠소. 배에서 한동안 즐기며 보내다가 바다에 던져 버리면 누가 알겠소?"

전삼은 선장이 머뭇거리자 다시 재촉을 했다.

하경 등은 얼굴이 노래졌고, 막내 격인 수진은 몸을 벌벌 떨기까지 했다. 뱃놈들이 거칠다는 말은 들었어도 이렇게까지 흉악무도한 놈들인 줄은 꿈에도 몰랐던 것이다.

하경이 재빨리 눈짓을 했다.

일단 피할 곳은 선실뿐이었다. 하경은 얼른 떨고 있는 수진을 끌다시피 해서 선실로 통하는 문으로 데려갔다.

"크하하핫! 계집들아, 이 배 안에서 갈 곳이 어디 있다고 그러느냐? 먼저 들어가 몸을 깨끗이 씻고 기다려라! 이 어르신께서 얘기를 마저 끝내고 가서 진정한 사내 맛을 보여주마."

전삼이 뒤에서 크게 웃으며 말했다.

사실 선실로 들어가 문을 잠근다 해도 발길질 한 번이면 뜯어져 나갈 것이었기에 전삼은 조금도 걱정하지 않았던 것이다. 오히려 바다로 뛰어들까 내심 신경을 쓰고 있었는데 알아서 선실 안으로 들어가 주니 고마울 따름이었다.

"어떻게 해요? 흑흑."

수진이 어쩔 줄 몰라 하며 울기부터 했다. 하지만 하경이라고 뾰족한 수가 있을 턱이 없었다. 그녀도 등 뒤로 식은땀을 흘릴 지경이었다.

하경은 아직도 침상에 평안히 누워 있는 두 사람을 보았다. 이런 사정을 모르는지 그저 평온한 표정으로 잠들어 숨만 내쉬고 있었다.

하경은 목곽에서 골검을 꺼냈다.

무공을 익힌 적은 없지만 어차피 상대도 무공을 모르는 뱃사람들이니 버티다 안 되면 자결하면 그뿐이라는 생각이었다. 그녀의 행동에 자극을 받았는지 사향 중 맏이인 매향도 곡완주의 검을 꺼내 들었다.
나머지 자매들도 모두 품속에서 소도를 꺼냈다.

"어쩌겠소?"
갑판 위에서는 전삼이 최후의 통첩을 해왔다.
나머지 선부들도 어느 틈엔가 주변에서 몽둥이며 장대 등을 하나씩
주워 들고는 양 선장을 에워쌌다.
"음, 음."
말로만 들었던 선상 반란이라는 것을 처음 겪어보는 양 선장은 목숨
이 위험하다는 것을 직감으로 느꼈다. 자존심이 상했지만 자신의 명줄
보다 우선하는 것은 없었다. 게다가 집에 가면 자신을 기다리고 있을
마누라며 딸자식들이 눈에 선했다.
그때였다.
이렇게 된 이상 하는 수 없다고 생각하던 양 선장의 눈에 가까이 접
근하고 있는 다섯 척의 배가 눈에 들어왔다. 선부들에게 신경 쓰느라
주변을 살피지 못한 틈에 가까이 접근한 것이다.
"엉? 왜선(倭船)이다!"
양 선장이 놀라 소리쳤다.
왜구들은 십여 척, 혹은 수십 척 전후의 배로 무리를 지어 다니다가
관군의 감시가 소홀한 틈을 타 해안의 부락들을 노략질하곤 했는데, 포
로로 잡은 사내들과 아녀자들을 노리개나 노예로 팔아먹곤 하는 일이
자주 일어나 조정의 큰 골칫거리였지만 마땅한 대책을 세우지도 못하
고 있었다. 게다가 규모가 점점 커지면서 웬만한 관군들도 왜구들이
몰려다니면 속수무책으로 감히 마주 대적할 생각조차 못했다.

이삼십 년 전에는 왜구들이 감히 중원을 넘보지 못했었다.

본시 왜구들은 수십 수백 척의 배에 수백에서 수천에 이르는 병력으로 무인도에 본거지를 두거나 한 지역을 점령해 머물면서 배를 몰고 중원의 동남해안을 따라 떠돌며 노략질을 했었다.

단순한 왜구들도 문제였지만 먹고살기 힘든 해안의 빈농들이 이에 합세하여 앞머리를 밀고 아랫도리만 겨우 가리는 왜구들의 옷을 입고는 같이 노략질을 해대는 통에 그 규모는 많을 때는 수만을 헤아렸다.

토벌을 나간 관군들이 오히려 포위를 당해 전멸되다시피 한 것이 한두 번이 아니었다. 그것은 관군의 구성이 각 주의 주군(州軍)과 다른 성에서 지원을 온 객군(客軍)으로 구성되어 있어 명령 체계가 일사불란하지 못했고, 객군들은 남의 지역을 위해 목숨 바쳐 싸우기를 꺼려해 싸움을 회피했기 때문이었다.

몇십 년 전에는 척계광이라는 걸출한 장수가 광동(廣東)과 복건(福建)의 총병으로 있으면서 척가군(戚家軍)을 조직하여 해안 일대에 대규모 성채까지 지어가며 약탈을 일삼던 왜구를 차례차례 격멸하여 씨를 말리다시피 했었다. 그 후 왜구들을 거의 볼 수 없다가 최근 명나라 수비군의 기강이 느슨해진 틈을 타고 다시 활동 영역을 넓히고 있었다.

양 선장도 몇 번 왜선들과 마주친 적이 있지만 그때마다 재빨리 달아났었다. 왜선들은 통상 단돛이라 풍랑에 약하고 속도가 느렸기에 일찍 발견하기만 하면 충분히 달아날 수 있었던 것이다.

양 선장의 고함에 놀라 선부들이 돌아보니 왜선들이 이미 수십 장 가까이에 접근해 있었다.

선부들이 허겁지겁 돛에 매달렸다.

반란이고 계집이고 간에 왜구들에게 잡히면 끝장이라는 것을 모두들 알고 있었다. 바다에 떠 있는 배에서 믿을 것은 돛이 전부였다.

씨잉, 씽—

이쪽에서 급히 돛을 올리자 몰래 접근하던 왜선들에서 수십 개의 화살이 날아왔다. 그나마 왜구들이 근접전에서 주로 사용하는 조총(鳥銃)의 사정거리에 닿지 않은 것이 다행이었지만 더 가까워진다면 총알이 날아올 것이 분명했다.

"으악!"

선부 하나가 등에 화살을 맞고 고꾸라졌다. 하지만 모두들 개의치 않고 열심히 돛을 올렸다. 왜선과 가깝기는 하지만 바람이 제법 불고 있으니 키만 제대로 잡는다면 달아날 수 있었다. 재수없게 지나가던 왜선에게 걸려 그렇지, 별 볼일 없는 소선이니 조금만 달아나면 하릴없이 계속 쫓지는 않을 터였다.

"돛을 동남으로 틀어라! 빨리 서둘러라!"

양 선장의 말에 그를 죽일 듯이 위협했던 전삼이 재빨리 돛에 붙어 방향을 틀자 다른 선원도 달려들어 도왔다. 이런 급박한 상황에서는 선장의 말이 절대적이었다.

탕. 탕. 탕. 탕.

갑자기 콩 볶는 듯한 총소리가 일었다.

모두들 놀라며 고개를 숙였지만 아직 사정거리에 닿지는 않은 듯 총알이 떨어지는 소리는 들리지 않았다.

희망이 있었다.

비틀거리며 힘겹게 돛이 올라가고 배가 바람을 받자 휘청거리며 움직이기 시작했다. 화살은 계속적으로 갑판 위에 탁탁 소리를 내며 꽂혔지만 누구 하나 신경 쓰는 사람은 없었다.

“악!”

전삼이 다리를 감싸 쥐며 나뒹굴었다. 장딴지에 화살 하나가 박혔는데 얼마나 세게 박혔는지 화살대가 휘청거리며 떨었고, 화살촉은 다리를 뚫고 반대 편으로 나와 있었다.

전삼이 고통에 비명을 질렀지만 아무도 거들떠보지 않았다.

바람이 세차지면서 화살의 적중률이 떨어져 배까지 오는 화살의 수가 적어 다행이었지만 충분히 고정되지 않은 돛이 이리저리 움직이자 배의 속도가 다시 떨어졌다. 게다가 불화살까지 날아오는 통에 일손이 모자란다고 생각한 선장이 급히 하경 일행을 불렀다.

“왜구요! 빨리 나와서 도와주시오!”

그렇지 않아도 밖에서 들리는 소란과 총소리에 신경을 바짝 세우고 있던 하경 등이 선실에서 달려나왔다. 그들은 사태를 짐작했지만 어찌할 바를 모르고 발만 구르고 있었다.

“몇 명은 돛을 잡아주고 나머지는 어서 물을 준비해 주시오. 배에 불이 붙고 있소.”

양 선장의 다급한 말투에 모두들 달라붙자 다시 배가 속도를 내기 시작했다. 그 와중에 다시 선원 하나가 화살에 맞아 쓰러졌고 큰 돛에 불이 붙었지만 다행히 왜선들에게선 점점 멀어졌다.

돛에 불이 붙은 것을 보고도 왜선들은 더 이상 따라오지 않았다. 그저 지나가다 찔러본 것인데 달아나 버리자 포기한 것이 분명했다.

양 선장은 배를 큰 바다 쪽으로 몰아갔는데, 왜선들의 구조가 풍랑에 취약했기에 그들은 여간해서 대해로 들어오려 하지 않는다는 것을 들어서 잘 알고 있었던 것이다.

하지만 이제는 왜구가 아니라 바다에서 어떻게 살아 나가느냐가 문제였다. 갑판의 불은 쉽게 껐지만 큰 돛에 붙은 불은 강풍에 크게 번져 이내 옆에 있던 작은 돛마저 태워 버렸는데 워낙 순식간의 일이라 선부들은 멀거니 서서 구경밖에 할 수 없는 처지였다.

"으악!"

화살에 맞아 쓰러져 신음하던 전삼이 하경이 내려친 칼에 맞아 목숨을 잃었다. 하지만 모두들 사연을 아는지라 누구 하나 나서서 뭐라는 사람은 없었다.

사실 왜선이 가까이 온 것을 모른 것도 전삼이 선상 반란을 획책했기 때문에 주변에 신경을 쓰지 못한 탓이었고, 그 덕에 선부 둘이 죽어 나간 데다가 돛마저 불타 버려 바다에서 미아가 되어버린 셈이니 반란에 동조를 했던 선부들조차도 전삼을 그냥 둬선 안 된다는 생각을 가지고 있었던 것이다.

그들은 전삼과 왜구들의 화살에 맞아 죽은 선부의 시신을 번쩍 들어 바다에 내던졌다.

아직도 피가 흐르는 검을 쥔 하경이 눈물을 흘렀다. 자신을 따르다 애꿎게 죽어간 춘앵이 떠오른 때문이었다.

배는 해류를 따라 정처없이 바다를 흘러갔다. 하늘이 점점 어두워지더니 파도까지 거세져 이제는 방향조차 분간하기 어려울 정도였다.

모두들 얼굴이 굳어져 말이 없었다.

"곧 폭풍우가 몰려올 것 같소. 우리 배는 손발을 모두 잃은 셈이니 그저 하늘에 처분을 맡기는 수밖에 없소."

양 선장이 침울한 표정으로 말했다. 아무도 그의 말에 대답하는 사람이 없자 그가 다시 말을 이었다.

"다행인지 사람이 넷이나 죽어 나갔고, 원래 보름치 식량을 실었으니 아낀다면 한 달은 버틸 수 있을 게요. 하지만 단단히 허리띠를 졸라야 할 게요. 다행히 이 배에 물고기를 잡을 만한 도구가 조금 있으니 문제는 식량보다 식수와 폭풍이오. 할 수 있는 일이라고는 키를 잡는 것밖에 없소. 모두들 단단히 준비하시오.”

하늘이 검게 변했다.

굵은 비가 한두 방울씩 떨어지더니 이내 후드득 소리를 내며 뱃전을 때렸다.

“마지막 출발지는 북당인 것이 밝혀졌습니다. 통주에서 도씨라는 사공의 배를 타고 북당으로 가서 대해로 나가는 배를 타고 나간 것이 마지막입니다. 아마 본 장의 힘이 미치기 어려운 장강(長江:양자강) 이남으로 가려는 것 같습니다.”

진 총관은 땀을 삐질거리며 대답했다.

수만 냥의 은자를 써가며 처리한 일인데 그만 착오가 생긴 것이다.

교평천의 첩인 요월선자의 수족들이 일을 벌일 줄은 꿈에도 계산에 넣지 못했고, 게다가 밤에 벌어진 일이라 전서구가 움직이지 못했기에 길목을 지킬 시간을 잃었다. 그년들이 야밤에 움직인 것을 보면 그것을 노렸음이 틀림없었다.

새벽에 은밀히 배를 잡아 재빨리 대해로 튄 것이 추적에 사흘이라는 시간을 허비하게 했다.

그는 하경이 이가 갈리도록 미웠다.

‘잡으면 내가 필히 먼저 손을 보아주리라.’

“사흘이 지났으니 지금쯤이면 산동을 지났을 가능성이 높아 전서구를 급히 띄운다면 회수(淮水) 근처에서는 잡을 수 있겠군. 장무영의 죽음만 확인하면 된다. 계집들은 요월선자가 공들여 키운 애들이라니 가급적 생포해서 본 장으로 압송하도록 해라.”

다행히 교평천이 그리 대수롭지 않게 말하자 잔뜩 긴장했던 진 총관의 얼굴이 조금 펴졌다.

“알겠습니다. 그리고 이번 후금국(後金國)으로 보내는 양곡 삼십만 섬이 간밤에 태원(太原)과 대동(大同)을 비롯한 열 개 지역에서 각각 출발했습니다. 이미 각 지역의 총병들에게는 미리 서신을 보내 변장을 넘는 데는 문제가 없도록 했습니다.”

교평천의 얼굴에 미소가 번졌다.

진 총관은 기회를 놓치지 않고 얼른 덧붙였다.

“그쪽에 보낸 저희 장원 사람이 연락해 오기를 호피 삼천 장에 더해 곰 가죽, 담비 등은 모두 준비가 되어 있는 것을 확인했다고 합니다.”

“서역 쪽은 어떠냐?”

“추가로 천마(天馬) 오백 필을 보내주겠다고 합니다. 대신 낙양까지 진출할 것을 보장하는 문서를 확실히 해달라고 합니다.”

“이미 서로 합의한 것이 아니더냐? 즉시 서류를 작성해서 보내도록 하고 피차간에 의심을 하기 시작하면 한이 없는 법이라고 전해라.”

교평천이 등을 돌렸다.

그와의 용건은 끝났으니 이만 나가라는 말이었다.

진 총관은 그의 등 뒤에 허리를 깊숙이 굽히고는 물러났다.

“천자봉 놈들의 동태는 어떠냐?”

진 총관이 물러간 것을 확인한 교평천이 빈방에서 마치 눈앞의 상대와 대화하듯 물었다.

“놈들이 금릉전장의 주위 감시를 두 배로 늘렸습니다. 일을 제대로 마무리하려고 최선을 다하는 눈치입니다. 이미 전장을 지키던 야월회 고수 몇을 죽여 지금 야월회가 발칵 뒤집혀 있습니다. 하지만 그쪽에서도 아직 자세한 내막은 모르는 모양입니다. 추가로 고수들을 파견했는데 금릉전장에서 거절했다는 보고입니다. 천주봉 세력이 금릉전장을 장악하는 것에는 문제가 없다는 생각입니다."

보이지 않는 곳에서 목소리가 대답했다.

"놈들이 금릉전장을 완전히 장악하기 전에 승부를 낼 수 있으면 좋으련만 이미 늦었다. 항주와 소주에 고수들을 파견하도록 해라. 그쪽에서 승부를 보아야 한다."

"알겠습니다."

"광동 상방(廣東商幇)의 움직임은 어떠냐?"

"해남파(海南派)의 움직임이 안탕산(雁蕩山) 근처에서 포착되었습니다. 아무래도 휘상이 주춤하는 틈을 타 광동상들이 장강 일대로 활동 영역을 넓히는 것이 아닌가 의심됩니다."

안탕산을 넘었다면 이미 온주(溫州)에 기반을 굳히는 중이라는 말이다. 온주를 넘겨주면 모든 상방의 각축장이 되어 있는 항주와 소주가 광동 상방에 떨어질 위험이 있다. 그동안은 사대상방의 완충지 같은 곳이었지만 섬서 상방이 몰락하고 휘상이 비틀대는 틈을 놓치지 않고 북상을 하며 세를 넓히고 있다.

교평천의 검미가 꿈틀거렸다.

"그렇다면 재주는 우리가 부리고 재미는 놈들이 보겠다는 심산이 아니냐? 흐흐흐, 놈들이 천주봉 세력을 믿고 너무 주제를 모르는구나."

"아직 확실한 증거는 포착되지 않았지만 지금까지의 증거로 보아 그럴 가능성이 높습니다."

쾅!

교평천이 탁자를 손바닥으로 후려쳤다.

"흐흐흐, 놈들과 중원 상권을 나눠 가질 생각은 조금도 없다. 확실한 증거를 잡을 때면 이미 늦다. 안탕산이라면 우선 천태산이나 회옥산에서 철저하게 막아 장강 하류로 진출하는 것을 막아야 한다. 항주나 소주까지 진출을 허락하면 중원 상권의 절반을 넘겨주게 되는 것은 물론이고 추후 양곡의 조달이 어려워질 우려가 있으니 후금국과 함께하는 우리 북방 사업에 차질을 빚을 것은 뻔한 얘기다. 게다가 이문이 좋은 소주(蘇州), 항주(杭州), 가흥(嘉興) 등의 비단과 면포는 앞으로 포기해야 한다는 말이다."

교평천은 얼굴에 핏줄이 설 정도로 흥분했다.

그는 잠시 말을 끊고 무언가 골똘히 생각하더니 굳은 얼굴로 말했다.

"무림맹(武林盟)을 움직여라."

"……."

너무 충격적인 말에 벽 속의 목소리는 대답을 하지 않았다.

"어차피 천하 상권을 다투는 싸움이다. 언젠가는 벌어질 일이지만 조금 당기는 것도 괜찮을 듯싶구나. 더 커지기 전에 싹을 잘라 버리는 것이 차라리 낫다."

"이제부터 동맹을 깬다는 말씀입니까?"

"언제 우리가 하나 된 적이 있었더냐? 단지 그동안은 적이 아니었을 뿐이다. 아마 놈들도 같은 생각이었을 게다. 그렇지 않다면 우리에게 아무런 통보도 없이 금릉전장을 삼킬 생각을 했겠느냐? 게다가 안탕산까지 진출했다는 것은 이미 우리 산서 상방과의 일전도 불사하겠다는

증거다. 원래부터 하나가 아니었으니 군이 둘로 나누려 할 필요는 없
다. 남의 손을 빌어 우리가 필요한 일을 하면 그뿐이다."

벽 속의 목소리는 동맹 협약은 유지하되 뒤로 광동 상방을 치라는
교평천의 말을 알아들었다.

"중원 전체가 피로 물들 수도 있습니다."

"각오한 일이다. 어차피 상권 싸움으로 무림대란이 일어난 것은 처
음이 아니다. 무림의 대파인 곤륜도 그 싸움에 휘말려 멸문을 당했다
는 것을 알 만한 사람들은 다 알고 있다."

"곤륜파가 정사대전(正邪大戰)이 아니라 상권 싸움에 멸문을 당한
것입니까?"

"그걸 아는 사람은 당시에도 많지 않았지만 백 년이 다 되어가는 일
이기는 하나 몇몇 핵심 인물들은 아직 살아 있다고 들었다. 서역 상권
과 중원 상권의 대결에서 싸움이 길어지자 피해가 커진 양측의 암묵적
인 합의로 싸움을 종식시킬 명분의 희생자를 찾은 것이지. 바로 서역
과 중원의 관문 역할을 하던 곤륜파가 그렇게 간 것이다."

"그럼 이번도?"

"후후후, 그렇다. 제2의 정사대전이 될 것이다. 달라진 것이 있다면
전에는 중원 상계에서 싸움 치를 자금을 뒤에서 댔다는 것이고, 이제는
그럴 필요 없이 분위기만 띄우면 된다. 싸움은 무림맹과 광동 상방의
후견인인 천주봉이 한다. 가끔씩 무림맹에 정보를 흘려주는 것도 재미
있겠지."

"……"

"그동안 우리 희생이 너무 컸다. 뒤를 봐주던 하북팽가나 흑방이 모
두 힘을 잃었으니 지금 광동 상방과 맞대결을 한다면 승산이 없다. 하

지만 무림맹을 움직여 천주봉 놈들을 상대하게 할 수 있다면 놈들이 싸울 동안 우리는 힘을 더 키울 수 있다. 모든 것이 끝나면 누가 진정한 승자인가를 알게 되겠지. 우리는 곳곳에 기름을 뿌려두고 있다가 가끔 불씨나 던져 주면 된다.”

“속하는 미련해 구체적인 방법을 알지 못합니다.”

“아미나 사천당가를 친 것은 사천에서 나는 정염(井鹽)과 철광산을 노리고 한 짓이 분명하다. 우리가 섬서 상방을 치는 틈을 노려 사천에서 섬서 상방의 뒤를 봐주던 당문과 아미를 친 것이지. 이번에 모습을 드러낸 백골마조는 정사대전에서 사파의 선봉 격인 십마(十魔) 중 하나의 무공이었다. 지금 당문의 세 호법이 백골마조와 음풍투골장에 죽었다는 사실을 정파에서는 주시하고 있다. 음풍투골장도 십마의 무공이 아니냐? 천주봉의 무리들이 십마의 무공을 계승하고 있다는 말이 되지. 이미 바람이 불고 있으니 불씨만 떨구면 큰불이 일게 되어 있다.”

그는 잠시 뜸을 들이더니 한마디 덧붙였다.

“아미(峨嵋)와 당문(唐門) 고수들의 죽음을 최대한 활용해라. 정파에서는 무림에 충격을 줄 수 있는 일이라 쉬쉬하고 있는 모양인데 모든 수단을 동원해 중원 전역에 은밀히 그 소문을 내도록 해서 마도 출현을 기정사실화해라. 그리고 무림의 판도가 정사의 대결 구도로 가는 것처럼 분위기를 조성해라. 그것만으로도 광동 상방의 손발은 상당히 묶일 것이다.”

그는 잠시 생각을 하더니 말을 이었다.

“천주봉의 위치를 무당에 알려라. 후후후, 코앞에서 십마(十魔)의 후예들이 움직인다는 것을 알면 당장 무림첩이 나돌 것이다.”

“광동 상방에서 우리 짓인 것을 곧 알아낼 것입니다.”

“머리가 있는 놈들이라면 당연하겠지. 하지만 당장 동맹을 깨겠다고 나서지는 않을 게다. 우리까지 공개적으로 적으로 만들어 누울 자리도 불편하게 될 상황을 바라지는 않을 테니까. 아마 다른 수단으로 압박을 해오겠지? 후후, 그렇게 된다면 어느 쪽을 먼저 치고 나올는지 궁금해지는군.”

“대비를 해두겠습니다.”

“당연히 그래야지. 아마 동정호 쪽에서 먼저 소식이 오겠지. 우리가 지금 후금국에 넘기는 양곡들의 대부분이 그쪽에서 올라오는 것이 아니냐? 내 생각에는 놈들이 곧 동정 상방(洞庭商幇)을 쳐서 그들과 미곡 거래를 하는 우리 상방에 타격 입힐 생각을 할 것이다. 놈들이 장강수로채에 손길을 뻗친 것도 원래는 우리를 압박하기 위해 동정 상방의 손발을 묶고 시작하겠다는 것이겠지. 하지만 동정 상방이 작다고 너무 쉽게 생각하는 것 같구나.”

교평천은 빙그레 웃으며 말을 이었다.

“찬천동정(鑽天洞庭)이란 말을 아느냐?”

“……”

“하늘도 뚫고 치며 나간다는 동정 상인을 빗댄 말이다. 내가 이문에 손실을 보면서도 직접 그쪽으로 진출하지 않고 동정 상방을 거쳐서 양곡을 구입하는 것은 그들을 상대하는 것이 결코 쉽지 않다는 것을 알기 때문이다. 후후후, 어쩌면 동정 상방에서도 무림맹을 생각하고 있을지 모르겠군.”

“천주봉에는 지금 십마 수준에 필적하는 무공을 가진 인물들이 적어도 열 명은 넘게 있다는 보고입니다. 하지만 발각을 우려해 접근할 수 없어 더 자세한 것은 알아내기 어렵다고 합니다.”

"그 정도면 되었다. 우리가 감시하고 있다는 것을 눈치 채지 못하게 하는 것이 무엇보다도 우선이다. 소탐대실의 우를 범할 필요는 없다."

"휘상(徽商)들이 지난번 소금 운반선 침몰 사건으로 청방(靑幫)에 보복을 추진하고 있다는 말이 있습니다. 그렇게 되면 남궁세가가 움직이지 않을 수 없을 것입니다."

"모른 채 놔두어라. 청방은 거대한 조직이니 알아서 할 것이다. 휘상에게 당해 피해가 크면 클수록 우리에게 더욱더 기대올 것이다. 산서 상방이 청방마저도 확실하게 안을 수 있다면 더 이상 중원 상권을 넘볼 세력은 없겠지. 하하하."

"반드시 그렇게 될 것입니다. 그런데 남궁세가에서는 웬일인지 아직 조용합니다."

휘상의 뒤를 봐주는 곳이 남궁세가였다.

그들이 큰 문제에 봉착한 지금 남궁세가의 침묵이 무얼 말하는지는 알 수 없다. 친족으로만 이루어진 남궁가는 접근이 용이하지 않기에 눈으로 드러나는 움직임이 없다면 정보를 빼내는 것이 쉽지 않았다.

"남궁가는 당분간 그냥 둔다. 어쩌면 우리가 상대할 필요가 없을지도 모르지. 그리고 청방을 상대로 주제넘은 음모 따위를 꾸밀 생각은 하지도 말아라. 그리 만만한 상대가 아니다. 사독(四瀆:장강, 황하, 회수, 제수)의 운송을 관장하는 목룡군(牧龍君)을 쉽게 본다면 큰 낭패를 당할 수 있다."

대대로 청방의 방주는 목룡군이라 불렸다.

본래 이름이 무엇이었든 간에 일단 청방 방주가 되면 이전의 이름 대신에 목룡군의 칭호를 얻었다. 전대 방주와 구별이 필요한 경우에만 제 몇 대 목룡군 하는 식으로 칭할 뿐이었다.

"회수와 제수, 그리고 황하 수로의 청방은 모두 우리 상방의 손아귀에 있으니 청방 전력의 칠 할 이상은 통제가 가능할 것입니다."

"후후후, 어리석구나. 그렇게 보일 뿐이라는 것을 왜 모르느냐? 그동안 청방을 휘어잡았다고 생각한 수많은 상방(商幫)들은 지금 어떻게 되었느냐? 모두가 사라진 지금에도 청방은 수백 년을 넘게 살아남았다. 통제가 가능하다고 생각하는 것은 그렇게 보이는 것일 뿐, 적으로 삼기에는 너무나 무서운 상대다. 단언하건대 우리 산서 상방이 사라져도 청방은 사라지지 않을 것이다."

"그 정도입니까?"

"그 이상이다."

"……."

벽 속의 목소리는 말이 없었다.

"후후후, 내 말을 믿지 않는구나. 청방은 잡초다. 개방이 오랜 세월 모진 고난을 딛고 서 있듯 청방도 그렇다. 잘 자란 벼라 해도 모진 비바람에는 뿌리가 뽑히지만 잡초는 그렇지 않지. 뿌리째 뽑혀도 다시 근처에서 새 생명을 피우는 것이 바로 잡초고 청방이다. 세상 풍파에 곁눈질하지는 않지만 그것을 두려워하거나 그것 때문에 쓰러지지도 않는다."

"소인은 우둔해서 잘 모르겠습니다."

"그것도 사람들이 모여 사는 곳에서는 꼭 필요한 재능 중에 하나다. 네 머리가 조금만 부족했거나 조금만 더 뛰어났다면 곁에 두지 않았을 것이다. 내 말을 아무 생각 없이 그대로 따르는 네 재간이 너를 필요하게 했다."

"……."

"오늘 너무 많은 말을 했구나. 이만 물러가거라."
"예."
교평천은 무심히 창밖을 내다보았다.

계절은 네 번 변했다.
항상 변하는 시기가 같지 않아 보이지만 언제나 봄은 봄의 자리에 있었고 여름은 여름의 자리에 있었다. 내년에도.
세상은 복잡해 보이지만 지나고 보면 항상 같았다.
사람들은 겨울이 깊어지면 봄을 원하고 봄이 깊어지면 여름을 생각했다. 중원이 시끄러워져 사람들이 힘들고 지쳤을 때가 바로 자신이 나설 자리였다.
'기다려라. 그때는 이 교평천이 말한다. 중원천하는 원래 내 것이었다고.'

백문호는 풍진악과 함께 배를 타고 물길을 거슬러 동정호로 향했다. 험한 강호에서 먹물만 먹고 살아온 그가 무슨 일이라도 생길까 풍요립이 그를 붙여주었다.

중원에서 움직이는 데에 배만한 것은 없다. 거미줄같이 연결되어 있는 운하와 수로망은 오가는 물자와 여행객들에게 있어 육로보다 몇 배 더 편안한 방법이었다.

동정호는 물길이 뻗친 여덟 개의 강줄기에서 거대한 폭포수처럼 쏟아내는 물이 차 오르면 홍수 때에는 호수 주변이 만 리가 넘을 정도였는지라 호수라곤 하지만 그 물결은 마치 만경창파를 연상케 할 정도로 거칠고 드셌다.

군산(郡山)은 말 그대로 수십의 섬들이 모여 있는 곳이었다.

두 사람은 배에서 내려 남우선을 찾을 생각을 하니 한숨부터 나왔다. 그야말로 사막에서 바늘 찾기가 따로 없었다. 하루 종일 객잔에 머물며 남우선 찾기 작전을 성공적으로 마무리하기 위한 궁리를 하던 중 백문호가 돌연 벌떡 일어나 밖으로 나갔다.

그는 남우선이 중원 전체에서도 알아주는 대학자라는 점을 생각해 냈다. 학관 같은 곳을 방문해 물어본다면 의외로 사는 곳을 쉽게 찾을 수 있을지도 몰랐다.

"그럼 어쩌라는 거요?"

배동호(裴東虎)는 머리끝까지 열이 뻗쳤다. 대리(大理)에서 만 리가 넘는 길을 운반해 온 물건이었다. 그런데 이 망할 놈의 영감탱이는 운송료 이백 냥이 없어 물건을 인수할 수 없다는 것이 아닌가.

"이보게, 젊은이. 그럼 이 물건을 처음 맡긴 사람에게 되돌려주면 되지 않겠나?"

남우선은 자신이 생각해도 말도 안 되는 소리를 내뱉고 말았다. 그만큼 그의 사정은 절박했다.

본시 좋아하는 학문이다 보니 중원은 물론이고 변방의 귀한 책자를 구해 읽어보는 것이 그의 취미 중 하나였다. 이번에도 운남(雲南) 쪽에 있는 지인에게 어렵게 서신을 내어 옛 대리국(大理國)의 서책을 부탁했는데 그게 그만 화근이 되고 말았다.

'운송료 은자 이백 냥.'

그건 남우선이 감당할 수 있는 액수가 아니었다. 전에도 많게는 몇십 냥까지 운송료로 지불한 적은 있었지만 그때마다 운송료를 지불할 돈을 구하러 발품을 팔아야 했던 남우선이었다.

그런데 은자 이백 냥이라니, 단순히 그가 발품을 팔며 아는 사람들을 찾아가 해결할 수 있는 수준을 한참 넘어서 있었다.

본시 관직에 있는 자들을 탐관오리와 동일시하여 경멸하는지라 그가 가깝게 사귀는 친구들은 보통 가난이 습관화되어 있는 경우가 대부분이었기에 운송료 이백 냥을 지불하기 위해 그가 손을 벌릴 곳이라고는 전혀 없다고 해도 과언이 아니었다.

'허, 이것 참. 누가 그렇게 비쌀 줄 알았나.'

남우선은 결정적 실수로 운남에서 이곳 동정호까지는 왕복 수천 리의 먼 길이라는 점을 간과했다. 당연히 비싼 운송료를 감안해야 했는데 좋은 책이 있다는 편지를 받고는 그만 책 욕심에 앞뒤 재지 않고 부탁을 한 것이 잘못이었다.

"뭐라고? 아니, 이 영감이 미쳤나! 물건을 되돌려주라니, 지금 사람 가지고 놀리는 거요? 그리구 나도 사십이 넘은 지 몇 년 됐소. 영감 나이가 많은 건 알겠지만 나도 그리 젊은 놈은 아니야!"

배동호는 지금 인내심을 극한까지 끌어올리며 이 웃음거리 같은 상황을 참고 있었다. 어떻게 해결이 날지는 모르지만 아직까지 눈앞에 있는 노인네는 사해표국(四海鏢局)의 고객이었다.

사해표국이 쟁쟁한 표국들의 틈에서 중소표국으로서 살아남을 수 있었던 비결은 바로 친절 본위의 영업 방침에 있었다. 사실 배동호의 지금 언사도 국주가 들었으면 당장 모가지 감이었다.

국주는 평소 입버릇처럼 말하기를,

"고객과는 싸울 일이 전혀 없다. 대금을 주면 받고 안 주면 물건을 쥐고 있으면 되는데 왜 다투어야 하냐? 우리 표국의 구호는 자나 깨나 웃자다, 웃자."

하고 말하곤 했다.

하지만 배동호가 진짜 열이 받은 이유는 따로 있었다. 몇 달 전 재수 없게 운남 표물행에 끼어 억울했는데 다행히 그곳에서 어렵게 일을 마치고 돌아오는 길에 의뢰를 받아 좋아했었다. 하지만 지금은 그게 도리어 쥐약이 된 꼴이라, 영감이 끝내 돈을 주지 않으면 자신이 책자 한 권 달랑 들고 또다시 운남으로 갈 수도 있었다.

운남의 길은 숱한 늪 지대와 밀림 지대를 독충, 독무 등과 사투를 하듯 지나고, 절벽처럼 깎아지른 산을 따라 난 소롯길을 아슬아슬하게 돌아가는 등 정말 목숨 걸고 간다고 해도 과언이 아니었다.

웬만한 표국에서는 사소한 의뢰는 접수도 받지 않았고 표국에서도 운남과 관계된 표물은 고액의 위험 수당을 받지 않으면 접수조차 하지 않았다. 그러니 표사들이 운남행을 싫어하는 것은 너무도 당연했다.

대금을 못 받으면 표물을 압류하여 내다 팔아 벌충을 하는 것이 관례지만 이번 경우는 달랐다. 책자는 그의 경험으로 볼 때 내다 팔아도 운송비에 턱없이 모자랄 것은 뻔하다는 것이 그간 경험에 의한 결론이었다. 따라서 만일 이 노인네에게서 운송비를 받지 못하면 표물은 다시 운남으로 보내져서 의뢰인에게 대금을 받아야 할지도 모른다는 것이다. 노랭이 국주의 성격으로 보아 단 한 푼도 손해를 보려 하지 않을 테니 자신의 앞길이 훤히 보였다.

"여보게, 자네도 알다시피 내가 어딜 봐서 그만한 큰돈이 있게 생겼는가? 그러니 아무리 나를 쥐어짜도 나오는 건 때 묻은 속옷가지뿐일 걸세."

배 째라.

남우선은 전략을 바꿨다.

"뭐야?! 이 노인네가 정말 보자 보자 하니까! 그러니까 나는 모르겠으니 마음대로 해보라는 얘긴가?"

배동호는 몸까지 푸들푸들 떨어가며 흥분했다.

방구석에서 책이나 읽고 사는 늙은이가 운남으로 가는 험로에 대해 뭘 알겠냐만은, 그래도 말투에 성의라도 있어야 하는 게 아닌가? 그런데 돈이 없으니 마음대로 하라는 듯한 말투라니.

배동호의 우직스런 손이 위아래로 흔들거렸다. 여차하면 한 방 날리겠다는 신호였다.

'어이쿠!'

배동호의 경이적인 반응에 남우선은 자신이 전략을 잘못 구사한 것을 금방 깨달았다.

이 표사 놈은 생긴 것도 정말 더럽게 생겼는데 화를 내니 지옥 야차가 따로 없었다. 남우선의 간이 조금만 더 작았더라면 놈의 얼굴을 보는 순간 대번에 오줌을 지렸을 것이 틀림없었다. 문득 자신이 한 번만 더 헛소리를 하면 주먹질은 물론이요, 단숨에 자기 목을 비틀어 버릴지도 모른다는 생각이 퍼뜩 들었다.

"험, 험. 내, 내 말은 험, 그게 아니고……."

놀란 가슴을 진정시키자니 연방 헛기침이 나왔고 말소리는 가늘게 떨렸다. 이놈은 자신이 천하를 여러 번 주유했어도 평생 처음 겪어보는 희귀한 종자였다. 학자인 남우선이 만났던 사람들이라는 것이 대개 수준이 높아 점잖고 교양으로 뭉쳐진 그런 사람들이 아닌가?

"그게 아니고 뭐냔 말이야?!"

배동호는 인상을 더 구기고 악쓰듯 소리를 질렀다. 팔이 흔들리는 각도가 아까보다 더 벌어졌다.

배동호는 자신을 보는 남우선의 그런 종류의 반응을 처음 보는 것이 아니었다. 그는 어릴 때부터 자신의 얼굴 때문에 남몰래 고민을 많이 했던 인물이었다. 오죽하면 동네에서 말이 나오기를 '저놈은 어미가 젖을 물릴 때도 고개를 돌리고 물렸을 게 틀림없다' 고 할 정도였다.

그 못생긴 얼굴 때문에 그동안 살아오며 겪은 숱한 고초는 배동호의 가슴속 깊은 곳에 항상 아픔으로 남아 있었다. 하지만 이곳 표국에서 그의 얼굴은 해결사 노릇을 톡톡히 했는데, 국주가 그를 표사로 뽑은 이유를 충분히 만족시킬 만큼 그 역할을 해내었다.

지금 저 늙은이도 오줌을 지리기 직전일 것이다. 경험상 조금만 더 인상을 쓰면 무슨 방법이든 제시할 게 틀림없었다.

"험, 험. 그러니까 말일세. 내, 내일까지 기한을……."

남우선은 인상파 배동호의 가공할 살기에 마음에도 없는 말이 불쑥 튀어나왔다. 오늘 안 되는 돈이 내일이라고 될 리 없다. 발이 짓무르도록 인근에 있는 벗들을 돌아다녀 봐야 다들 개털이니 은자 몇 냥이라도 모아오면 다행이었다.

"분명 내일이라고 했소?"

배동호는 안면에 내공을 잔뜩 모아 자신의 절기를 최대한 유감없이 발휘했다. 이런 경우에 사용하는 마지막 절차였다.

낯가죽의 혈관이 확장되며 피가 모여들어 얼굴이 붉게 변하자 그걸 보는 남우선이 얼굴이 차양게 질렸다.

"험, 험. 그, 그렇지. 내, 내일일세, 내일."

너무나 엄청난 기세에 일단 위기를 모면하고 보자는 얄팍한 생각 때문인지 남우선도 완전히 백기를 들었다. 목에 칼이 들어와도 헛소리를 할 그가 아니었지만 어찌 된 일인지 표사 놈의 얼굴만 보면 다른 생각은 전혀 나지 않았다.

"연체료는 닷 문이오."

배동호는 얼굴을 풀고 품속에서 종이를 꺼냈다. 자인서를 받아두어야 뒤탈이 없다는 생각에서였다.

남우선은 완전히 맛이 간 상태에서 급히 필묵을 준비해 정신없이 휘갈기고는 한숨을 내쉬었다.

무서운 놈.

배동호는 떠나면서도 한마디 하는 것을 잊지 않았다.

"다음부터는 방문객을 위해 입구 표시나 제대로 해두시오. 원, 무슨 놈의 집에 제갈공명의 팔진도를 깔아놨나? 안으로 들어서면 정신을 차릴 수가 없으니."

배동호가 점잖게 한마디 하고 떠난 것은 그가 남우선이 거처하는 은국소축(隱菊小築)을 방문했을 때 조그만 정원에서 길을 잃고 헤매다가 남우선의 도움으로 겨우 빠져나왔기에 하는 소리였다.

은국소축은 이곳 동정호반에서는 제법 이름이 있는 곳이었는데, 첫째로는 대학자 남우선의 거처였기 때문이고, 둘째는 그곳에 심어진 수천 송이의 국화가 조그만 폭포와 함께 하나의 오묘한 진세를 이루어 외인이 함부로 들어갈 수 없는 기이한 절지가 되어 있기 때문이었다.

보통 사람들이 이곳에서 길을 잃으면 남우선이 대학사댁에서 데려온 멍구라는 개가 안내해서 빠져나오게 했다. 그런데 오늘따라 멍구가 무슨 심통이 났는지 정자 아래서 꼼짝도 않는 바람에 애꿎은 배동호만 고생을 했다.

남우선이 국화로 진세를 구축하여 외인의 범접을 막은 건 속세의 명리에 관심없는 그의 성품 때문이었다.

국화는 도연명이 귀거래사(歸去來辭)를 읊은 후 동쪽 울타리 밑의 국

화를 따서 한가로이 남산을 바라보았다 하여 학자들 사이에서는 유유
자적하게 은둔해 살아가는 은일자(隱逸者)의 상징으로 여겨지는 꽃이
었다. 남우선은 국화를 잔뜩 심어놓아 방문객들에게 자신의 심사를 표
현하고 싶었다.

낯선 배동호를 향해 멍구가 계속 짖어대자 그렇지 않아도 심사가 불
편한 남우선은 멍구에게 목끈을 매서 정자 기둥에 묶어두었다.

'어이구, 천하에 남우선이가 이런 꼴이 다 되다니……'

배동호가 가고 나자 남우선은 머리통이 지근거렸다. 이백 냥을 내일
까지 갚겠다고 자인서까지 쓴 마당이니 어디 가서 돈은 구해봐야겠는
데 주변에 그만한 돈을 가진 범털이 떠오르지 않았다. 원래가 없었으
니 생각한다고 나올 게 아니었다.

미리 대금을 준비해 둬야 했는데 그만 까맣게 잊고 있다가 배동호가
책을 내밀 때에야 자신이 책을 부탁한 것이 생각난 처지였다.

아까 그놈을 국화진(菊花陣)에서 꺼내주는 것이 아니었다는 같잖은
생각까지 다 들었다.

고민이 얼마나 심했는지 남우선은 산통(算筒)까지 꺼내서 점을 쳐보
기도 했다. 점괘는 귀인이 방문하여 도움을 준다는 것으로 나와 그는
불시에 방문할 귀인을 맞기 위해 하루 종일 똥 마려운 강아지처럼 소
축 안을 뱅글거리며 돌아다녔다. 하지만 날이 저물도록 남우선이 고대
하던 귀인은 코빼기도 보이지 않았다.

잠이 올 턱이 없었다.

뜬눈으로 밤을 새운 남우선은 눈이 벌게서 아침을 맞았는데 머리 속
에서는 온갖 생각이 스쳤다. 당분간 어디 멀리 도망을 가 있거나 녀석
이 은국소축으로 들어왔을 때 길을 잃고 헤매도록 놓아두는 것은 어떨

까? 사람이 치사해지려니 별 잡생각이 꼬리를 물었다. 하지만 그건 어차피 남우선의 선택이 될 수 없었다.

남우선은 비장하게 옥쇄를 결심했다.

'몸으로 때우자.'

하지만 놈의 악귀 같은 얼굴을 빚쟁이 입장에서 다시 봐야 한다는 끔찍한 사실에 몸이 다 떨려왔다. 마지막까지 산통에 나타났던 귀인이 구해주지나 않을까 기대해 보는 남우선이었다.

시간은 흘러 어느덧 해가 중천에 왔다.

"계십니까?"

놈의 목소리였다.

"험, 험."

어제처럼 기죽을 수는 없다고 생각한 남우선은 연신 헛기침을 해대며 목청을 가다듬었다. 통하지는 않겠지만 그래도 황법에 보장된 기본적인 존엄을 누릴 인격권이며, 누구나 살고 싶어하는 생존권 등을 말한다면 의외의 효과를 볼 수 있을지도 몰랐다.

배동호가 그저 얼굴은 그래도 다소간의 인정은 있는 놈이기를 바랄 수밖에 없었다.

남우선은 의관을 정제한 후 할 수 있는 최대한 의젓한 걸음걸이로 배동호를 맞았다.

"헛헛헛, 이거 여러모로 불편을 끼쳐 드리는군요."

마음에도 없는 헛웃음을 해가며 미소로 띠었다. 웃는 얼굴에 침 뱉으라 하는 얘기도 있으니 모든 방법을 동원해 보는 남우선이었다.

배동호는 남우선이 웃음으로 자신을 맞자 내심 기분이 좋았다. 어제 인상을 잔뜩 쓴 것이 효과를 본 모양이라고 생각했다. 경험상 대부분

통했던 비장의 절기였다.

"죄송합니다, 제가 어제는 좀 무례했습니다. 사실 저희 사해표국의 방침은 친절 본위인데 제가 그만 흥분을 해서 크나큰 실례를 범했던 것 같습니다."

돈만 받으면 그만이니 이제 달래줄 시기라고 생각한 배동호는 경험상 남우선의 태도로 보아 돈을 준비했다고 확신하곤 그렇게 말했다.

"핫핫핫, 이해합니다. 살다 보면 늘 크고 작은 언쟁을 하는 것이 사람이지요. 게다가 사해표국의 방침이 친절이라니, 정말 훌륭한 국주님 밑에서 일을 하고 계시는군요."

남우선은 얼른 맞장구를 쳤다.

"그럼 은자는 준비가 되었겠지요?"

배동호가 웃는 표정으로 말했다. 바탕이 있는 만큼 웃는다고 해봐야 그 얼굴에 햇살 정도였다.

남우선의 얼굴이 약간 경직되었다. 하지만 이제껏 화기애애한 분위기로 가고 있었는지라 아랫배에 내공을 모으고 다시 힘을 냈다. 덕분에 방귀가 나오려고 했지만 지금은 외출을 허용할 시기가 아니었다.

"허, 그게 정말 죄송하게 되었습니다. 저도 최선을 다했습니다만 도저히 마련할 방도가 없더군요. 사실 오시면 뭐라고 말씀드려야 할지 고민하고 있었습니다."

그는 최대한 미안한 표정을 지으며 말했다.

"뭐라? 그라모 준비를 안 했다 이것이여?"

배동호의 말투가 언제 그랬냐는 듯이 바뀌었다.

"……"

너무나 빨리도 바뀐 험악한 말투에 남우선은 얼굴이 하얗게 탈색되었다. 문득 기대가 크면 실망도 크다는 말이 떠올랐다.

"영감, 증말 이따우로 나올 것이여?"

밤새 자신의 눈앞에 연상되며 괴롭히던 그 얼굴이었다. 하지만 이미 한번 경험한 바가 있어서인지 오늘은 쉽게 무너지지 않았다.

'니 맘대로 해라.'

배동호는 눈이 뒤집어질 정도로 화가 났다.

어제는 자기 인상에 껌뻑 숨이 넘어가던 노인네가 오늘 보니 밤새 돈은 구해오지 않고 간만 키웠는지 간뎅이가 띵띵 부었다.

그게 배동호의 속을 확실하게 뒤집었다.

"야, 이 씹어 묵어도 시원찮을 영감탱아! 그래, 어제 도장까지 찍고 오늘은 나 몰라라 하는 게 영감 생각에는 이치가 닿는 것 같아? 잉? 잉? 잉?"

눈을 가늘게 뜬 남우선의 안면으로 자신의 침이 튀는 것이 배동호의 눈에도 보였지만 전혀 개의치 않았다.

"아주 떼먹겠다는 거여, 머시여?"

"그게 아니라 물건을 접수할 능력이 없으니 맡긴 사람에게 돌려주라는 말이오."

남우선은 후들거리려는 다리를 억지로 다잡으며 고개를 꼿꼿이 세우고 말했다. 기왕에 내친걸음이었다.

배동호는 기가 막혔다.

책자 한 권 들고 자기더러 다시 운남에 갖다 주라는 얘기였다. 안면 혈관들이 빠르게 피를 돌려댔다.

자신도 모르게 손이 먼저 나가 남우선의 멱살을 잡았다.

"머시라? 나더러 거길 다시 가라꼬야?"

말끝이 올라가며 멱살을 잡은 손이 저절로 흔들렸다. 그에 따라 남우선의 몸이 바람에 흔들리는 나뭇가지에 붙은 매미처럼 앞뒤로 흔들렸지만 그는 그저 배동호가 하는 대로 몸을 맡기고 아무런 반응도 보이지 않았다.

하지만 남우선의 머리 속으로는 만감이 교차하고 있었다. 책자 한 권 때문에 평생 겪어보지 못한 치욕을, 그것도 자신의 집 앞마당에서 겪고 있었다. 그는 눈을 감았다.

갑자기 허허로운 웃음이 나왔다.

눈물도 가늘게 흘렀지만 그런 것쯤은 안중에도 없었다.

왈왈왈.

그래도 충직한 놈은 멍구 하나였다.

멍구는 소도둑같이 생긴 놈이 노주인의 멱살을 쥐고 흔들자 힘차게 짖어댔다.

사실 멍구는 어제저녁부터 밥알이라고는 구경도 못했다. 그러나 눈치는 있는 개인지라 주인도 밥을 굶고 혼이 반쯤 빠져 있는 것을 보고는 밥달라고 짖지도 못하고 있다가 낯선 놈이 주인을 흔들자 등짝에 붙은 뱃가죽에 힘을 주고 짖어대는 중이었다.

어제 남우선이 정자 기둥에 매놓지만 않았어도 그동안 나무 기둥을 상대로 갈고닦은 이빨로 한 수 보여주었을 멍구였다.

퍽!

깽!

배동호의 발이 번쩍이는 순간 멍구는 숱한 별들이 눈앞에 오가는 것을 보며 저만치 나가떨어졌다.

서당 개 삼 년이면 풍월을 읊는다고 대학자 밑에서 놀던 멍구는 명

견은 진퇴를 알아야 한다는 것을 깨우치고 있었다.

발길질 한 방이 얼마나 셌던지 목끈까지 벗겨졌지만 상대의 위력을 실감한 멍구는 눈을 살포시 내리깔고 꼬리를 예쁘게 말아 상대에게 전혀 적의가 없음을 확인시켰다.

'자네 마음대로 하시게.'

백문호가 풍진악과 함께 은국소축을 방문한 것은 배동호가 남우선과 실랑이를 하고 있을 무렵이었다.

남우선은 이곳 동정호 일대에서 너무나 잘 알려진 명사 중의 명사였다. 이름만 대면 다 아는 사람인 걸 모르고 둘은 쓸데없는 고민을 하다가 주루 주인과 몇 마디 말로 모든 고민을 일소하고 은국소축을 찾은 것이었다.

일행이 소축 앞에 도착해 보니 국화 화단으로 진세를 만들어놓은 것이 눈에 띄었다.

'엥, 오행진(五行陣)에… 가만, 어라? 오행이 아니라 팔괘진(八卦陣)이었구나. 큰일 날 뻔했네.'

그래도 제 깐에 진법에 관한 서책 몇 권은 읽어보았다고 자부하던 백문호는 풍진악 앞에서 아는 체하려다 슬며시 꼬리를 내렸다. 역시 대학자가 깔아놓은 진법은 남달랐다.

백문호는 소축 밖에서 안쪽에 심어진 국화들을 유심히 보며 생로를 찾느라 반 식경이 넘도록 지체하고 있었다. 소축 안쪽에서는 무슨 소동이 있는지 시끄러운 분위기라는 것이 짐작되었지만 진세에 가로막혀 말소리도 잘 들리지 않았다.

그리 큰 소축은 아니었는지라 안에서는 개 짖는 소리가 계속 들렸지만 진세가 겁이나 감히 안으로 들어가지 못하고 있었다.

　‘음, 손님 맞이나 가야겠군.’

　배동호에 제대로 한 방 채여 체면을 구기던 멍구가 네 다리를 쭉 펴서 의연한 자세를 갖추고는 국화진으로 향했다.

　두 사람은 따라오라고 꼬리를 흔드는 멍구의 신호를 알아보고 국화진 안으로 들어섰다. 안으로 갈수록 사람의 말소리가 또렷해지더니 어느 순간 앞이 훤히 밝아졌다.

　그런데,

　웬 험상궂게 생긴 빌어먹을 중년 사내가 대학자의 멱살을 잡고 앞뒤로 흔들어대고 있는 게 아닌가.

　백문호의 눈에 불꽃이 튀었다.

　장자맹 다음으로 자신이 가장 존경하는 대학자였다.

　다른 생각을 할 겨를도 없이 한달음에 사내에게로 달려간 그는 발길질로 옆구리를 내질렀다.

　“어이쿠!”

　하지만 비명의 임자는 백문호 자신이었다. 그는 슬쩍 피하는 배동호의 몸놀림에 제풀에 저만치 나가떨어진 것이다.

　백문호는 옆구리를 삐끗했는지 한동안 허리를 만지며 땅에서 일어나지 못했다.

　‘음, 역시 고수였어.’

　멍구는 진즉에 사내의 진정한 실력을 알아본 자신의 수준있는 눈썰미에 진심으로 감탄했다. 하지만 멍구의 눈을 새로운 경지로 인도하는 사람이 있었다.

풍진악이 사태를 파악하고는 백문호가 했던 대로 배동호의 옆구리를 걷어찼다.

퍽!

"아이고!"

"어이쿠!"

배동호는 그의 동작을 훤히 보고 있었지만 워낙 발 재간이 빠른지라 피하는 것은 고사하고 남우선의 멱살을 놓을 겨를도 없었다. 그러다 보니 사내가 풍진악의 발길질에 마당의 한구석으로 나자빠지자 남우선도 끌려가며 내동댕이쳐졌다.

"어이구, 선생님!"

예상치 못한 일에 쓰러져 있던 백문호가 오히려 정신이 없을 지경이었다. 육십이 넘은 노인네가 멱살이 잡혀 마당에 처박혔으니 그 고통이야 오죽하랴.

그는 고통도 잊고 남우선에게 달려갔다. 풍진악도 얼른 남우선에게 다가가 부축해 일으켰다.

하지만 남우선의 진정한 고통은 다른 데 있었다.

'음, 이 틈에 아예 정신을 잃어버려?'

그는 차라리 이번 기회에 정신을 잃고 쓰러진 척하고 싶었다. 하지만 자신이 생각해도 강도가 좀 약했다.

'아예 구석에 콱 처박아주지.'

그는 배동호가 자신을 시원찮게 메친 것을 원망했다.

반년이 다되어 보는 사람 앞에서 표사한테 멱살이 잡혀 흔들리는 꼴을 보였으니 이런 망신이 없었다. 입장만 떳떳하다면 경우도 모르는 불량배에게 걸려서 그렇게 되었노라고 하면 그만이겠지만, 어차피 자초지종이 밝혀지면 백문호 앞에서 얼굴을 들 수 없을 터였다.

"당신들은 누구야?"

배동호는 한 방 제대로 맞아 숨도 제대로 못 쉬고 마당 한구석에 널브러졌다가 겨우 몸을 수습하여 일어서며 물었다. 이빨이 찢겨졌는지 한 손으로는 입으로 흘러나오는 피를 훔치고 있었다.

"이 후레자식아! 아무리 막돼먹은 놈이기로 육십이 지난 노인네 멱살을 잡고 뭐 하는 짓이냐? 너는 어미 아비도 없냐?"

풍진악이 얼른 배동호를 잡고 늘어졌다. 그사이 몸을 수습한 백문호가 신속하게 남우선을 정자로 모셨다.

배동호는 이미 한 방 맞은 터라 기가 죽어 있었다.

그래도 표사로 밥술을 얻어먹은 지 수십 년이라 그 한 방으로 상대의 무공 수위 정도는 짐작할 수 있었다. 눈앞의 젊은 놈은 자신이 감당할 만한 수준을 훨씬 뛰어넘는 고수였다.

하지만 성깔로 보자면 목에 칼이 들어와도 버티는 그였다.

"이거나 보고 얘기하시지."

배동호는 어제 받아놓은 자술서를 꺼내 바닥에 팽개쳤다. 풍진악이 자술서를 주워 읽었다.

종이에는 각서 어쩌고 하며 써 있었는데 남우선이 저리 된 것이 운송료 이백 냥을 빚지고 갚지 못해서라는 것을 알았다.

'음, 그렇군. 이해는 해.'

하지만 그렇다고 밀릴 수는 없었다.

"아무리 그래도 너무 심한 것 아니오?"

풍진악이 말을 하면서 보니 사내의 얼굴이 무척 특별(?)하게 생겼다는 것을 알았다. 중원 출도 이래 처음 보는 얼굴이었다. 아니, 난생처음이었다.

"심하다고? 중원 표사를 일렬로 세워놓고 물어보시오. 표물로 책자 한 권을 달랑 들고 목숨 걸고 운남에 다녀올 놈이 몇이나 되는지. 그것도 반품으로."

배동호는 풍진악의 말에 반박을 하며 그동안 있었던 얘기를 쉬지 않고 입을 놀려가며 떠들어댔다.

"글쎄 노인네가 미안한 표정이라도 지어야지, 고개를 뻣뻣이 세우고 운남으로 도로 가지고 가라는 것이 말이나 되오?"

정자에 앉혀졌던 남우선은 배동호의 말을 듣고 있자니 얼굴이 뜨뜻해짐을 느꼈다.

자신도 어거지를 쓰고 있다는 것쯤은 알고 있었지만 방법이 없어 그리 말했었다. 그걸 백문호에게 까발리는 배동호가 내심 원망스러웠지만 나설 처지가 아닌 자신이 더 한심스러웠다.

백문호는 배동호가 열이 받아 하는 설명을 듣고는 잠시 말을 잊었다. 그의 말은 한 치도 틀린 게 없었다.

"선생님, 이 사람 말이 맞습니까?"

"그, 그게 그렇게 됐소."

남우선은 완전히 풀이 죽은 목소리였다. 하지만 때마침 백문호가 나타나 그나마 일이 수습될 수 있다는 것에 내심 안도하고 있었다.

'백문호가 점괘에 나타났던 그 귀인인가?

문득 어제 본 점괘가 떠올랐다. 초조한 마음에 목욕재계까지 해가며 산통을 흔들어 나온 점괘였다.

'음, 일이 쉽겠군.'

하지만 하늘에 감사하는 사람은 따로 있었다.

바로 백문호였다.

정작 오늘의 귀인인 그는 나름대로 이 상황을 이용할 궁리를 하고 있었다. 유유자적 노는 것을 좋아하는 남우선이 쉽사리 무공 사범을 맡으려 하지 않을 게 뻔했는데, 하늘이 자신을 도왔는지 남우선이 궁지에 몰려 먹살까지 잡힌 상황이었으니 금방 답이 나왔다.

"허, 그럼 큰일인걸. 은자 이백 냥을 어디서 마련한다지?"

백문호가 안타까운 표정을 지으며 혼잣말처럼 중얼거렸다.

남우선의 눈꼬리가 올라갔다.

"백 관주도 가진 돈이 없소?"

"있긴 한데 공금이라서요."

백문호가 안타까운 표정까지 지어가며 말했다. 사실 품속에는 혹시 하는 마음에 선문학관에서 급히 수습을 해온 백 냥짜리 전표가 수십 장 있었다.

"미리 좀 당겨 쓰고 나중에 메워놓으면 안 되겠소?"

"공금에 어떻게 손을 댑니까? 그리고 나중에라도 선생님께서 무슨 재간으로 이백 냥을 메우시겠습니까?"

'음, 그건 그렇지.'

남우선은 할 말이 없었다.

기실 공금에 손을 댄다는 것은 있을 수 없는 일이었다. 다급한 마음으로 한 말에 꼬투리까지 잡히고 보니 입이 열 개라도 소용이 없었다. 게다가 공금에 손을 대자는 말을 하고 보니 체면도 서지 않았다.

남우선이 풍진악을 올려다보았다.

'혹시 자네는 가진 것이 좀 있는가?' 하는 투였다. 초면이지만 같이 왔으니 어찌 안 되겠나 하는 생각이었다.

풍진악은 못 본 체하며 먼 산을 바라보았다. 여기 경치가 정말 좋습니다 하는 자세였다.

'음, 고약한 놈. 저 녀석은 틀렸고.'

"여비라도 좀 남는 게 없는가?"

남우선이 얼른 백문호를 돌아보며 물었다.

"그런 거금이 어디 있겠습니까? 그리구 있어도 그렇지, 지금 빌려드렸다가 언제 되돌려받겠는지요?"

백문호가 안됐다는 표정으로 말했다.

"휴……."

남우선은 한숨을 쉬며 다시 고민에 빠졌다.

옆에서 지켜보던 배동호의 눈꼬리가 점점 올라갔다. 한 대 맞기는 했어도 돈만 받아갈 수 있다면 얼마든지 묻어둘 수 있는 일이었다. 그런데 놈들은 알고 보니 별 도움이 안 되는 놈들이었다.

"없으면 비키쇼. 난 저 영감한테 볼일이 있으니까."

남우선의 가슴이 철렁 내려앉았다.

"험, 험. 무, 무슨 다른 방법이 없겠소?"

그는 바빠졌다. 자신도 모르게 백문호의 술수에 말려들고 있었는데, 평소라면 이내 눈치를 챘을 그였지만 배동호가 연신 얼러대니 정신을 차릴 수가 없었다.

"글쎄요, 사실 제가 이번에 나선 것은 무영 공자의 부탁을 받고 문파의 무공 사범을 구하러 나선 것인데 선생님은 무공을 모르시니… 허, 이를 어쩐다?"

무척 안됐다는 표정 관리를 확실히 해가며 백문호가 말했다.

"허, 백 관주는 내가 청해삼호나 무영이 놈의 무공을 가르쳤다는 것을 모르는가? 만류귀종이라, 학문이나 무공이나 끝은 다 하나로 통하는 법일세. 그래, 그 사범 직은 보수가 얼마인가?"

남우선의 얼굴에는 마지막 새끼줄을 놓치지 않으려는 다급함이 그대로 써 있었다.

'흐흐흐, 상황 끝.'

이렇게 쉽게 해결되니 기분이 너무 좋았다.

이제 후딱 남우선과의 일을 마치고 그를 데려가면 끝이었다. 하지만 아직은 표정 관리가 필요한 시점이었다.

백문호는 남우선이 무공 사범을 시켜달라는 말이 어려운 부탁이라는 듯 고민하는 표정을 지으며 한참 시간을 끌었다.

남우선은 발등에 붙은 불인지라 그의 입만 쳐다보고 있었다.

"에라, 나중에 제가 책망을 받더라도 할 수 없죠. 우선 선생님을 구해 드려야 하니……."

그는 마치 큰 선심이라도 쓰듯 말하며 지필묵을 준비했다. 확실하게 마무리를 해두는 것이 좋았다.

"에… 우리 문파의 무공 사범 보수는 한 달에 은자 닷 냥이니 삼 년 계약은 하셔야 하겠는데요."

한 문파의 무공 사범 보수로는 턱없이 낮은 액수였지만 남우선을 오래 잡아두려면 가급적 싸게 불러야 했다.

"겨우 그거밖에 안 되는가?"

남우선이 무척이나 실망한 표정으로 말했다. 액수의 다과(多寡)가 문제가 아니라 보수가 적으면 일을 해주는 기간이 길어져 오랫동안 그곳에 묶여 있어야 한다는 게 문제였다.

"싫으시면 그나마 저도 어쩔 수 없다고요. 이것도 나중에 문책받을 각오로 하는 짓인데…….”

마지막까지 배짱으로 나갔다.

바삐 샘을 파야 하는 목마른 사람은 남우선이지 자신이 아니었다.

“알았네, 그게 규정이라면 하는 수 없지.”

백문호의 예상대로 남우선은 급히 삽질을 했다. 목이 무척 말랐던 모양이었다. 그는 즉시 자필로 은자 이백 냥의 영수증을 쓰고는 무공 사범 직을 맡겠다는 수락서와 함께 백문호에게 건넸다.

백문호는 얼른 그걸 받아 챙기고는 품속에서 백 냥짜리 전표 두 장을 꺼내 배동호에게 주었다.

“옛소.”

배동호는 이백 냥을 받자 책자를 건네주었다. 눈치를 보아하니 연체료 닷 문을 챙기는 것은 아무래도 무리일 것 같았다.

‘수법이 정말 고명하군.’

옆에 서 있던 풍진악이 내심 혀를 내두르며 감탄했다.

그날 저녁 은국소축에서는 조촐한 술자리가 벌어졌다.

백문호는 그동안 지낸 경과를 남우선에게 간략하게 얘기하며 무영의 편지를 건넸다.

“아니, 그게 사실인가?”

장자맹이 죽었다는 소식에 남우선의 눈이 크게 떠졌다.

항주에서 동정호의 은둔처로 온 것을 주변의 다른 사람에게 알리지 않은 까닭에 통 연락을 받지 못해 그의 죽음을 알 수 없었던 것이다.

그는 이미 장례까지 치러졌다는 소식에 가장 친한 벗의 장례에도 가 보지 못한 것을 가슴 아파했다.

“벗이 그렇게 가버리니 가슴은 아프지만 생사는 하늘의 소관이니 어쩌겠소. 관직을 그만두고 낙향해서 같이 자연을 벗 삼아 노년을 보내자고 그렇게 말했건만, 몹쓸 사람 같으니.”

남우선은 진심으로 장자맹의 죽음을 애도했다.

그날 그는 몇 년 전 땅속에 묻어두었던 술까지 죄다 꺼내어 정신을 차리지 못할 정도로 대취할 때까지 마셨다.

‘아무래도 내가 당한 것 같아.’

다음날 술이 깬 남우선은 자신이 은자 이백 냥에 팔려가는 신세가 된 과정이 아무래도 찜찜했다. 사실 말이야 바른 말이지, 그동안 자신이 선문학관에 무료로 출강한 수강료만 따져도 얼마인가? 다른 학관에서 부르는 자신의 몸값을 생각하면 연봉으로 은자 수천 냥은 족히 받을 수 있는 몸이었다.

백문호가 그리 허술하게 보여도 돈에 관한 한 은근히 잔머리를 굴린다는 것을 잘 알고 있었다. 급한 마음에 영수증에 수락서까지 써준 것이 못내 마음에 걸렸다.

“찔러! 찔러!”

“길게 찔러!”

담이 높이 세워진 동가장 연무장에서 삼십여 명의 사내들이 강하게 내리쬐는 뜨거운 햇빛 아래서 구슬땀을 흘려가며 한 젊은이의 구령에 맞춰 열심히 창을 놀리고 있었다.

여름은 아직 자리를 내주지 않으려는 듯 더욱 거칠게 불타올라 한껏 폭염을 몰아가며 대지를 데웠다.

오랜만에 오는 혹서임에도 젊은이들은 창끝으로 열기를 걷어가며 열심히 훈련에 열중하고 있었다. 조씨의 세 형제들이 용호관 출신의 신입 문도들을 가르치기 시작한 것은 항주에 도착한 지 며칠이 지나서였는데, 그것은 조삼이 머리 속에 딴생각이 들지 못하게 하는 매일의 일과 중 하나였다.

그리 머지않은 곳에는 뚝딱거리며 건물을 짓는 수백 명의 목공과 인부들이 바삐 움직이고 있었다.

연무장 뒤편 언덕에서 조일이 바위에 걸터앉아 턱을 괸 채 훈련 광경을 지켜보고 있었다. 그는 아직 한 달 전 동생들이 다친 충격에서 벗어나지 못했다. 동생 둘이 거의 하반신을 쓰지 못해 자리에 누워 있다시피 했기 때문이었다. 자신이 그 자리에 있었으면 동생들이 그렇게 되지는 않았을 거라는 자책감이 그를 괴롭혔다. 형으로서 동생들을 지켜주지 못한 부끄러운 모습이 된 자신이 죽도록 싫었다.

어머니의 죽음으로 바꾼 형제들이었다. 지하에 계시는 어머님이 맏이 노릇 하나 제대로 못하는 자신을 얼마나 책망하실까 생각하니 그저 죄송스럽고, 슬프고, 분할 뿐이었다.

동생 조삼이 저렇듯 하루 종일 고된 훈련을 하는 것도 다쳐 누워 있는 형제들을 잊기 위한 것임을 잘 알고 있기에 훈련이 끝난 밤에 혼자 남아서 창술에 열중하는 조삼에게 몸을 돌봐가며 하라는 말도 건네지 못했다.

넷째와 막내는 상처가 워낙 심했다. 특히 넷째는 숱한 도검을 맞고도 목숨은 붙어 있는 것이 다행이었다. 만약 남북쌍괴가 적시에 도착하지 않았다면 막내를 잃었을 것이 틀림없었다. 그나마 다 죽은 목숨이나 다름없었던 그들을 남북쌍괴가 내력을 불어넣어 가며 보살폈기에 살아날 수 있었다. 다행히 막내는 조금씩 나아지고 있었지만 넷째는 차도가 없었고, 그것이 다른 형제들을 슬프게 했다.

다른 형제 둘과 함께 용호당에서 편입한 새로운 식구를 훈련시키는 일을 맡았지만 조일의 하루는 이렇게 바위 위에 앉아 무심히 하루를 보내다가 저녁 무렵에 넷째의 처소에 가서 일어나지도 못하는 그에게 몇 마디 위로의 말을 건네는 것이 고작이었다.

넷째가 죽지도 살지도 못하는 불구가 되어 하루 종일 침상에서 눈물만 흘리는 모습을 보는 것은 정말 죽기보다 싫은 노릇이었지만 그나마 자신이 들러주지 않으면 얼마나 실망할까 하는 생각에 마지못해 들렀다.

둘째와 셋째도 그런 형의 심정을 헤아리는지 감히 다른 말은 못하고 그저 그렇게 자기 몫의 슬픔을 삭이기에만 열중했다.

주인이 바뀐 지 오래였지만 주위의 이목을 의식해 장원의 이름은 바꾸지 않았는데 인근의 농민들도 동가장이라는 이름이 귀에 익숙했던 터라 크게 신경 쓰는 눈치가 아니었다.

꽤 큰 장원이었지만 주인이 바뀌고 나서 서너 번 문이 열렸을 뿐 마치 사람이 살지 않는 듯 조용했는데, 그것 역시 그동안 조용히 살아왔던 주변 사람들에게는 자연스럽게 받아들여졌다.

오랜만에 동가장의 문이 열렸다.

안으로 들어서는 사람은 임무를 완수한 듯 당당한 팔자걸음으로 들어오는 백문호, 어깨가 늘어져 힘없이 끌려오는 남우선, 그리고 뒤를 목발의 학예춘이었다. 자신의 서열을 아는 멍구는 가장 뒤에 졸랑거리며 따랐다.

남우선이 정식 무공 사부로 취임한 것은 그가 동가장에 도착한 바로 다음날이었다.

그가 유달리 가르치는 것을 좋아해서 그러는지는 알 수 없지만 남우선은 지난 일을 잊고 금방 새로운 일에 몰두했다.

그는 곤륜파의 무공 수준을 크게 세 부류로 나누어 지도하기로 했는데 첫째 부류는 각 당의 당주나 단주 급 이상이고, 둘째는 그 이하의 문도, 그리고 마지막은 원공돈에서 합류한 무리들이었다.

첫째 부류에 대한 지도는 마치 경전을 강의하듯 심오한 초식들에 대해 강해(講解)하는 것에 주력했는데, 그것은 그동안 심득을 얻지 못해 진전이 없는 고수들의 성취를 돕기 위함이었다.

"허, 정말 남 사부께서 무공을 모르신다는 것이 믿어지지가 않는구려. 마치 병자의 아픈 곳을 꼭 집어내듯 찾아내는 데 본 장문인은 진심으로 감탄하지 않을 수 없구려."

처음 강해를 듣고 나온 풍요립의 말이었다.

남우선은 비급의 초식에 따라 펼치는 풍요립의 무공 시범을 보고는 단번에 문제점을 지적했는데 구구절절이 풍요립의 가슴을 훤히 뚫어주었다.

"음, 장문인께서 펼치신 신룡타호(神龍打虎)의 수법은 실로 고명하기가 이를 데 없으나 발경과 호흡의 동작이 일치하지 않아 그 위력을 다 보이지 못하는 것 같습니다. 비록 초식이 빠짐없이 펼쳐지기는 하지만 기(氣)의 흐름이 이를 따르지 못하고 끊기니 어쩔 수 없는 현상으로 보입니다. 호흡은 공격을 가하는 순간 내쉬어야 하고 거둘 때에 들이쉬어야 합니다."

멋지게 한 수 시범을 보였다고 생각한 풍요립은 여러 문도들 앞에서 한마디 들은 셈이어서 얼굴이 뜨거워졌지만 남우선의 한마디 한마디는 그의 막힌 곳을 시원하게 터주었다.

다른 사람들도 모두 남우선의 날카로운 지적을 받았는데 그것은 모든 사람들이 그를 진심으로 존경하게 만들었다.

상급 부류들은 그렇게 편하게 남우선의 도움을 받고 실력을 키울 수 있었지만 중급과 하급들은 그렇지 못했다. 그들은 무영이 예전에 배웠던 과정을 답습해야만 했는데, 당연히 발목에는 납환이 매달렸고 오전 시간은 무공 초식의 강해, 그리고 오후는 잠자리에 드는 시각까지 몸으로 때워야 했다.

원공당에서 새로 합류한 무리들은 은근히 실망을 했는데, 하급제자들을 위해서 그가 가르치는 것은 동전 몇십 문만 주면 시중에서 얼마든지 사서 볼 수 있는 각법(脚法)과 퇴법(腿法) 등과 단순한 권장이 위주였기 때문이다.

검법이나 권법도 모두 횡소천군(橫掃千軍), 직도황룡(直道黃龍), 팔방풍우(八方風雨)나 개산권(開山拳) 등으로 이름은 거창하지만 게나 고동이나 강 건너 가재까지 배워 시정잡배들이 흔히 펼치는 무공이었다.

하지만 남우선이 누군가? 워낙 엄격하게 관리와 통제를 하는 통에 제자들은 조금도 꾀를 피울 수 없었다.

"허, 거기 둘째 줄 오른쪽에서 세 번째 제자는 왜 그리 검에 힘이 없는가? 검을 그렇게 휘둘러서야 직도황룡이 아니라 직도감자나 직도고구마밖에 더 되겠는가? 한갓 대나무도 양가(楊家)에서 휘두르면 양가창이 되고 지게꾼이 휘두르면 지게 작대기가 되는 법일세. 곤륜의 제자가 직도황룡을 전개하면 남달라야지 그래서야 되겠는가? 검을 그렇게 쓰려거든 연무장에 나오지 말고 주방으로 가게나."

점잖은 그였지만 가르칠 때는 웬 입심이 그리 거친지 걸리는 순간이 개망신당하는 순간이었다. 그래도 금검문의 박해에 대항해 용호관을 꿋꿋이 지켜왔던 그들인지라 자존심도 남달랐기에 그런 한마디를 들으면 참지 못하고 남아서까지 연습을 했다.

물론 남우선 혼자 모든 인원을 통제한다는 것은 무리였기에 숙련된 조교의 시범을 보이거나 게으름을 피우는 놈들을 통제하기 위해 그의 밑에서 다년간 각고의 훈련을 쌓았던 조씨 형제들이 주로 동원되었다.

조씨 형제들은 남우선의 가르침에 대해 꾀를 피우거나 하는 수법을 꿰뚫고 있었기에 그들의 눈을 피한다는 것은 사실상 불가능에 가까워 몸으로 때우는 수밖에 없었다.

원래 한곳에 집중하면 뿌리를 뽑는 남우선은 일단 시작을 하자 무공 가르치는 일을 무척 마음에 들어했다.

도가 계열의 곤륜의 상승 무공은 하나같이 고된 수련과 깊은 수양을 통해 이루어질 수 있는 것들로 그 수준은 어떤 학문보다 깊고 원대했기에 깊은 공부를 하지 않고는 무공을 설명해 가르친다는 것 자체가 불가능했으므로 자신도 큰 공부를 하는 셈이었다.

모든 것은 하나로 통한다는 이치에 맞게 순수한 학문만을 이용해 이론적으로 각종 무공의 초식들을 풀어헤치는 묘미는 그 어느 것에 비길 데 없이 흥미있는 일이었다. 무공을 가르치는 것을 은근히 즐기면서도 단 한 가지 그의 가슴을 아프게 하는 것은 북경을 떠난 무영이 여태껏 소식도 없이 행방불명 상태라는 것이었다.

결혼을 하지 않은 그에게 무영은 마치 친자식과 다름없었다.

"휴, 살아 있으면 소식이라도 보낼 것이지, 매정한 놈."

남우선은 남몰래 눈시울을 붉혔다.

제9장

백무도(白霧島)에서

돛이 불타 버려 해류를 따라 바다 위를 표류한 지도 벌써 이십 일이 넘었다.

배 안에서 그들이 할 수 있는 일은 만일을 대비해 바닷물을 끓여 증기를 받아 식수로 준비하거나 고기를 잡아 말려 비상시를 대비한 식량을 마련하는 것이 전부였다.

배가 이미 정기 항로를 벗어났는지 주변에 지나가는 고깃배 한 척 보이지 않았는데 날씨가 점점 더워지는 것이 남쪽으로 가는 것만은 틀림없었다.

다행히 곡완주는 깨어나 앉아 있을 수 있었고, 무영도 눈을 뜨고 먹을 것을 받아먹었다. 하지만 희미한 눈동자에 무표정한 얼굴 하며, 전혀 사람을 알아보지 못하는 상태로 아직 정신이 온전히 돌아오지 않았는데, 가끔 '화매, 화매' 하며 여자 이름을 부르는 것이 고작이었다.

며칠 전부터 여자들은 돛을 만들고 있었다.

입고 있던 옷이며 배 안에 있던 선부들의 갈아입던 예비 옷 등을 모아 덕지덕지 기운 돛을 만들고 있었는데, 옷가지를 모아 돛을 만드는 것은 하경의 제안으로 이루어진 일이었다. 대충 완성이 되어 조금만 손을 보면 돛대에 올릴 수 있었는데, 돛이 생긴다는 생각에 모두들 기대에 차 있었다. 다행히 불타다 떨어진 몇 개의 돛 조각이 있었는데 그것이 입던 옷 한두 벌보다 훨씬 나았다.

벌써 돛은 어느 정도 모양을 갖추고 있었다. 원래 돛보다 크기가 훨씬 작았지만 제대로만 힘을 써준다면 그런 대로 미약하나마 바람을 탈 수 있을 것이었다.

선부들은 얌전하게 여자들의 눈치만 보고 있었다.

그들이 그렇게 된 데에는 무엇보다도 곡완주의 도움이 컸다.

큰일을 겪은 후에도 살아남은 젊은 선부들은 여자들만 멀쩡히 있는 일행을 은근히 추군대고는 했는데 심지어 배 안의 궂은일은 죄다 여자들에게 맡겼다.

여자들은 선장 양씨가 나서주었으면 하는 마음이었지만 그도 전삼이 주도했던 선상 반란 사건 이후로 선부들과 보이지 않는 선이 그어져 있어 함부로 나서려 하지 않았다.

선부들은 반란에 가담한 전력이 있기에 어차피 뭍에 도착하면 처벌받는다는 생각이 있어서인지 배의 운항과 직접적으로 관련된 선장의 지시만 받고 다른 일에 대해서는 제멋대로였다.

하지만 그런 그들이 완전히 꼬리를 만 것은 며칠 전 몸을 조금 회복한 곡완주가 바깥 구경을 하고 싶다 하여 의자에 앉혀져 밖으로 나왔을 때였다.

그날도 선부 하나가 다가와 음탕한 말을 하며 곡완주의 곁에 서 있던 죽향에게 집적거렸는데 옆 의자에 앉아 있는 남장의 곡완주를 병든 서생으로 취급하여 완전히 안중에도 없다는 행동이었다. 하지만 그는 다음 순간 서늘한 기운을 느끼며 자신의 목줄기에 와 닿아 있는 검날을 보고는 오줌을 지려야 했다.

그야말로 눈 깜짝할 사이였다.

"두 번은 없다. 다음은 네놈의 목이다."

곡완주는 단 한 마디만 하고는 검을 거두었다.

그녀의 한 수는 아무런 내공이 들어가 있지 않았지만 오랜 고련을 통해 나온 숙달된 손놀림이라는 것을 누구라도 알 수 있을 정도였다.

아무런 감정이 들어가 있지 않은 나직한 그녀의 말을 듣지 못한 사람은 아무도 없었다. 주변에서 얼쩡거리던 선장 양씨와 다른 선부도 그 광경을 보았다. 눈에 난 자상(刺傷) 하며 검을 놀리는 재간이 예사가 아니라는 것을 알고는 모두 꼬리를 말았다.

그날부터 여자들을 대하는 그들의 자세는 완전히 달라졌다.

여자들에게는 일절 일을 시키지 않아 오히려 이쪽에서 심심해하며 일거리를 찾아 나설 정도였기에 돛을 꿰매는 일도 여자들이 자청해서 한 일이었다.

사실 양 선장의 관심은 그런 것들에 있지 않았다.

그가 가장 걱정하는 것은 돛도 없이 해류를 따라 흘러가는 중에 해적이나 폭풍우를 만나는 것이었다. 살아남은 두 명의 젊은 선부들은 산동 앞바다에 몇 번 나가본 것이 전부인 경험이 적은 자들이었기에 잘 모르겠지만 남쪽 바다에 해적들이 심심찮게 출몰한다는 것은 뱃사람이라면 누구나 알고 있는 상식이었다.

하지만 배를 탄 사람들에게 그런 걱정을 알려 동요하게 하는 것은 바람직한 일이 아니기에 입을 닫고 있었다. 왜구며 해적에 폭풍우 등의 죽고 사는 일이 머리에 가득한 터에 선부들이 여자들을 집적댄다거나, 침상에 누워 주는 약사발이나 받으며 빌빌대기만 하던 병서생이 대단한 무림고수였다든가 하는 일이 그의 관심을 끌지 못하는 것은 당연했다. 더구나 그동안 비를 만나지 못해 가장 긴요한 식수가 떨어져 가 바닥을 드러내고 있었다.

"자, 손님들은 이쪽을 잡아주시오."

드디어 완성된 돛을 돛대에 매다는 일이 시작되자 양 선장의 입이 쉬지 않고 바빠졌다. 모두 돛대에 매달려 갓 만들어진 돛을 조심스레 붙들어 맸다. 폭풍이라도 불면 여지없이 찢어져 나갈 돛이었지만 그때는 내렸다가 날씨가 개면 다시 올리면 될 일이었다.

"돛을 올려라!"

양 선장의 힘찬 구호에 따라 선부 둘이 돛대에 연결된 줄을 잡아당기자 돛이 천천히 올라갔다. 예전 크기의 반밖에 되지 않는 누더기 같은 돛이었지만 모두들 잔뜩 기대에 차 있었다.

돛은 힘차게 펄럭였지만 다행히 찢어질 기미는 보이지 않았다. 양 선장이 각별히 주의를 주었기에 약해 보이는 곳은 여기저기 바느질을 해서 힘을 받도록 했기 때문이다.

"됐다!"

양 선장이 기쁨에 겨워 소리를 지르자 모두들 손을 흔들며 환호했다.

그는 힘차게 키를 잡았다.

벌써 이십여 일을 그렇게 떠다녔기에 자신들이 있는 위치도 정확히 알 수 없었지만 무조건 오른쪽으로만 가면 해안에 당도할 수 있다는 생각이었다. 배의 속도가 만족할 만큼 나오지는 않았지만 이제까지와 달리 힘차게 바람을 안고 서쪽으로 미끄러졌다.

모든 사람들이 기뻐하고 있었지만 무영과 곡완주만은 그렇지 못했다. 무영은 아직 제정신을 완전히 차린 것이 아니기에 반응이 있을 수 없었고, 곡완주가 기뻐하지 않는 것은 중원으로 돌아가면 무영의 곁에 있는 것도 멀지 않았다는 생각이 들었기 때문이었다.

곡완주가 알고 있는 무영의 여인은 둘이었는데, 하나는 아라 공주였고 또 한 명은 남궁화였다.

정신을 차리지 못하고 있는 중에도 남궁화의 이름만을 되뇌는 무영을 볼 때마다 가슴이 찢어지는 듯한 아픔을 느꼈다.

그동안 밤이면 무영과 한 침상에 누워 있는 시간이 마냥 꿈만 같았는데 이제는 모든 것이 끝난다고 생각하니 마음이 착잡해진 그녀는 모두가 기뻐하는 중에도 그렇게 먼 바다만 바라보았다.

배는 삼 일을 서쪽으로만 달려왔다.

그날 밤은 양 선장이 번을 서게 되었는데 그는 내심 안도하고 있었다. 아무리 멀리 왔다고 하더라도 이 정도의 속력이면 며칠 내로 육지를 볼 수 있겠다는 생각에 집에 두고 온 가족 생각이 더욱 간절해졌다.

곡완주가 갑판으로 나왔다. 마음이 싱숭생숭해서 도무지 잠을 이루지 못하고 있다가 위로 올라온 것이다.

"여기가 어디쯤 되는지 알겠습니까?"

곡완주가 물었다.

"글쎄요, 우리가 왜구들을 만난 곳이 대충 회하 부근인 것 같은데 거

기서 이십여 일을 해류만 타고 내려왔으니 지금은 복주(福州) 앞바다가
아닌가 하지만 확신할 수는 없소이다."

"그곳에서 항주는 멉니까?"

중원 지리를 잘 모르는 곡완주가 반문했다.

"육로로는 알 수 없지만 배로 간다면 열흘이면 충분할 것이오."

열흘이라는 선장의 말에 곡완주의 얼굴에 실망의 기색이 스쳤다.

"허허, 너무 늦어서 그러오?

그녀의 속내를 모르는 선장이 너무 오래 걸려서 그런가 싶어 물었
다.

"아닙니다."

곡완주는 짧게 대답하고는 뱃전으로 걸었다. 아직 몸이 다 나은 것
이 아니기에 조심을 했지만 비틀거리는 걸음걸이를 감추지는 못했다.

"조심하시오."

지켜보던 양 선장이 염려스러운지 한마디 덧붙였다. 선장 양씨는 배
안의 기강을 확실하게 잡아준 곡완주에게 진심으로 감사했다.

곡완주는 배 난간을 잡고 그렇게 서 있었다.

아직 여름이 지나지 않았는데도 밤바다의 찬바람은 예사롭지 않았
지만 곡완주는 개의치 않았다. 이 정도의 날씨는 어린 시절을 보냈던
성숙해에 비하면 크게 힘든 것이 아니었다.

아버지 곡길한을 떠올렸지만 어려서부터 서로 멀리 떨어져 있어서
그런지 애틋한 감정이 들지 않았다. 생각해 보면 무영을 따라 중원으
로 나선 그 몇 달간은 정말 어떻게 보냈는지 모를 정도로 바쁘게 보냈
었다. 하지만 지금 그녀의 머리 속에 남아 있는 것은 무영과 함께 초원
을 넘어왔던 순간과 북경에서 같이 생사를 넘나들며 피를 흘렸던 그때

뿐이었다. 무영의 무엇이 자신을 그렇게 끄는지는 몰랐지만 아무튼 그의 곁에서는 모든 일이 즐겁고 행복했다.

어쩌면 평생 무공을 잃고 불구로 살아야 할지도 몰랐지만 무영을 위해 싸우다 그렇게 된 것에 대해선 조금도 후회해 본 적이 없었다. 다만 머지않아 중원에 도착하면 무영이 자신을 떠날 것만 같은 불안감이 있을 뿐이었다.

사부님이 생각났다.

중원으로 나온 지 몇 달이 되었건만 아무런 노력도 한 적이 없었다는 것에 죄송스러운 생각이 들었다.

'응?'

출렁대는 파도를 보며 생각에 잠겨 있던 곡완주의 시야에 뭔가가 들어왔다. 비록 내공을 잃었지만 변방 사람들의 시력은 중원 사람들보다 보통 두 배 이상 좋았다.

"배가 오고 있습니다."

"뭐요?"

양 선장이 놀라 달려왔다.

"아무것도 보이지 않는데요?"

"저쪽을 자세히 보시지요."

양 선장은 달빛에 의지해 곡완주가 가리키는 방향을 유심히 살폈다.

"뭔가 있는 것 같기는 한데 배인지는 확실히 모르겠군요."

"배입니다. 이층으로 되어 있는 배 같군요."

"이층 배라고 했소?"

양 선장이 깜짝 놀라며 물었다. 바다에 익숙한 자신의 눈에도 자세히 보이지 않는 배가 있다고 할 땐 반신반의했으나 배의 형태까지 정확하게 말하자 믿지 않을 수 없었다.

그런데 이층 배라니? 그렇다면 왜선이 아닌가!

놀란 양 선장이 수평선 너머를 한동안 바라보니 과연 어떤 물체가 다가오고 있었다.

"그게 사실이라면 왜구요. 중원에는 그런 배가 없소. 충루선(層樓船)이라 불리는 배요. 그런데 보통 왜구 수십 척씩 몰려다니는 법인데 몇 척이나 되오?"

"한 척입니다. 이층 배가 틀림없습니다."

"일단 사람들을 깨우겠소."

양 선장은 서둘러 선실로 내려가 선부들과 하경 등을 깨우고는 급히 다시 올라왔다.

"우리 배를 발견한 것 같소?"

형체만 겨우 발견한 것뿐으로 배의 방향이나 무장(武裝)의 정도 등은 이쪽에서도 식별이 어려운 형편이니 저쪽도 보지 못했을지 모른다는 생각에서 양 선장이 물었다.

"글쎄요. 이쪽으로 방향을 향하고 있으니 잠시 후면 서로 마주치게 될 것 같군요."

"젠장, 밤에 왜선을 마주치다니 정말 일진이 사납군."

양 선장은 투덜대며 황급히 방향을 틀기 위해 조타실로 달려갔다.

하지만 곡완주가 보기에는 부질없는 노력으로 보였다. 바람이 세게 불어주지 않는 데다 돛마저 조그만 이 배로는 적선의 시야에서 벗어나는 것은 어렵다는 생각이었다.

곡완주의 생각대로 선장의 노력에도 불구하고 멀리 반 식경가량 지나자 적선에서도 이쪽을 발견했는지 화전(火箭)을 쏘아 올렸다. 배는

이미 밤에도 육안으로 충분히 식별이 가능할 만큼 가까이 접근했기에
화전이 미칠 거리는 아니었지만 겁을 줄 요량인 것 같았다.

바람이 조금씩 세졌지만 발견한 이후부터 이미 이쪽을 노리고 온 것
이기에 옷가지를 누더기처럼 엮은 돛으로 달아난다는 것은 애초부터
불가능했다. 게다가 저쪽은 돛이 온전하니 바람이 불면 더 탄력을 받
을 수 있었다.

거리가 점점 가까워지며 화살이 날아오기 시작했다.

"저놈들에게 분풀이라도 하고 가자."

충루선의 대장 격인 호소가와 후지다케(細川藤孝)는 눈앞에서 달아
나려고 발버둥 치는 명나라 소선(小船)을 보고 빙그레 미소를 띠었다.

호소가와가 십여 척의 왜선을 이끌고 화란상선(和蘭商船)을 공격한
것은 어제저녁 무렵이었다.

본국에서 별 볼일 없는 지방 영주의 무장으로 있던 그는 십여 년 전
자신이 모셔왔던 영주가 역적으로 몰려 참수를 당하자 몇몇 가신과 부
하들을 이끌고 중원에서 멀지 않은 무인도에 본거지를 두고 바다를 떠
돌며 노략질을 일삼아 그럭저럭 생계를 꾸려가고 있었다.

몰고 다니는 인원이 적다 보니 밤낮 그 나물에 그 밥이라 자신의 인
생을 바꿔볼 전기를 마련코자 겁없이 화포로 무장한 화란상선을 욕심
낸 것이 화근이었다.

그날도 바다를 지나던 중 한 척뿐인 화란상선을 발견한 그는 희생이
좀 따르더라도 양포(洋砲)를 장착한 배를 탈취할 수만 있다면 중원 앞
바다의 제왕으로 군림할 수 있을지도 모른다는 생각에 수적인 우세를
믿고 부하들을 독려해 상선을 공격했다.

하지만 일각이 채 지나기도 전에 그는 대부분의 부하를 잃고 퇴각 명령을 내리지 않을 수 없었다. 상선에 장착한 배에서 불이 한 번 뿜어질 때마다 부하들의 배는 정확히 한 척씩 불이 붙으며 가라앉았다.

후퇴도 쉽지 않아 그는 모든 선박을 잃고 자신의 대장선도 선미에 포를 맞은 상태로 홀로 남아 정말 우울하게 퇴각을 하던 중이었는데, 만만해 보이는 배를 한 척 발견하고는 부하들의 사기도 조금 올려줄 겸 분풀이를 하려는 것이었다.

양 선장으로서는 정녕 재수가 없는 일이 아닐 수 없었다.

작은 배이다 보니 타공(舵工:키잡이)을 겸하고 있는 양 선장은 나머지 사람들에게 돛을 맡기고 악을 써가며 연신 독려를 했지만 두 배의 거리는 점점 가까워져만 갔다.

"에이, 개 자슥들. 좋다, 같이 죽자!"

망망대해에서 더 이상 도주는 불가능했다. 독이 오른 양 선장이 소리 질렀다.

"당파(撞破:배끼리의 충돌)!"

그는 배를 돌려 왜선으로 향했다.

뒤를 따르던 왜선은 소선이 방향을 틀어 오자 돌연한 행동에 놀랐으나 이내 속셈을 짐작하고는 불화살을 비 오듯 퍼부었다. 돛이 불타기 시작했지만 아무도 개의치 않고 모두 뱃전에 납작 엎드렸다.

이미 거리가 가까워져 포격도 불가능했기에 격침을 시킬 수도 없었다. 층루선은 생긴 대로 회전이 용이하지 않기에 방향을 바꾸어 피한다는 것은 엄두도 내지 못해 양 선장의 소선이 층루선의 옆구리를 들이받는 걸 지켜볼 도리밖에 없었다.

쿵!

당파의 심한 충격에 소선 안의 사람들도 갑판 위를 굴렀다.

빠지직!

층루선이 부서지는 소리였다.

왜구들의 대장선인 층루선은 용골(龍骨:배의 이물에서 고물을 받치는 긴 뼈대)이 없는 구조이기에 외부의 충격에 무척 약했다. 양 선장이 당파를 시도한 것도 얼핏 그런 말을 들은 적이 있기 때문이었다.

소나무로 된 소선(小船)의 이물(뱃머리)도 충격을 이기지 못해 부서져 나갔고 그 틈으로 파도가 넘실거리며 뱃전에 물을 뿌렸다.

빠지직!

층루선이 반으로 갈라지며 배에 타고 있던 왜구들 대부분은 바다에 빠졌으나 그중 몇 명이 소선 주변에 줄을 걸고 매달렸다. 하지만 선부와 여자들이 단검을 꺼내 줄을 잘라 버리자 모두 파도에 휩쓸리며 죽어갔다.

호소가와는 자신이 이런 꼴을 당하게 될 줄은 조금도 예상치 못했다. 배가 충돌할 때 층루선의 지붕이 내려앉아 머리를 다치기는 했지만 복수심에 불타는 그는 마지막 진기를 모아 소선으로 몸을 날렸다. 어차피 배에 남아 있어도 죽은 목숨이니 소선을 탈취해 보겠다는 심산이었다.

"으악!"

멋모르고 그를 향해 장대를 휘두르던 선부 하나가 호소가와의 검에 목을 떨구며 갑판 위로 굴렀다.

배 위에 사람들은 그제야 그가 보통이 아니라는 것을 알고 모두 한쪽으로 물러났다.

이미 왜선은 완전히 두 동강 난 채로 천천히 물속으로 가라앉고 있었다.

호소가와는 아직 소선 안의 인물들에 대해 자세히 알 수 없었기에 물속에서 허우적거리는 부하들을 뻔히 보면서도 그들을 구하기 위해 손을 뻗지 못했다.

"핫!"

호소가와가 검을 높이 쳐들었다.

자신의 배를 부순 원한을 갚기 위한 것이었다. 화풀이나 하려던 것이 이렇게 커졌기에 화가 더 났다. 배를 모는 데 필요한 몇 놈만 남겨두고 나머지는 본보기로 모두 처단할 셈이었다.

"까악!"

그 기세에 놀란 하경을 비롯한 여인들이 소리를 질렀다.

"오호, 여자들이 아닌가?"

그가 대해에서 해적질을 한 지도 십 년이 넘었기에 중원 말을 웬만큼 할 수 있었다. 얼핏 보니 한두 놈만 빼고는 체구들이 고만고만한 것이 모두 여자라는 것을 알았다. 게다가 밤이지만 대충 보아도 하나같이 어디 내놔도 빠지지 않을 대단한 미인들이었다.

'음, 이게 웬 횡재냐.'

그는 입이 찢어질 만큼 기쁨에 젖어 그들이 자신의 배를 침몰시켰다는 사실도 잊었다. 게다가 남은 사내들도 모두 선부로 보여 배를 몰고 가려면 필요할 것 같았다.

그는 칼을 휘두르며 겁을 주어 양 선장과 선부에게 떨어져 나간 배의 이물을 판자로 막을 것을 지시했다.

"배를 동북으로 몰아라."

호소가와는 자신의 본거지로 배를 돌렸다.

배가 파도를 뚫고 나가자 부서진 뱃머리로 계속해서 바닷물이 들어와 모든 사람들이 매달려 물을 퍼내기에 바빴다. 하지만 물이 들어오는 속도가 워낙 빨랐기에 호소가와 자신도 나무 물통을 들고 물을 퍼내지 않을 수 없었다. 파도에 맞서 한 명의 손이라도 더 필요한 때이니 서로 적이니 아군이니 하는 생각도 잊고 모두 물 퍼내기에만 열중했다.

이미 날이 밝아오며 태양이 수평선 너머로 슬머시 고개를 내밀고 있었는데 배로 들어오는 물의 양이 늘면서 속도가 뚝 떨어졌다.

"양 선장님, 저쪽에 섬이 있는 것 같지 않습니까?"

곡완주는 아직 몸이 불편했는지라 설렁설렁 물을 푸고 있었는데, 문득 고개를 돌리는 순간 저 멀리 섬[島]으로 짐작되는 물체가 눈에 들어오자 양 선장을 보고 말했다.

"뭐요? 섬?"

반 이상이 타버린 돛으로 애써 방향을 조절하며 배를 몰던 양 선장이 황급히 달려왔다.

"저쪽 말입니다."

"글쎄요. 희끄무레한 것이 있는 것 같기는 한데 눈에 확실히 들어오지는 않는군요."

하지만 곡완주의 눈에는 확실히 섬으로 보였다.

"핫핫핫, 드디어 다 왔구나. 저곳이 본좌의 터전인 백무도(白霧島)다. 어서 배를 그리로 몰아라."

호소가와가 희미하게 보이는 섬을 발견하고는 기쁨에 겨워 호탕하게 웃으며 말했다.

그의 말에 사람들이 긴장했다. 놈의 본거지라면 적어도 그를 따르는 왜구들이 잔뜩 있을 터이니 갈수록 놈의 손아귀에서 빠져나가기 힘들

것이라는 생각에서였다.

사람들의 시선이 곡완주를 향했다. 이미 그녀의 무위를 한번 본 터라 은근히 기대를 하는 것이었다.

곡완주는 사람들의 시선이 부담스러웠다.

내공이 조금도 모이지 않는 상황에서 상대가 무공을 전혀 모르는 자라면 숙련된 손놀림으로 간단히 제압할 수 있을 정도는 되지만 오랜 수련을 거친 호소가와 같은 놈을 상대한다는 것은 계란으로 바위 치기였다. 검이 서로 마주치기만 해도 손아귀에서 검이 튕겨져 나갈 것이 뻔했다.

곡완주는 고개를 설레설레 저으며 숙였다.

그녀의 시선이 아래로 향하자 그를 바라보던 사람들의 표정에 실망의 기색이 스쳤다.

배에 계속 물이 들어왔지만 겨우 버티며 느린 속도로 섬을 향해 다가갔다.

차츰 섬의 윤곽이 드러났다.

백무도는 이름 그대로 하얀 운무가 섬 전체를 덮고 있는 듯한 형상이었는데 섬 주변에는 곳곳에 암초가 널려 있어 접근하기가 쉽지 않았다.

"저쪽으로 배를 몰아라."

사방에 암초가 널린 섬 주변의 지형을 잘 알고 있는지 호소가와가 양 선장에게 소릴 질렀다.

그의 말에 따라 배가 섬을 빙 돌아 들어가자 여전히 암초가 많아 보였지만 호소가와는 익숙하게 암초 사이로 배를 몰아가게 했다. 멀리서 보기에는 배가 다닐 수 없을 만큼 많은 암초가 있는 것 같았는데 과연 그 안으로 들어가니 큰 배도 지나갈 수 있을 정도로 넓은 수로를 형성하고 있었다.

운무에 가려 있는 데다 암초가 많으니 다른 배들은 아예 접근할 엄두조차 못 내 왜구들의 은신처가 되기에는 안성맞춤이었다.

섬의 전경은 그야말로 천국이 따로 없을 정도로 아름다웠다.

백무(白霧)는 섬 주변을 덮고 있었을 뿐, 안에서는 맑게 갠 하늘을 볼 수 있었는데 마치 선경(仙境)을 연상케 했다.

나지막하게 깔린 산등성이 위에 온갖 기화요초(奇花瑤草)가 섬 전체를 덮고 있었고 몇 군데 아름답게 지어진 목조 건물이 섬과 조화를 이루며 구릉의 한 켠을 차지했다.

"으핫핫, 어떠냐? 이 정도면 너희들도 낙원에 왔다고 생각하지 않겠느냐? 본좌가 이 섬을 발견한 이래 수년간 공을 들여 중원의 이름있는 목공을 모셔 지은 건축물이다."

호소가와는 마치 자찬(自讚)이라도 하듯 자랑스러운 표정으로 섬과 일행을 번갈아 돌아보았다. 물론 말과 달리 납치해 온 자들 중에 목공이 있어 적절하게 써먹은 것이다.

배 위의 사람들은 자신들의 처지도 잊은 듯 그저 입만 딱 벌릴 뿐이었다. 수십 년을 바다에 몸을 담아온 양 선장도 이런 섬이 동해에 있다는 말을 들어본 적이 없는지라 일행과 반응이 다를 바 없었다.

"포구에 배를 대라."

섬은 크지도, 그리 작지도 않았다. 그저 소선 일이십 척은 너끈히 댈 수 있을 정도였는데 섬에서도 일행을 발견한 듯 몇 명이 포구 쪽으로 달려왔다.

어차피 다른 대안도 없었다. 설사 호소가와를 죽일 수 있다 하더라

도 이물이 반쯤 부서져 나간 데다 돛마저 부실한 배로 대해의 파도를
헤치고 중원으로 돌아갈 수는 없었다.

하경은 모든 것을 체념했다.

하기는 어차피 청수원에 있어도 스무 살이 넘으면 요월선자가 권문
세가의 첩으로 팔아치우기는 매일반이니, 힘들게 탈출을 했지만 이런
곳으로 붙들려 온 것도 자신의 팔자였다. 다른 여자들의 표정도 그녀
와 별반 다르지 않았다.

배가 포구에 닿자 십여 명의 왜인들이 호소가와를 마중 나왔다.

그들은 배가 뭍에 닿기도 전에 미리 맨바닥에 무릎을 꿇었다.

네 자매가 선실로 가서 들것에 무영을 싣고 나왔다.

"이놈은 또 무엇이냐?"

파도와 사투를 벌이느라 선실 안에 신경 쓸 겨를이 없었던 호소가와
는 무영의 존재를 모르고 있다가 깜짝 놀라며 물었다.

"병자입니다."

하경이 대답했다.

"다 죽어가는 놈이 무슨 쓸 데가 있겠느냐? 바다에 버려 물고기 밥
이나 주어라. 그것도 다 보시(布施)다. 보시 중에서도 육보시가 으뜸이
라 했으니 극락으로 갈 게다."

그 말에 뒤에 서 있던 곡완주의 손이 검쪽으로 갔다. 무영을 죽인다
면 더 이상 참을 이유가 없었다.

"이분은 학문이 깊고 아시는 것이 많아 깨어나기만 한다면 크게 쓰
일 수 있을 것입니다."

하경도 깜짝 놀라며 얼른 말을 받았다.

"이런 섬에서 학문 따위가 무슨 소용이란 말이냐?"

"기문진과 무공도 제법 높은 것으로 알고 있습니다."

"기문진(奇門陣)?"

"태극, 양의, 삼재, 사상, 오행 육갑, 칠성, 팔괘 구궁 등 모든 진식을 두루 섭렵하였다 하는데, 소녀가 듣기로도 그 깊이를 짐작할 수 없을 정도라 합니다."

하경은 자신이 알고 있는 것을 마치 무영이 알고 있는 것처럼 꾸며 댔다. 후일 문제가 되면 자신이 은밀히 가르칠 셈이었다. 듣기로 왜인들은 기문진에 대해 모른다고 하니 조금만 가르쳐도 드러나지 않게 할 수 있다는 계산이었다.

"호, 그런 재간이?"

중원의 기문진에 대해 말은 들었으나 아는 것이 없는 호소가와는 하경의 말에 깊은 관심을 나타냈다.

"좋다, 일단 살려주지."

그는 자신의 부하들이 대부분 죽은 마당에 한 사람이라도 재간있는 부하가 생긴다면 괜찮은 일이라고 생각했다.

그 말에 하경을 비롯한 일행의 얼굴이 환하게 펴졌고 곡완주도 내심 안도의 한숨을 내쉬었다. 무영이 살 수만 있다면 자신이야 어떻게 되 든 상관없었다.

의외로 섬에는 왜인들의 수가 별로 없었다. 오가는 사람들의 수는 대충 백여 명은 되어 보였는데 대부분 잡부들로 모두 중원인이었다. 아마도 포로로 잡혀온 사람들 같았다. 왜인들은 십여 명 남짓이었는데 그들은 주로 잡부들을 감시하는 역할을 하고 있었다.

양 선장과 남은 선부 하나는 앞으로 배를 모는 데 필요했기에 방까지 배정해 주었고 여자들도 넓은 방으로 안내되었다. 가지고 있던 도검은 왜인들에게 모두 압류되었다. 하경은 아끼던 아버지의 유물을 어쩔 수 없이 내주어야 했다.

의외로 섬의 지휘 체계는 매우 엄격해서 호소가와가 자리를 비워도 감히 여인들을 추군대는 왜인들은 없었다.

사실 제법 무공이 있는 부하들은 지난번 화란상선과의 전투에서 모두 수장되었고, 그나마 살아남았던 직속 부하들도 양 선장이 당파를 시도해 모두 수장된 탓에 그의 직계 중간 부하는 모두 죽었다고 해도 과언이 아니었다.

이틀이 지나 이마에 큰 상처를 입었던 호소가와가 몸을 추스르자 여자들을 모두 자신의 거처로 불러들였다. 곡완주도 이미 여자임이 밝혀진 상태였다.

그는 그동안 결혼을 하지 않고 있었다.

중원에서 붙잡아온 여자들은 대부분 며칠 데리고 있다가 팔아버리곤 했는데, 이번에 데려온 여자들은 보기 드문 미인이었을 뿐 아니라 자신을 받들던 부하들이 모두 죽어버리자 문득 후사가 필요하다는 생각을 하게 되었던 것이다.

그는 하경이 마음에 들었지만 다른 여자들도 버리기 아까운 미인이라는 것을 알고는 모두 첩으로 하기로 했다.

"네 이름이 무어냐?"

"하경이라 합니다."

"흠, 나는 아직 성혼을 하지 않았으니 너를 본부인으로 맞겠다. 좋은 날을 잡아 혼례를 치르고저 하니 앞으로 행실에 각별히 조심해 아랫것들이 함부로 능멸하는 일이 없도록 해라."

그는 자신이 마치 왕이라도 되는 듯 하경의 대답도 듣지 않고 그렇게 말하고는 나머지 여자들의 이름을 물은 후 그들 모두 첩실로 들일 것이니 그리 알라고 했다.

수진은 조금 어렸지만 이미 미태가 흐르는지라 일이 년 내로 첩실로 들일 마음을 먹었지만 곡완주에게 눈길이 미치자 내심 아쉬움의 탄식을 내뱉었다.

"허, 아름다운 얼굴에 칼자국이라니. 쯧쯧쯧, 아까운지고. 팔아도 제 값을 받기는 힘들겠군."

이미 미녀를 여섯이나 얻었다는 생각에 배가 불렀다.

"이 여자는 장 선생의 내자되는 사람입니다."

하경이 재빨리 나섰다. 이미 눈치로 곡완주가 무영에게 특별한 생각을 가지고 있다는 것을 알고 있던 터였다.

"흠, 그래?"

재간이 있는 놈이라니 마누라까지 잡아놓으면 딴마음을 품지 못할 것이라는 데 생각이 미치자 그는 흔쾌히 고개를 끄덕이며 말했다.

"하하하, 진작 말하지 그랬느냐? 부부에게는 방을 한 칸 내주도록 하겠다. 대신 이 은혜는 본좌에 대한 충심으로 갚아야 한다."

곡완주가 머리를 조아렸다.

무영과 같이 부부로 있을 수 있게 되자 이곳이 어디든 간에 날아갈 것 같은 기분이었다. 곡완주는 부드러운 눈길을 하경에게 보내 감사의 뜻을 전했다.

무영은 섬에 도착한 바로 다음날부터 의식을 회복하고 있었다. 하지만 아직 손발에 힘을 줄 수 없어 밥을 떠먹여 줘야 했고 대소변도 모두 받아내야 하는 처지였다. 하지만 호소가와가 약간의 배려를 했기에 시중을 드는 사람들은 감히 싫어하는 기색을 내보이지 않았다.

곡완주가 들어왔다.

그녀는 모든 상황을 궁금해하는 그에게 그간에 있었던 일을 자세히 말해 주었다. 그녀는 모두 죽고 자신과 무영만이 살아남은 것으로 알고 있었다.

무영의 눈에서는 끊임없는 눈물이 흘러내렸다.

공연히 자신이 고집을 부려 여러 사람을 죽게 만들었다. 조일 등과 막바로 항주로 피했다면 모든 사람이 그렇게 허무하게 죽어가지는 않았을 것이었다.

"동생, 차라리 그냥 죽게 두지 그랬냐?"

처연한 말투였다. 마치 살려준 것을 원망이라도 하는 듯한 말이었지만 무영의 속마음을 알기에 곡완주는 말이 없었다.

"저는 이곳에서 형님과 부부로 행세해야 합니다."

말없이 잠시 시간을 보내던 곡완주는 차마 말을 하지 못했지만 어차피 알게 될 일이기에 입을 열었다. 어느 틈에 말투도 완연한 여인의 어투로 바뀌어 있었다.

"헛!"

무영이 헛바람을 켰다.

"저는 사실 여자예요. 형님께서 멀리하실까 그동안 차마 말씀드리지 못했어요."

"도, 동생이 여자라고?"

"……."

"어, 언제부터?"

말도 되지 않는 질문이지만 저절로 입 밖으로 튀어나왔다.

"태어날 때부터요."

"그러니까, 에… 동생이 원래 여, 여자란 말이야?"

"그래요."

"음……."

"놀랐어요?"

곡완주는 무영이 계속 대답이 없자 말을 이었다.

"호소가와가 저를 팔려고 했는데 하경 낭자가 제가 상공의 내자되는 사람이라고 해서 살려두었어요."

"그, 그거 다행이구나."

"앞으로 한 방을 써야 한다고 들었어요."

'허걱!'

"형님의 시중은 앞으로 제가 들 것이니 다른 사람들은 출입하지 말라고 지시해 두었습니다."

여자라고 밝혔으면서도 형님이라는 칭호는 바꾸지 못했다. 마땅히 부를 적절한 호칭이 생각나지 않았기 때문이다.

곡완주도 말을 하기가 쉽지 않은 듯 한 구절씩 끊어가며 겨우 말하고 있었다.

"잘… 했구나."

가만있으면 마치 불만이 있는 듯한 분위기로 비추어질까 하여 대답은 하고 있었지만 행여 엉뚱한 말이 나오면 곡완주가 심적으로 타격을 받을지도 몰랐기에 그저 잘되었다는 투로 말했다. 하지만 말을 해놓고 보니 자신이 생각해도 너무 성의없는 답변이었다.

눈을 상하로 긋고 간 칼자국은 말하지 않아도 자신의 목숨을 구하려다 생긴 것이 분명했다. 정신을 잃는 순간 무리하게 자신에게 달려오려다 옆구리에 칼을 맞는 광경도 보았다. 아마 옷 안쪽 어디엔가 깊은 상처가 나 있겠지. 얼굴이 저 정도로 망가졌다면 여자로서 치명적인 상처나 다름없었다.

공연히 눈시울이 뜨거워졌다.

무영이 두 손을 들어 곡완주의 얼굴을 가볍게 쓸어갔다.

'아!'

곡완주의 얼굴이 경직되었다.

가슴이 떨리더니 모든 사고는 멈추었고 심장마저 멎어버린 듯 아무것도 느껴지지 않았다.

곡완주는 감히 무영의 얼굴을 마주하지 못하고 눈을 내리깔았다.

"너를 죽이고 나를 살렸구나."

울먹이는 듯한 무영의 목소리에 곡완주의 눈에서 자신도 모르게 굵은 눈물방울이 흘러내렸다.

"윽!"

안쓰러움과 고마움이 교차되는 것을 느끼며 무심코 그녀를 안기 위해 몸을 기울여 가던 무영의 입에서 외마디 짧은 신음성이 터져 나왔다. 상처를 잊었다.

"형님."

곡완주는 퍼뜩 정신을 차리고는 황급히 무영을 안아 눕혔다.

고통스러운 표정을 지으며 잠시 그대로 누워 있던 무영이 입을 열었다.

"몸은 어떠냐?"

무슨 말인지 몰라 잠시 멈칫거리던 곡완주는 잠시 후에야 그것이 자신의 몸 상태를 염려하는 말이라는 것을 알았다.

"내공만 모이지 않을 뿐 움직이는 데에는 지장이 없습니다."

무인이 내공을 모을 수 없다면 무인으로서의 생명이 끝장났다는 얘기인데도 마치 아무것도 아니라는 듯이 말했다. 행여 무영이 가슴 아파할까 그렇게 대답한 것이다.

"뭐라고? 내공이 모이지 않는다고?!"

그녀의 말에 깜짝 놀라며 상체를 일으키려다 다시 누워 얼굴을 찡그려 가며 무영이 물었다.

"형님 곁에만 있을 수 있다면 그까짓 내공쯤은 열 번이라도 버릴 수 있어요."

곡완주는 그쯤은 아무것도 아니라는 어투로 대답했지만 내심 부끄러운 마음이 들었다. 처녀 입으로 할 말은 아니었다.

자존심이 센 평소 그녀의 성격으로 보아 절대 나올 수 없는 말이었지만 자신도 모르게 용기를 내어 입으로 뱉은 것이다. 말을 꺼내놓으니 속이 더 후련해졌다.

"……."

무영은 할 말이 없었다.

아무런 대답이 없자 부끄러워진 그녀는 말없이 일어나 그의 이부자리를 손보았다. 마치 부인이 남편의 이부자리를 살피는 듯한 자연스러운 동작이었다.

"나, 나는 여자가 있어."

"알아요. 아라 공주와 남궁화 소저 아닌가요?"

"그래."

"저도 그게 싫었어요. 하지만 제 마음을 제가 어떻게 할 수 없다는 걸 처음 알았어요. 훗날 후회를 할지는 몰라도 지금만큼은 저를 박절히 대하지는 말아주세요."

"내가 어떻게 동생을 박절하게 대하겠냐? 네가 그렇게 된 것이 다 누구 때문인데."

"보기가 싫은가요?"

곡완주가 얼굴을 붉히며 물었다. 손은 여전히 이부자리를 매만지고 있었다.

"다른 사람은 몰라도 나는 절대 아니야. 내가 맞아야 될 칼을 네가 맞은 것이 아니냐?"

"그런 고마움이나 동정 때문이라면 사양하고 싶군요."

"그런 말이 아니다."

자꾸 말하면 대답만 옹색해질 것 같아 그렇게 대답했다.

곡완주는 말이 없었다.

"세숫물을 떠오겠어요."

무영이 아침에 세수를 했다는 걸 모르지는 않았겠지만 오래 누워 있다 보니 꾀죄죄한 생각이 들었는지, 아니면 잠시 자리를 피하고 싶었는지 곡완주는 그렇게 말하곤 밖으로 나갔다.

무영의 눈에 눈물이 핑 돌았다. 곡완주가 절름대며 문밖으로 나서는 것을 보았기 때문이었다.

혼자 남은 무영은 다시 한 번 자신을 책망했다.

자신은 이미 폐인이나 다름없는데 곡완주는 곁에 있겠다고 했다. 하기는 그녀도 이미 얼굴에 칼자국이 나 있으니 다른 남자와 결혼하기도 쉽지 않을 터였다.

배은망덕하게 이 순간에도 남궁화 생각이 났다.

‘응?’

이런저런 생각에 머리가 아파올 지경이었는데 팔목에 찬 묵환에서 기이한 반응이 계속 올라오고 있는 것을 깨달았다. 문득 청수원의 후원에서도 그런 반응이 있었다는 것을 기억했다.

‘혹시?’

하경이 신검을 가지고 이곳에 왔을지도 모른다는 생각이 머리를 스쳤다.

삐걱.

문이 열리며 곡완주가 힘겹게 물통을 안고 들어왔다. 예전의 그녀라면 한손으로 가볍게 들고도 남았겠지만 내공을 잃은 지금은 물 한 동이도 힘겨워하고 있었다. 마음이 아팠다.

“혹시 하경 낭자를 만날 수 있겠어?”

“무슨 용건이 있나요?”

곡완주가 잔뜩 경계심을 품은 표정으로 말했다. 그 모습을 보니 웃음이 나올 지경이었다.

“혹시 뼈로 된 검에 대한 말을 듣지 못했느냐?”

“아, 그거라면 가지고 있었어요. 하지만 무기라서 호소가와가 섬에 도착한 즉시 거두어갔어요.”

곡완주는 그것 때문이냐는 듯 얼굴이 펴지며 대답했다. 호소가와에게 넘어갔다니 문제가 없는 것은 아니었지만 일단 섬에 있으면 기회는 얼마든지 있다는 생각에 안도했다. 혹시 신검이 있으면 자신의 몸이 회복될 수 있을지도 몰랐다.

“아, 이걸 먹고 내공을 모아보아라.”

무영은 남궁화가 준 화령속근단이 갑자기 생각나 품속을 뒤져 단환을 꺼내 곡완주에게 주었다.

"날이 어두워지면 먹겠어요."

향긋한 냄새에 대번에 영약이라는 것을 안 곡완주는 단환을 곱게 싸서 품속에 갈무리하며 말했다. 사람들이 오가는 낮에 영약을 먹고 운기조식에 들어갈 수는 없는 일이었다.

호소가와는 어느 틈에 준비했는지 부부가 함께 쓸 수 있는 넓은 침상을 제작해 무영의 방에 넣어주었다. 두 사람은 마주 보며 은근히 난감한 표정을 짓는 척했지만 곡완주는 내심 반겼다.

무영이라고 다를까?

자고로 준다는 데 싫어할 사내는 없는 법이었다.

'음, 기회가 생기겠지.'

밤이 깊어지자 곡완주는 정좌를 하고 화령속근단을 먹었다.

그윽한 향내가 코로 스미며 뜨거운 열류가 식도를 타고 내려가는 것이 느껴지자 조용히 코로 대기를 흡입했다. 화령속근단의 열기가 그녀가 마신 공기와 함께 임맥(任脈)을 타고 내려가는 것이 느껴졌다. 아직 기를 쌓는 축기(蓄氣)의 과정으로 넘어갈 수는 없었지만 몸이 무언가에 반응을 하고 있다는 사실이 중요했다.

곡완주의 어깨가 다시 들썩이며 조용히 공기를 들이마셨다. 또다시 열기가 몸을 타고 내려가며 하단전(下丹田) 부근에 무언가 따스한 기운이 느껴졌다. 화령속근단의 열기가 단전을 자극한 것이다. 작은 열기는 곡완주의 부름에 따라 서서히 명문혈로 향했다. 하지만 대맥(帶脈)을 하주(下注)하던 미약한 열기는 명문혈(命門穴)에 이르러서 더 이상 뚫고 나가지 못했다.

곡완주는 몇 번이나 호흡을 이어가며 시도를 했으나 진기가 너무 미약해 도저히 명문혈을 통과할 수 없다는 것을 알았다. 자칫 무리하다가는 주화입마(走火入魔)를 당할 수가 있었다.

"휴우……."

운기를 포기하고 가볍게 숨을 내쉬며 눈을 뜨던 그녀는 근심스런 표정으로 자신을 바라보는 무영의 두 눈과 마주치자 얼굴을 붉혔다.

"무리를 하는 것 같아 걱정이 돼서."

무안해진 무영도 가볍게 얼굴을 붉히며 말했다.

어느새 이마에 땀방울이 맺혀 있는 것이 느껴졌다.

"그 정도는 저도 알아요. 전에도 한 번 욕심을 내어 무리를 했는데 다행히 사부님께서 제때 발견하셔서 추궁과혈(推宮過穴)을 해주신 덕분에 겨우 살아났어요."

"반응이 있어?"

"네, 미약하지만 진기가 조금 모이는 것이 느껴져요."

"정말 다행이군. 잠시 쉬었다가 다시 시도를 해보지."

곡완주는 이마에 맺힌 땀방울을 닦아냈다.

"기문진(奇門陣)에 대해서 아세요?"

"조금은 알지. 어렵지 않은 기본적인 팔괘진 같은 것은 파해할 수 있지만 약간 수준이 올라가서 반오행(反五行)이나 팔괘와 구궁(九宮)이 섞여서 나오면 손을 드는 수준이야."

"다행이에요. 호소가와가 혹시 물어보면 어쩌나 했어요."

"호호호, 나를 너무 우습게 보는구나."

무영이 기묘한 웃음을 내며 말했다.

곡완주가 입을 가리고 웃었다. 자세히 보니 무척 귀여운 얼굴이었다.

“돌아누워요.”

“왜?”

“옷을…….”

옷을 갈아입겠다는 말이다.

“윽!”

무영이 깜짝 놀라 급히 고개를 돌리다가 어깨의 상처 부위에서 느껴지는 격심한 통증에 자신도 모르게 비명을 질렀다.

“어머!”

깜짝 놀란 곡완주가 황급히 다가와 무영을 편히 눕혀주었다.

“죄송해요. 미처 생각을 못했어요.”

마치 눈물이라도 흘릴 듯한 표정과 말투에 가슴이 뭉클해졌다.

“괜찮아. 내가 너무 급히 고개를 돌리다가…….”

“아니에요. 대신 제가 옷을 갈아입을 때는 눈만 감고 있어요.”

“응? 음, 그러지 뭐.”

곡완주가 일어나더니 무영을 힐끔 보았다. 눈을 감으라는 신호였다.

무영이 재빨리 눈을 감자 사르륵 하며 옷을 벗는 소리가 들렸다. 여인의 옷 벗는 소리만큼 아름다운 소리는 세상에 없다고 했던가?

당연히 실눈을 떴다.

원래 남장을 입고 있었는데 오늘 호소가와가 여장을 내주었다. 갈아입으려면 옷을 모두 벗어야 할 테니 속살이 드러나지 않을 수 없다는 것이 무영의 생각이었다.

“훅!”

별안간 방 안이 캄캄하게 변했다. 곡완주가 재빨리 입김을 불어 옆에 있던 등잔불을 꺼버린 것이다.

진작 불을 끄고 갈아입겠다고 했으면 기대도 하지 않았을 것이 아닌가? 제기랄.

사르륵. 사르륵.

툭.

사륵. 사륵.

"꿀떡."

'헉!'

자신도 모르게 튀어나온 침 넘어가는 소리에 무영은 얼굴이 달아오르는 것을 느끼고는 어둠 속인 것을 다행으로 생각했다. 그 소리에 놀랐는지 옷 벗는 소리가 잠시 멎었다.

'음, 민망하네.'

사르륵.

다시 옷 갈아입는 소리가 이어지더니 곡완주가 침상으로 다가왔다. 무영은 긴장했다.

'꿀떡.'

다행히 이번에는 소리없이 군침을 삼킬 수 있었다.

어느 틈에 어둠이 눈에 익었는지 곡완주는 불도 켜지 않고 무영의 이불을 만져 주고는 침상 아래에 이부자리를 깔았다.

'음, 그게 아니있군.'

잠자리를 따로 마련하는 그녀의 태도에 실망이 컸지만 차라리 마음은 편했다. 하기는 같은 침상에서 자더라도 지금으로서는 그녀를 위해 줄(?) 방법도 없었다.

한동안 잠을 이루지 못하는 것은 곡완주도 마찬가지였는지 몇 번이나 뒤척이는 소리가 들렸다. 두 사람은 새벽까지 뒤척거렸다.

호소가와는 의외로 사람들의 행동을 크게 구속하지 않았다. 단지 날마다 두 번씩 하인들이 오가며 인원을 조사하는 것이 고작으로 각자 미리 지시받은 일을 하면 그뿐이었다.

양 선장과 선부 하나는 자신들이 타고 와 이제 섬에 유일하게 남아 있는 배를 수리하라는 지시를 받았고, 하경 일행은 당장 할 일을 배정받지 못해 섬을 구경하며 시간을 보냈는데 무영과 곡완주가 한 방을 쓴 다음날 아침 인사차 집으로 찾아왔다. 두 사람 모두 잠을 제대로 자지 못하고 초췌한 얼굴로 나타나자 수진이 한마디 했다.

"언니는 간밤에 무얼 했기에 그렇게 잠을 못 자고 눈이 부었어요?"

기방 출신인 수진의 뼈있는 농담에 곡완주가 말도 못하고 얼굴만 붉히자 보다 못한 무영이 거들었다.

"그, 그런 일은 절대 없었다. 오해하지 말아라."

"알았어요. 그런 일이 뭔지는 모르겠지만 아무튼 절대 없었던 그런 일에 대해 오해는 않을 게요."

이럴 때는 계속 변명해 봐야 손해였다. 은근히 야릇한 미소를 지으며 하는 수진의 짓궂은 말에 두 사람 모두 입을 다물었다. 다른 여자들도 못 들은 체했지만 입가에 묻어나는 웃음마저 숨기지는 못했다.

섬에서의 생활은 자유로웠다.

며칠이 지나자 그들은 자신이 왜구들의 포로로 잡혀온 신세라는 것도 잊을 정도였다.

호소가와는 중원인들을 잡아와 노예로 팔기는 했으나 포로들을 데리고 있는 동안에는 배부르게 잘 먹였다. 물론 포로들의 상태를 좋게 해서 높은 값을 받으려는 생각도 있었겠지만 그보다는 그가 비교적 관대한 인간성을 가지고 있기 때문이었다.

그 사실은 그가 일꾼으로 쓰고 있는 다른 중원인들을 대하는 걸 보면 잘 알 수 있었다. 의외로 많은 사람들이 살기가 험악한 중원에 있기보다는 배불리 먹을 수 있고 힘든 일을 하지 않아도 되는 이 섬에 남아 있기를 원했다. 하지만 일정 인원이 찬 지금은 포로를 잡으면 모두 노예로 팔아버릴 것이 틀림없었다.

어쨌든 배를 고쳐야 하는 양 선장과 선부들을 제외한 일행들은 모두 자유로운 날을 보낼 수 있었다.

무영의 일과는 딱히 일과라고 할 것도 없었다.

전신 중요 혈도를 비롯해 여기저기 입은 상처가 적지 않아 하루 종일 방 안에서 벽만 쳐다보는 신세가 되었기에 그가 할 수 있는 일이라고는 그저 열린 창을 통해 밖을 내다보는 것이 전부였다. 그나마 통증 없이 고개나 손발을 움직일 수 있는 것만도 큰 다행이었다.

창문을 통해 보이는 나무들은 대부분 장대처럼 우뚝우뚝 하늘 위로 솟아 저만치 위에서 넓은 잎을 한껏 펼치고 있었다.

이곳저곳에 심어진 기화요초들 중에는 원래 섬에서 자생했던 것도 있었지만 그 종류가 다양한 것으로 볼 때 호소가와가 신경을 써 여기저기에서 옮겨와 심은 것이 틀림없었다. 언덕에 지어진 집들도 그저 아무렇게나 공터에 지은 것이 아니라 섬 전체와 조화를 이룰 수 있도록 안배가 되어 있었다.

바다에서 해적질과 인신매매나 하는 자가 자신이 머무는 거처의 조경에도 힘을 쏟고 있다는 것은 그가 보기보다는 섬세한 성격을 가진 사내라는 증거였다. 그리고 섬에 있는 사람들에게 일절 가혹 행위나 모진 일을 시키지 않는다는 것도 그를 다시 보게 만들었다.

그는 많은 부하들을 잃어 의기소침해진 것인지는 몰라도 자신의 거처를 나오려 하지 않았다. 시중을 드는 일꾼들의 입으로 흘러나오는 소문을 들으니 책을 읽고 있다고 했다.

무영이 평가하기에 그는 병사를 지휘하는 무장이기보다는 행정가에 가까운 사람이었다.

백무도의 일상은 그가 모습을 드러내지 않아도 몇 명의 수족들에 의해 이상없이 돌아가고 있었는데 대부분의 사람들은 잘 짜여진 조직에 따라 각자 맡은 바를 행했기에 굳이 간섭할 필요도 없어 보였다.

자세히 알아보니 중원인인 일꾼들은 거의가 성혼을 하여 일가를 이루고 살았는데 대부분 포로로 잡혀온 여자들을 아내로 맞은 경우였다.

그들은 백무도의 언덕 너머 뒤편에 살고 있기에 볼 수 없었는데 얘기를 들으니 아이들도 제법 있다고 했다.

그들은 섬 뒤편에서만 자유가 허락되었고 배와 건물, 그리고 주요 인물들이 살고 있는 맞은편으로 넘어오는 것만 허락되지 않았을 뿐 다른 제약은 없었다.

곳곳에 호소가와의 정성이 엿보이는 백무도는 하나의 거대한 정원(庭園)이었다.

너무나 아름답게 가꿔졌기에 다른 여자들은 며칠 동안 무리를 지어 섬의 곳곳을 돌아다니며 시간을 보냈지만 곡완주는 그런 것에는 관심이 없는 듯 무영의 곁만을 지켰다.

미안한 마음에 밖으로 나가 바람이라도 쐬라고 강권해도 일이 아니면 그의 곁을 떠나려 하지 않았기에 결국에는 포기했다.

남궁화는 어찌 되었을까?

몸는 이곳에 떨어져 곡완주와 같이 있지만 날마다 떠오르는 얼굴이었다.

곡완주가 헌신적으로 자신을 돌보고 있음에도 눈길을 주지 못하는 것은 가슴속에 남궁화가 있기 때문이었다. 가슴속에 자리한 그녀의 자리가 너무 깊고 넓었다.

사소한 말에도 마치 잘 익은 사과처럼 붉어지는 그 얼굴이 못내 그립다. 그녀는 자신의 여자였다.

처녀의 몸을 건드렸으니 사내라면 마땅히 책임을 져주어야 하지만 몸은 만 리 밖 알지 못할 섬에 불구가 되어 포로로 있었다. 사내 구실을 못할 바에야 차라리 남궁화의 눈에 띄지 않는 이곳에 있는 것이 나았다.

그녀도 중원 도처에 널려 있는 세가의 눈과 귀가 있으니 대학사의 죽음도 들었을 것이다. 이미 자신도 죽은 것으로 소문이 나 있을지 몰랐다. 한동안은 슬픔에 잠겨 있겠지만 결국은 각자의 길을 가야 했고, 그것이 서로를 위하는 길이었다.

어쩌면 백무도가 마지막 종착지가 될지도 몰랐다.

일 년이나 이 년쯤 지나면 마음속에 곡완주를 받아들일 작은 공간이 생길지도 모르지만 지금은 아니었다. 자신이 받아들인다는 건 그녀에게도 좋은 일이 아닐지 몰랐다. 평생 구실을 못할 터인데 무슨 수로 그 이픔을 감당한다는 말인가?

"휴……!"

무영의 입에서 긴 한숨이 나왔다.

제10장　남궁세가, 둥지를 떠난 적봉(赤鳳)

남궁화는 식음을 전폐했다.

아니, 전혀 음식물을 먹지 못했다는 표현이 옳았다.

대학사댁의 처참한 소식이 남궁가에 전해진 것은 무영이 실종된 이후의 일이었다. 남궁가의 정보력이 부실해서가 아니라 종합 보고문의 형식으로 중간에 한 줄 올린 때문이었다.

남궁가는 중원 각지에서 하루에도 수십 통의 보고서를 전서구를 통해 받아보고 역참을 통해 다시 보고가 올라왔다. 역참을 통해 다시 올리는 까닭은 전서구는 도중에 맹금류에게 잡히거나 하여 도착하지 않는 경우가 왕왕 있기 때문이다. 보내는 쪽에서는 동시에 출발을 시키는데 역참을 통하는 경우 멀리 떨어진 분타는 오는 데만 한 달씩 걸리기도 하였다. 그것도 급한 소식만 짤막하게 보낼 뿐이고 중요하지 않은 사항은 매월 한 번씩 정기적으로 올리는 종합 보고문을 통해서만 전해졌다.

무가(武家)에서 중요하지도 않은 전직 관리의 죽음을 급보로 전할 만큼 한가하지는 않았던 까닭에 장자맹의 죽음에 관한 보고를 빨리할 까닭이 없었기 때문이다.

그 소식이 전해진 후로 남궁화는 도통 식사를 하지 못했다. 먹으면 그 자리에서 토했고, 그런 후에는 몇 시진씩 침상에 누워 있다가 일어나곤 했다.

어쩌다가 부모님과 같이 식사를 해야 할 일이 생기면 무슨 핑계를 대서라도 빠졌다. 동생의 상태를 아는 사람은 남궁황과 남궁옥 두 사람과 시비 몇몇뿐이었다. 그나마 시비들의 입단속을 철저히 시켜놓았기에 세가에서 남궁화가 식사를 하지 않은 지 열흘이 넘었다는 사실을 아는 다른 사람은 없었다.

언니인 남궁옥은 그 사연을 차마 부모님에게 말할 수 없어 굶고 있다는 사실조차 알리지 못한 채 시비들의 입을 쉬쉬하며 막아두는 것이 고작이었다. 그녀는 아버지인 창궁일검 남궁철상의 대쪽 같은 성격이 딸자식이라고 비껴 가지 않는다는 것을 잘 알고 있었다. 사실을 알면 아무리 동생을 아끼는 아버지라 할지라도 동생을 뇌옥(牢獄)에 가두어 굶겨 죽이려 들지도 모르는 일이었다.

가문에서 아버지의 신임을 가장 높이 얻고 있다는 오라비 남궁황도 장무영에게 약속을 하고도 동생과의 관계를 아직 말하지 못한 상태였다. 아마 기분이 좋아 호쾌하게 응낙할 가능성이 높은 날을 고르고 있었을 것이다. 하지만 대학사댁이 풍비박산난 지금에서는 이미 물 건너간 얘기였다.

오라비는 그런 사내였다.

자신의 주장을 위해 부모를 거스를 나이도 되었건만 한 번도 그런 모습을 본 적이 없었다.

오라비가 이름없는 상인 집안의 딸을 사랑했지만 가주의 반대로 뜻을 이루지 못하고 지금의 여자와 정략결혼한 것을 가문에서 모르는 사람은 없었다.

어렸을 때 한없이 넓게만 보였던 오라비의 어깨는 가주의 기세에 눌려 성장을 멈춰 더 이상 자라지 못했다.

오라비는 그 한을 무공에 풀었다.

서른이 되기도 전에 강호의 신성(新星)으로 떠오를 수 있었던 것을 외인들은 '역시 남궁가의 후예답다' 는 한마디로 정리하고 말았다.

하지만 섬전검 남궁황이 그렇게 인정받게 된 것이 결코 남궁가의 좋은 무골(武骨)을 물려받은 것 때문만도 아니요, 무공을 좋아해 그것에 미쳐서 그런 것만도 아니었다. 엄격한 아버지의 억누름에 알게 모르게 쌓이고 쌓인 심중의 고통이 폭발하려는 마음을 그렇게 풀어낸 것이 큰 작용을 했다는 게 그녀의 생각이었다.

오라비도 어쩌지 못하는 그런 아버지 앞에 남궁화가 상사병에 식음을 전폐했다는 말은 감히 입 밖으로 나오지 않았다. 수십 년을 함께 살을 섞고 살아온 어머니도 함부로 말을 하지 못하는 상태이니 굳이 오라비를 탓할 수도 없었다.

어찌해야 하나?

남궁옥은 문제는 동생이 일으키고 자신이 오히려 고민해야 하는 이 상황에 머리를 싸맸다.

똑똑.

이런저런 생각에 마음이 심란했는데 방문 두드리는 소리에 문을 여니 남궁화가 서 있었다. 무슨 일인지 몇 날을 굶고 화장기마저 지운 얼굴인데도 생기가 돌았다.

하지만 식사를 하지 못한 지 오래되어 얼굴이 말이 아니었다.

짙은 화장으로 부모님께 문안 인사를 가서는 가급적 고개를 들지 않는 것으로 살이 빠진 초췌한 모습을 감추고 있지만 오래가지는 못할 것이었다.

그런데 모처럼 그런 동생의 얼굴에 화색이 도니 의아했다.

자신이 알기로 동생에게 원기를 북돋아줄 수 있는 건 장무영이란 사내에 관한 얘기뿐이라는 것을 그녀는 잘 알고 있기 때문이다. 모처럼 생기가 도는 얼굴을 보니 무슨 새로운 좋은 소식이라도 들었나 싶었는데 그게 아니었다.

"언니, 나 집을 떠나."

"뭐라고?"

"가출한다는 얘기야."

"그, 그게 무슨 소리야?"

"내가 찾아야 해. 아무도 그이에게 관심을 가져주지 않고 있어 소식을 모르니 미치겠어. 오라버니도 말뿐이야."

남궁화의 성화에 남궁황이 은밀히 손을 써서 분타며 지인을 통해 은밀히 탐문하기는 했지만 동생을 만족시킬 만한 속 시원한 소식이 없었다는 것을 남궁옥도 알고 있었다.

"그렇다고 집을 나가다니, 안 돼. 만약 집을 나가겠다면 아버님께 사실을 말씀드릴 수밖에 없어."

"마음대로 해. 만약 언니 고자질 때문에 내가 다시 집에 계속 있게 된다면 시체를 보겠지. 가슴에 칼을 꽂고 있는."

“너!”

우려가 현실로 나타났다.

수일 내로 동생에게 무슨 큰일이 터질 것 같은 불길한 예감에 조바심을 감추지 못했던 그녀다. 부끄럼을 많이 타는 동생이지만 일을 처리하는 데 있어 결단력은 자신보다 훨씬 나았다. 그런데 그게 이런 식으로 나타날 줄은 꿈에도 몰랐다.

남궁옥은 말을 잇지 못했다.

“언니는 사랑을 몰라.”

“……”

“어차피 이 집에 있어도 나는 죽어.”

식사를 하지 못하니 틀린 말은 아니었다.

“하지만……”

“듣지 않겠어. 이미 떠나기로 결정했는데 새삼스레 언니 의견을 물으러 온 것은 아니니까.”

남궁옥은 입을 닫았다.

동생의 성격을 자기만큼 아는 사람은 없었다.

어릴 때부터 그랬다. 사람들이 알기로 남궁화가 자주 얼굴을 붉히는 것이 부끄럼 많은 천성 때문이라 생각하고 있지만 그게 전부는 아니었다. 부끄럼만큼이나 자존심도 강했는데 그 자존심에 상처를 받았을 때에도 얼굴을 붉혔다.

동생은 깨지기 쉬운 아름다운 화병(花瓶)이었다.

사소한 일에도 상처를 입으면 견디지 못해 얼굴을 붉히고는 남몰래 자신을 탓했다. 자존심이 강한 만큼 동생 자신이 생각해 결정한 일에 대해서는 옆에서 누가 뭐래도 바꾸기 힘들었다.

"어디로 가려는 게냐?"

일단 행선지라도 알아둘 요량이었다.

"나중에 서신으로 알릴게."

남궁화는 헤어질 당시 무영이 항주에 자리를 잡을 것이라는 말을 기억하고 있었다. 대학사댁이 풍비박산났으니 북경으로 간다 해도 일 점 연고도 없는 그녀가 마땅히 수소문하기가 쉽지 않으니 차라리 무영과 함께 있던 사람들이 자리를 잡았을 항주로 가는 것이 낫겠다 싶어 그리 결정한 것이었다.

언니인 남궁옥에게 알리지 않는 것은 훗날 추궁한다면 대번에 불어 버릴 것이라는 것을 잘 알기 때문이었다. 남궁가에서 가주 앞에 불려가 이실직고(以實直告)하지 않을 사람은 자신뿐이다.

몇 번 작은 집안일로 아버지 앞에 불려간 적은 있었지만 아버지 면전에서 놀란 토끼눈을 뜨고 얼굴을 붉히며 눈물방울만 뚝뚝 흘리고 있으면 대개는 사실을 말하지 않아도 혀 차는 소리와 함께 마무리가 되곤 했다. 하지만 언니는 겁에 질려 호통 한마디에 무조건 입을 열 사람이었다. 그러기에 알려주고 싶어도 입을 다물었다.

"정말이니?"

남궁옥 자신도 당연한 말을 묻고 있다는 것을 알지만 가출이라는 엄청난 사안 앞에서 미처 다시 확인이라도 하듯 물었다.

"나를 몰라? 이렇게 온 것은 언니에게 부탁할 일이 있기 때문이야. 내일 낮에 나랑 같이 물건 사러 저잣거리로 나가줘. 나는 도중에 사라질 테니. 언니에게 부탁할 것은 나를 찾는 척하며 한나절만 벌어달라는 거야. 그 후에는 집으로 돌아가서 그냥 내가 어디 좀 잠깐 다녀온다고 가더니 오지 않는다고만 말하면 돼."

"화아야."

"언니, 알잖아? 나 죽어가. 하지만 죽더라도 아무 일도 못해보고 집 안에서 죽기보다는 그분을 찾다가 죽고 싶어. 만약 언니가 싫다고 하면 내일 아침에는 내 시신를 보게 될 거야."

"화아야."

"언니, 미안해. 나 여전히 언니를 사랑해, 부모님과 오라버니들 모두. 하지만 나는, 나는 더 이상 견딜 수가 없어. 흑흑흑."

부탁하는 것이 아니라 마치 아랫사람에게 명령하는 투로 당당하게 말하던 남궁화는 기어코 울음을 터뜨렸다.

"화아야… 흑흑."

남궁옥도 기어코 울음을 참지 못했다.

몇 달 전까지만 해도 서로 장래에 결혼하게 될 사람이 누굴까 하고 깔깔거리며 장난스럽게 말을 나누던 꿈 많던 소녀였지만 남궁화는 어느새 성숙한 여인이 되어 있었다.

"그게 사랑이니?"

아직 사랑을 찾지 못한 남궁옥이 정말 이해할 수 없다는 듯이 물었다. 가족까지 버리고 떠나야 하는 동생을 이해하지 못했던 것이다.

"응, 하루 종일 걱정이 돼서 견딜 수가 없어. 흑흑흑. 잠도 오지 않고, 엉엉, 다른 생각도… 흑흑흑."

남궁화는 북받치는 울음에 말을 잇지 못했다.

언니는 동생을 살며시 안아주었다.

'네 뜻대로 하려무나.'

남궁옥은 말없이 눈물을 흘렸다.

철없는 동생이 객지에 홀로 나가 고생할 생각을 하니 도저히 동조를

할 수 없어 지금이라도 어머니에게 달려가 도움을 청해보고 싶지만 그
래서 해결될 문제가 아니라는 것은 분명했다. 그렇게 억지로 잡아두었
다간 동생은 그녀의 말처럼 서서히 죽어갈 것이다. 아니, 그때는 스스
로 자신을 죽여갈 것이다.

차라리 자신이 동생의 말대로 그렇게라도 도와주어 혹시 일이 잘 풀
린다면 동생이 살아갈 희망은 아직 있었다.

남궁옥은 처음으로 장무영을 위해 기도했다.

'장 소협, 제발 살아 있어요. 당신을 위해서가 아니라 화아를 죽게
할 수 없어서 하는 부탁이에요. 내 동생을 죽게 만든다면 나중에라도
그냥 두지 않겠어요.'

"화야, 오늘 내 방에서 같이 자겠니?"

남궁화가 물기 서린 눈으로 언니를 보며 방긋 웃었다.

두 자매는 침상 위에서 그렇게 서로를 보듬으며 밤 새워 오랜만에
만난 자매가 그동안 밀린 이야기를 나누듯 끊임없이 조잘거리다가 아
침을 맞았다.

"뭣이?! 그게 사실이냐?"

저녁이 다 되어 돌아와 오전에 저잣거리에서 동생과 헤어진 뒤 아직
까지 만나지 못해 그냥 혼자 돌아왔노라는 남궁옥의 말에 남궁철상은
기절할 듯 놀랐다.

"왜 그런 사실을 진작에 말하지 않고 이제야 알린다는 말이냐? 어서
전서구를 날려 모든 분타에 통문을 띄워라. 이 일은 극비로 처리해야
하니 말이 새어 나가지 않도록 각별히 유의해라. 저잣거리 주변 백 리
이내에는 개미 한 마리 놓치지 않도록 천라지망을 펼쳐라. 특히 무림

에 이름이 올라 있는 채화음적들의 동태는 지금 이 시각부터 절대 놓치지 않도록 유념해라."

그는 즉시 총관을 불러 마치 경문(經文)을 읽듯 단숨에 해야 할 일들을 지시했다.

가뜩이나 휘상에서 의뢰한 양주의 소금배 침몰 사건에 대한 진상 조사로 바쁜 터에 집안일까지 터져 남궁철상은 머리가 깨질 지경이었지만 그의 지시는 명쾌하고 정확했다.

그는 일단 시급한 조치를 취한 후 정확한 진상을 파악하기 위해 남궁옥에게 모든 경과를 물었다.

두 아이가 가문을 나선 것은 이른 아침이었다.

특별히 호위를 붙이지 않고 외출을 허락한 것은 세가 사방 수십 리 안은 외부의 낯선 사람이 발도 붙일 수 없는 것은 물론이고, 반경 수백 리 안의 수상한 인물들의 움직임은 빠짐없이 보고되고 감시되기 때문이었다. 게다가 겉 핥기나마 가전의 무공을 배운 두 자매의 실력은 무림의 웬만한 고수라도 쉽게 제압할 수준이 아니었다.

해가 넘어갈 무렵 혼자 돌아와 거꾸로 동생이 먼저 돌아오지 않았냐는 남궁옥의 말에, 그렇지 않아도 아가씨들이 늦다는 보고를 받고 은근히 걱정하고 있던 남궁철상이었다.

그는 무림제일가의 가주답게 신속히 명령을 하달하고 즉시 남궁화를 찾기 위한 수색대를 소집했다. 혹시 어떤 단서를 남기지 않았나 하여 부인을 시켜 남궁화의 처소도 수색했다.

다른 무림의 세가들처럼 남궁가의 구성은 모두 남궁 씨의 성을 가진 직계와 방계의 구성원으로만으로 이루어졌기에 보안에 관한 한 어떤 다른 문파보다도 만전을 기할 수 있다. 하지만 만에 하나 이 일이 중원 무림에 알려진다면 가문의 망신일 뿐더러 막내의 안전에 심각한 위협을 초래할 수 있었다.

남궁가의 쌍봉은 무림쌍미(武林雙美)라 일컬을 정도로 그 미모가 널리 알려진 마당이니 무림의 내로라하는 채화음적(採花淫賊)들이 은근한 목표로 하고 있겠지만 남궁세가의 이름 앞에 감히 목표로 삼지 못한 것뿐이었다. 사실이 알려진다면 하늘의 매가 길가에 버려진 어린 병아리를 채가듯 단숨에 낚아채 버릴 것이고, 그렇게 되면 생각하기도 싫은 일이 실제로 벌어질 수도 있었다. 후환을 막기 위해 막내를 살려 두지는 않을 것이 틀림없다.

막내딸의 생사도 문제려니와 그 일이 무림에 소문난다면 가솔들의 안위도 책임을 지지 못한 남궁세가의 가주로서 강호에 얼굴을 들고 다니는 것도 수치스러울 터였다.

남궁철상은 즉시 수색대를 소집했다.

남궁화의 실종을 암어(暗語)로 각 분타에 알리는 밀령대(密令隊)의 전서구 수십 마리가 세가를 떠나 하늘을 날았고 이어 전령들이 쏟아져 나갔다. 흑의대원 일백여 명이 각 조장의 지시 아래 세가의 팔방(八方)으로 출발을 했다.

단순히 막내딸의 실종 때문에 극히 이례적인 수색대까지 조직하는 것은 그 일이 몰고 올 파장을 염려했기 때문이었다.

시난번 금릉에서 막내가 실종되었을 때 제때 대처하지 못해 무림에 좋지 않은 소문까지 돌고 있다는 것을 아는 남궁철상은 남궁가의 코앞에서 재차 발생한 실종 사건에 대해 지난번 사건을 교훈 삼아 신속히 행동에 들어가기로 했다.

남궁가의 구성은 위로 가주인 자신을 위시해 팔대호법이 있고, 그 아래로 다른 문파의 각 당(堂)에 해당하는 오 개 대(隊)가 있었다.

오 개 대의 구성은 복색으로 구별하는 백의대(白衣隊), 홍의대(紅衣隊), 청의대(靑衣隊), 흑의대(黑衣隊)와 각종 정보를 담당하는 밀령대(密令隊)가 있다. 첫째인 남궁황은 청의대 부대주(副隊主)고 둘째 남궁민은 흑의대 대원이었다.

백의대는 무림이 인정하는 남궁가 최대의 전력으로 오십여 명으로 이루어진 그들은 웬만해서는 출동하는 경우가 없어 강호에서는 존재 자체를 확신하지 못하고 있는 정도니 그 실력은 가늠하지조차 못했다. 다만 남궁가를 방문한 사람들이 입소문으로 전하기에 백의대의 존재를 인정하는 정도였다.

백여 명으로 이루어진 홍의대는 십여 명으로 구성된 여덟 개의 분조(分組)와 대주 직속의 이십여 명의 별동대로 이루어져 있었다. 홍의대는 비교적 무림에 잘 알려져 있는데, 하북팽가의 남하(南下)를 저지한 세가의 주력이 바로 홍의대였기 때문에 개개인의 실력이 다른 문파의 당주 급에 버금가는 능력을 가졌다는 건 자타가 공인하는 바였다.

오백여 명의 청의대는 세가의 중원 각 분타에 오십여 명씩 나누어져 열 개의 분타를 유지하는 주요 근간이었다.

흑의대는 연무장의 모든 관문을 통과한 세가의 무인들이 거쳐야 하는 곳으로, 그들은 주로 세가 주위를 경비하거나 홍의대 및 분타를 지원하는 역할을 맡고 있었다. 흑의대의 전력은 천차만별로 이 과정을 거치면서 실력을 충분히 검증한 상관의 분류에 의해 대원들은 자연스레 홍의대와 청의대로 진출했다.

그 외의 주요 전력으로는 사대봉공(四大奉公)이 있는데 그들은 각 대의 대주 출신의 노신들로 현역을 은퇴해 평소에는 후진을 양성하다가 가주의 요청이 있을 경우 즉시 현역에 복귀하여 가주의 그림자로 역할을 하는 사람들이었다.

남궁우(南宮羽)는 어릴 적부터 얼굴과 눈이 커 마치 항우장사를 연상케 해 이름도 우(羽)로 지었다. 강호에서는 그의 부리부리한 눈이 마치 대호(大虎)와 같다고 해서 대안검호(大眼劍虎)로 불렸던 그는 흑의대 대주를 하다가 은퇴하여 사대봉공 중 한자리를 차지하고 있었는데 무공을 연구하며 소일하고 있던 중 가주의 부름을 받았다.

"이미 수색대를 파견했지만 안심할 수가 없구려. 봉공께서 나서주시면 고맙겠소이다."

사대봉공은 전임 가주의 가신이기에 남궁철상으로서도 한 수 접어주어 예우를 했다.

"은밀히 나서보겠습니다."

전말을 들어 알고 있는 남궁우는 가주가 자신을 부른다는 소식을 듣고 이미 짐작하고 있었기에 호쾌하게 답했다.

세가의 일에는 추상같은 남궁철상이지만 남궁화에게만큼 한 수 접어준다는 사실은 남궁가 사람들이면 누구나 아는 일이었다. 대개 어느 집이나 막내를 귀여워하는 것은 비슷하지만 남궁화에 대한 애정은 각별했다.

수색조를 편성해 출발시켰다는 것은 잘 알고 있지만 마음을 놓지 못한 가주가 자신을 부른 것이다. 특별히 자신이 선택된 것은 추적에 관한 한 남궁우를 따를 사람이 없기 때문이었다.

그의 외호를 호랑이에 비유하여 대안검호라 한 것도 일단 목표를 정하면 은밀히 눈을 번뜩이며 먹이를 추적해 가는 호랑이처럼 노린다 하여 붙여준 이름이었다.

하지만 지금 후기지수 중에도 자신의 추적술에 버금가는 실력을 지닌 자들이 숱한 데도 굳이 부른 것은 자신이 막내를 무척 아낀다는 것을 가주도 알기 때문이었다. 아마 가주는 남궁화가 여자로서 치욕적인 일을 당했을 만한 상황도 생각하고 있는지 몰랐다.

가주실을 물러난 그는 깊은 생각에 빠졌다.

어디서부터 출발해야 하는가를 결정하기 위해서였다.

추적이라는 것은 사방으로 사람을 풀어 상대의 행동을 제약하는 기본적인 것도 물론 중요하지만 상대가 갈 곳을 제대로 예측할 수 있어야 했다.

이미 천라지망이 발동되어 세가로 통하는 주요 관문이 모두 봉쇄되었다지만 서로 팔짱을 끼고 원을 그리며 개미 한 마리 지나가지 못하게 지킬 수 없을 바에야 아무리 천라지망(天羅地網)이라 하더라도 뚫릴 수 있었다.

현역에서 물러난 사대봉공 중 일 인으로서 당연히 세가의 모든 일에 관심을 갖고 있어 이번 사건이 발생한 이후 모든 과정을 소상히 알고 있던 그로서도 도무지 납득을 할 수 없었다.

노주부(蘆州府) 인근 수백 리는 남궁가의 영역이었다.

저잣거리에서 헤어진 남궁화를 납치할 수 있는 고수가 나타났다면 이내 세가의 눈과 귀에 들어왔을 것이고, 만약 놓쳤더라도 남궁화가 조금의 반항이라도 했다면 당연히 알 수 있었다. 세가 인근을 수시로 순찰하는 흑의대원 중에도 지금 당장 백의대에 넣어도 조금도 손색이 없을 무공의 소유자가 한둘이 아니었다.

그는 아가씨들의 거처인 후원의 비봉원(飛鳳園)으로 향했다.

아무래도 헤어질 당시의 정황이 애매하다는 생각이 들었기 때문이다.

회랑을 따라 남궁옥의 거처로 향하는 그의 귀에 얕은 흐느낌과 함께 여자의 말소리가 들렸다. 아주 조그만 소리였지만 남궁세가의 한 기둥인 그의 귀를 속이지는 못했다.

"흑흑, 화아를 그렇게 보내는 것이 아니었어. 내가 잘못 생각한 거야. 차라리 달래놓고 타일렀어야 하는데. 흐흑, 흑."

첫째 아가씨 남궁옥의 목소리였다.

'……!'

남궁우는 그 자리에 우뚝 멈추어 섰다.

길지 않은 말이었지만 남궁우는 이미 대강의 전모를 짐작했다. 남궁화는 납치를 당한 것이 아니라 제 발로 가출을 했다. 무슨 사연인지 남궁옥도 그 사실을 밝히지 않고 있었다.

문득 그는 진회하에서 납치되었다 구출된 이후로 남궁화가 자신을 찾지 않았던 것을 기억해 냈다. 돌아온 이튿날 잠깐의 형식적인 인사를 위해 찾았을 뿐 그 이후로 한 달이 넘도록 오지 않았다.

이틀이 멀다 하고 찾아와 귀여운 얼굴로 장난을 걸어왔던 남궁화가 갑자기 변한 것에 대해 납치를 당했던 충격이가 싶어 당분간 기력을 회복할 때까지 그대로 두고 있던 중이었는데 다시 일이 터졌다.

'처녀가 가출을 하는 경우는 단 한 가지, 마음에 둔 사내를 잊지 못할 때이겠지.'

생각을 정리한 남궁우는 조용히 비봉원을 물러났다.

대놓고 조카손녀를 난처하게 하고 싶진 않았다. 남궁화가 세가를 떠나 멀리 간 곳은 금릉이 전부였다.

그의 머리 속에 남궁화의 도주로가 그려졌다.

추적을 가장 확실하게 하는 길은 추적자 스스로가 도망자가 되어 도 피로를 찾아보는 것이다.

자신이 세가의 눈을 피해 이곳을 벗어나 금릉(남경)으로 가야 한다면 육로를 피해 소요진(逍遙津) 나루터를 이용해 남비하(南淝河)로 가는 길이 손쉬웠다. 육로를 선택하면 도중에 끊임없는 검문 검색에 시달려야 하지만 수로를 이용해 간다면 소요진 나루만 통과해 반나절이면 남비하를 따라 소호(巢湖)까지는 쉽게 갈 수 있는 것이다. 막내아가씨가 지난번 대공자와 함께 다녔던 여행로였다. 중원을 혼자 다녀본 적이 없으니 지난번 대공자와 함께했던 여행로를 따라갔을 확률이 높았다. 겁이 많은 남궁화가 다른 길을 택했을 가능성은 없었다.

일단 소호에만 도착할 수 있다면 장강까지 나가는 것은 소호를 통과하는 데 반나절에 다시 장강까지 반나절을 계산한다면 넉넉잡아 이틀이면 됐다. 그리고 장강에서 물길을 타고 다시 반나절을 가면 남경이다.

일단 소호까지만 가도 뒤를 쫓는 입장에서는 도망자의 행선지를 모르는 이상 더 이상 추적할 길이 없다.

남경을 목표로 했다면 남궁옥과 헤어졌을 때가 오전이니 소요진을 무사히 빠져나갔다고 본다면 지금쯤 소호의 맞은편에 도착할 때가 되었다. 장강에 도착하기 전에 뒤를 잡으려면 하루 종일 경공을 전개해도 빡빡하다.

생각이 정리되자 그는 급히 몇 자 적어 전서응(傳書鷹)을 날리고는 나루터로 향했다. 이미 늦은 이상 쓸데없이 힘 빼지 않고 세가 소속의 쾌속선을 타고 뒤를 쫓으려는 것이었다. 신시(申時)가 갓 지났으니 전 서응이라면 날이 어둡기 전에 확실하게 소식을 전할 수 있었다.

남궁세가의 무호(蕪湖) 분타주(分舵主) 남궁석강(南宮石岡)은 전서응을 통해 본가로부터 급보를 받았다.
발신인은 사대봉공의 한 사람인 대안검호였다.

소호에서 장강으로 빠지는 유계구(裕溪口)의 검문 검색을 실시할 것. 막내아가씨가 변장을 하고 그쪽으로 향했을 가능성이 구 할 이상임. 발견 즉시 은밀히 보호하여 추적만 할 것. 특급 대외비.

세가의 독문암어(獨門暗語)로 된 내용은 그랬다.
자신이 분타주를 맡은 이래 단 한 번도 전서응으로 소식을 받은 경우는 단 한 차례도 없었다.
날이 저물면 전서응이고 전서구고 간에 움직이지 않았다. 해가 지기 바로 직전에 전서응을 통해 소식을 전했다는 것은 그만큼 상황이 급박하게 돌아간다는 말이었다. 전서응은 전서구가 도중에 맹금류에 포획을 당해 소식이 두절되는 것을 막기 위한 것으로 초긴급을 요하는 중요한 상황 하에서만 사용하는데 본가에도 몇 마리 없고 각 분타에는 한 마리만 있었다.
사용할 수 있는 권한을 가진 자도 총단에는 각 대의 부대주 급 이상이고 분타에는 부분타주 이상이었다. 설사 권한이 있다고 해도 상급자의 허락없이 마음대로 사용할 수 있는 자는 본가의 대주 급 이상과 분타의 분타주뿐이었다.

특급 대외비.

모든 상황은 자신만 알고 있어야 한다는 지시였다. 다만 아랫사람들에게는 필요한 지시만 할 수 있었다.

내용을 확인한 그는 즉시 분타의 모든 제자들을 소집했다.

무호에서 장강을 건너 조금 내려간 맞은편에 소호에서 장강으로 통하는 포구가 유계구였다. 몇 대의 쾌속선을 나눠 탄 무호 분타 청의대원 수십여 명이 분타주의 지시 아래 신속하게 장강을 도하했다.

유계구는 당연한 검문 장소이기에 몇 명이 나가 있기는 하지만 추적의 대가로 불리는 대안검호 남궁우가 확률이 구 할이 넘는다고 했다면 더 이상은 생각할 필요가 없었다. 이미 막내아가씨의 실종에 관한 긴급 전문도 받은 터라 모두 신경을 쓰고 있겠지만 자신이 직접 가볼 자리였다.

그는 감시 요원을 파견했음에도 불구하고 다른 곳에 파견했던 제자들을 모두 불러 모아 분타에는 연락 요원만을 남긴 채 대부분 인원을 이끌고 유계구 주변을 지키기로 했다.

소호에서 장강으로 빠지는 모든 물줄기에 무호 분타의 제자들이 눈을 번뜩이며 오가는 배들의 승객 감시에 들어갔다.

대안검호의 예측은 빗나가지 않았다.

다음날 오후, 남궁화는 소호를 지나는 배의 한구석에서 장강으로 통하는 강 입구가 나오기를 초조하게 기다리고 있었다.

저잣거리에서 만난 소년의 허름한 옷을 은자 한 냥을 주고 얻어 갈아입었다. 간단한 역용을 하고는 몸을 대충 지저분하게 만들었지만 타고난 미모는 속이지 못해 미소년의 외관이었다.

일단 집을 벗어나니 곧 무영을 찾을 것만 같은 기분이 들었다. 이번에 집을 나서는 길이 가족들과 마지막이 될지도 몰랐지만 어쩔 수 없다는 생각이었다.

'어머니.'

집을 떠난다고 생각하니 눈물이 팽 돌았다.

부모님의 말씀을 한 번도 정면으로 거역해 본 일은 없었다.

꼬르륵!

뱃속에서 먹을 것을 달라는 소리가 났다. 제대로 식사를 한 것이 언제인지도 몰랐다. 세가에서 멀리 벗어나 어느 정도 안도를 하게 되자 이상하게 배가 고파왔다.

벌써 집을 떠난 지 이틀째였다.

지난번에도 소요진에서 배를 타고 소호까지 내려온 후 장강으로 빠져 남경으로 내려갔었다. 그것이 그녀가 알고 있는 길의 전부였기에 기억을 더듬었다.

물길을 따라 내려가던 배는 장강이 가까워지면서 점점 속도가 빨라졌다. 배에는 이십여 명의 여행객들이 각자의 봇짐을 잔뜩 꾸려 행여 잃어버릴세라 눈을 떼지 않고 있었다. 행색들이 다들 그저 그런데 보통이만 큰 것이 물건을 팔기 위해 가는 소상인들 같았다.

몸이 허약해진 터라 날씨가 흐려 구름이 잔뜩 하늘을 가려준 덕분에 햇볕이 내리쪼이지 않아서 다행이었다. 이미 늦여름으로 가고 있었지만 더위는 여전히 기승을 부렸다.

배가 유계구에 도착하자 장강 물길의 영향을 받아 심하게 요동 쳤다. 지난번 오라비들과 배를 탔을 때는 배 멀미로 약간 고생을 했는데 지금은 긴장을 해서 그런지 배 멀미조차 하지 않았다.

'남궁화다.'

포구에서 선객들이 오르내리느라 잠시 멎어 있는 중에 남궁석강은 변복을 하고 배 한구석에 쪼그리고 앉은 그녀를 발견했다. 변장을 했다는 정보가 없었으면 그녀를 알아보지도 못할 뻔했지만 남궁우의 전서를 받았기에 흑의대 시절 먼발치에서 몇 번 본 적이 있는 그녀를 금방 알아볼 수 있었다.

남궁석강의 지시에 따라 수하 하나가 본가로 전서구를 날리기 위해 분타로 돌아가자 그는 분타의 당주 두 명과 함께 배에 올라 멀찍한 곳에 자리를 잡았다.

비록 그가 세가 방계의 출신으로 관례에 따라 본가에서 몇 년간 수련을 받았다고는 하지만 남궁화가 그를 알아볼 리 없었다.

잠시 멈추었던 배는 이내 장강의 물줄기에 몸을 맡겼다.

제11장 　신검묵환(神劍墨環)

　　며칠이 지났을까. 밖으로 나간 곡완주가 검을 들고 들어왔다.

　　무영이 알기로 호소가와가 비록 관대하기는 하지만 무기를 휴대하는 것까지 허락하지는 않았다.

　　"웬 검이야?"

　　말은 그렇게 했지만 그 검이 신검일 것이라는 확신이 들었다. 묵환이 은근한 홍광을 발하며 요동 쳤고 곡완주가 들고 있는 검에서 웅웅거리는 검명(劍鳴)이 일고 있었기 때문이다.

　　"상공께서 말하던 신검이라는 것이에요? 정말 무척 가벼운데요. 오다가 시험을 해보니 웬만한 것은 가볍게 베어지더군요."

　　말을 하는 곡완주도 손에 쥔 검에서 진동과 검명이 일자 신기한 듯한 표정이다. 며칠 전 검에 관한 얘기를 들은 곡완주는 그것을 기억했고, 하경에게 말해 어렵게 구해왔다.

"어떻게 얻었지? 호소가와가 허락하지 않았을 텐데."

"하경 낭자에게 이 검에 대한 얘기를 했어요. 그랬더니 호소가와에게 이 검이 부친의 유물이라고 하고 자신의 혼례식 때 신랑에게 줄 예물로 쓰겠다고 말해서 받아온 거예요."

호소가와가 크게 경계를 하지 않았기에 가능한 일이었다. 그는 아마 하경이 혼인식 때 자신에게 예물로 바칠 것이라 짐작했을 것이다.

무영은 곡완주의 마음 씀씀이가 정말 고마웠다.

모두가 잠자리에 들 시간이 되자 무영은 곡완주로부터 신검을 건네받았다. 미리 만져 보지 않은 것은 지난번 묵환을 차고 겪었던 일이 생각나 조심을 한 것이었다.

검을 잡는 순간 무언가 될 것 같은 예감이 들었다.

꼭 집어서 말할 수는 없었지만 자신의 몸을 조금이나마 회복시키는 어떤 계기를 이루어낼 수 있을 것이라는 강한 믿음이 생겼다.

묵환에서 신검을 부르는 소리가 들리는 것 같았다.

어차피 더 이상 잃을 것도 없다.

제대로 앉는다는 것도 쉬운 일은 아니었지만 곡완주의 도움을 받아 조용히 좌정한 상태에서 양손으로 검을 잡았다.

'헛!'

대번에 뜨거운 열류가 팔목을 타고 단전으로 빨려 올라가는 듯 흐르더니 이내 거대한 소용돌이가 되어 몸속을 돌았다.

무영이 그토록 바랬던 진기였다.

마치 거대한 불덩이 같은 진기는 하단전의 석문혈(石門穴)을 돌아 중주대맥(中周大脈)의 옥당혈(玉堂穴)을 지나더니 전정혈(前頂穴)을 뚫고 돌았다.

대개 진기를 처음 모으면 명문혈(命門穴)이나 대맥혈(帶脈穴) 등 중간중간의 여러 관문에서 멈칫거리는 것이 보통이었지만 신검과 합일된 묵환의 진기는 거칠 것 없는 노도와 같이 혈맥을 돌았다.

얼굴에도 병색이 짙어 겨우 일어나 앉을 정도였던 무영의 몸에 이내 화색이 돌더니 점차 붉게 변해갔다.

지켜보던 곡완주는 갑자기 발생한 급격한 변화가 무영에게 좋은 현상인지 아닌지를 판단할 수 없어 불안한 마음을 감추지 못했다. 하지만 지금 그녀가 할 수 있는 일은 아무것도 없었다.

잠시 시간이 지나자 무영의 머리 위로 뜨거운 김이 서렸다.

'어맛!'

곡완주는 황급히 탄성을 삼켰다.

운기조식하는 사람을 옆에 두고 큰 소리를 낸다는 것은 자칫 주화입마를 불러올 수도 있기에 조심해야 하는데 자신도 모르게 소리를 지를 뻔한 것이다.

무영의 머리 위로 자줏빛 서기가 서리더니 몸 전체를 은은하게 감쌌다. 이어 머리 위의 서기는 하나의 작은 꽃 모양으로 변해갔다. 꽃잎의 수가 두 개로 늘더니 이어 세 개로 늘었다.

한 꽃의 모양은 마치 연화(蓮花)와 같이 생겼는데 나머지 두 개의 모양은 알 수 없었다. 굵은 기둥이 피어나듯 꽃잎을 받치고 있었는데 꽃들은 팽이처럼 서서히 무영의 머리 위를 돌았다. 때로는 오른쪽으로 돌다가 반대 방향으로 돌았는데 동시에 돌아가는 것이 아니라 자기들끼리 차례라도 정한 듯 순번대로 돌았다.

이내 꽃의 줄기는 거대한 기둥을 이루며 허공으로 치솟았다.

삼화취정(三花聚頂)!

무림의 숱한 고수들이 이루기를 바라마지 않는 경지였다.

그의 몸에서 발산되는 열기는 마치 불에 달궈진 뜨거운 주전자를 연상시킬 정도로 강렬해 약간 떨어져 있던 곡완주에게도 열기가 느껴졌다.

무영이 입고 있던 옷은 이미 열기에 타버려 재가 되어 흔적도 없이 사라졌다. 몸 곳곳에 난 도검 자국도 주변이 쩍쩍 갈라지는 느낌을 들게 하면서 벗겨지더니 새로운 살이 돋아나 피부가 마치 투명한 막처럼 희고 얇게 변했는데 언뜻 보기에도 마치 어린아이의 피부를 연상케 할 정도였다.

탈태환골(脫胎換骨).

무영은 정신을 차릴 수 없었다.

몸 안에서 일어나는 변화가 자신의 의지와는 전혀 관계없이 진행되고 있다는 사실에 당황했지만 도무지 제어할 수조차도 없었다. 숱하게 운기조식을 했지만 이처럼 빠르게 진기가 유통되는 경우는 없었다.

일단 몸에 진기가 생성되어 몸속을 돌아다닌다는 것은 그토록 바랐던 일이었지만 두려움마저 갖게 하는 맹렬한 움직임에 마냥 기뻐할 수만도 없었다.

진기의 소용돌이는 몸 안 곳곳의 세맥(細脈)을 하나도 빠뜨리지 않고 타통해 돌았는데, 돌연 백회혈에 모이더니 갑자기 냉기로 변해 기맥을 타고 내려와 마치 차가운 물을 뒤집어쓴 듯한 기분을 들게 했다.

냉기류가 상단전, 중단전을 지나 하단전에 이르자 몸이 솜털처럼 가벼워지는 느낌이 왔고, 정신이 깨끗하게 청소된 것처럼 맑아지며 상쾌한 느낌을 주었다.

'아!'

곡완주는 눈을 크게 뜨고 믿어지지 않는 변화를 지켜보고 있었다.

자신이 알기로 저 정도의 경지는 삼화취정(三花聚頂)의 경지로 최소한 일 갑자 이상의 내공을 필요로 했다. 무림에서 삼화취정의 단계를 이룬 사람이 없는 것은 아니었지만 본원진기(本源眞氣)마저 손상되어 모든 무공을 잃은 상태에서 내력도 알 수 없는 검을 들더니 삼화취정의 경지에 들었다는 얘기는 일찍이 듣지도, 보지도 못했다.

'아니?'

곡완주의 눈이 더욱 크게 떠졌다.

본래 하얀색을 가졌던 검이 점점 짙은 색으로 바뀌더니 거무튀튀하게 변하는 것이 아닌가?

이번에는 무영의 몸에서 은은한 홍광(紅光)이 서렸다. 홍광은 묵환을 차고 있던 팔목에서 시작되어 몸 전체로 퍼져 나갔다.

무영은 전혀 색다른 경험을 하고 있었다.

홍광의 기운은 부드럽고 섬세하기 이를 데 없어 손끝과 발끝의 안팎을 마치 부드러운 여인의 손길이 주무르듯 만져 주며 지났다.

또 다른 세계가 열렸다.

노궁혈(勞宮穴)과 백회혈(百會穴)로 알 수 없는 새로운 진기가 밀려오더니 손가락 끝에서 발가락 끝까지 전신의 세맥을 훑고 지나 단전으로 모여들었다.

단전이 단전(丹田)인 까닭은 몸속의 내단(內丹)이 모이는 밭[田]이 됨이니, 노궁과 백회가 외부 진기의 통로가 된다는 것은 대자연의 기를 느낄 수 있음을 뜻했다. 이 경지에 이르면 피부 구멍구멍마다 나 있는 수천 수만의 땀구멍조차도 코와 눈이었다.

죽지 못해 살아 있던 생명이 대우주의 한 부분이 되어 생명을 피우

며 다시 일어섰다. 소용돌이치는 진기의 흐름이 점차 축기(蓄氣)의 과
정을 거쳐 단전으로 모이는 동안 무영은 무아의 세계에 빠졌다.

　―무(無)가 곧 근본이요, 유(有)가 곧 종말이라. 없음은 부재(不在)가
아니라 모두를 담고 있는 공(空)이요 허(虛)일지니, 버리고 맡기면 물처
럼 흘러 매임도 없고 머무름도 없어 한결같을지니…….

　마치 누가 각인을 시키듯 또렷이 와서 머리 속에 박히는 말들이었
다. 무영은 마치 주술에 걸린 듯이 그 말에 몸을 맡겼다.

통관양극(通貫兩極).

　사고가 정지며 모든 혈맥은 비워져 진기의 통로가 되어 끊임없이 모
여드는 진기를 막힘없이 흘려보냈다.

　몸은 은은한 광채마저 서려 마치 신인(神人)의 모습을 연상케 했다.

　수없이 반복되던 과정들이 마침내 끝을 찾아 서서히 잦아들었다.

　머리와 몸을 휘감아 돌던 서기도 흐릿하게 풀어지며 형체를 잃어갔
고, 홍광도 차츰 빛을 잃더니 무영의 몸이 서서히 본연의 모습으로 돌
아왔다.

　번쩍!

　무영의 눈이 떠졌다.

　마치 아무것도 담지 않은 호수처럼 깊고 맑았다.

　'아!'

　눈이 마주치는 순간 곡완주의 몸이 휘청였다.

　사람을 단번에 빨아들여 녹일 듯한 눈이었다.

　입고 있던 옷은 이미 한 줌 연기가 되어 사라지고 없어 알몸이 되어

있었지만 보는 사람이나 보이는 사람이나 모두 부끄러움을 잊었다.

무영의 눈에서 안광이 걷히며 범인의 눈으로 돌아왔다.

"옷 좀 부탁해."

무영이 몸을 틀며 말했다.

목소리마저 더욱 청아해진 느낌이었다.

그제야 정신을 차린 곡완주가 황급히 일어나 절룩거리는 걸음걸이로 벽장으로 다가갔다.

바라보는 무영의 눈에 측은함과 미안함이 교차되었다.

벽장 안에는 호소가와가 준비해 준 옷들이 적지 않았다. 곡완주는 그중에서 제일 깨끗해 보이는 백삼을 골랐다. 밤이 깊어 누구에게도 보여줄 수 없는 외출복이었지만 그 옷을 고른 건 오랜만에 제대로 된 옷을 입은 그의 모습이 보고 싶어서였다.

무영은 아무런 말 없이 속옷과 백삼을 건네 받아 갈아입었다. 일어서지 못하는 자신도 무척이나 입어보고 싶었던 외출복이니 이신전심(以心傳心)인가?

옷을 다 갈아입었을 즈음 돌아섰던 곡완주가 다가와 머리를 매만져 주었다. 마치 혼인한 지 오래된 부인네처럼 곡완주의 손놀림은 익숙하고 거침이 없었다.

무영이 정신을 차리지 못하고 배 안에 누워 있는 동안 불편한 몸임에도 날마다 그의 얼굴을 씻기고 머리를 매만져 주었으니 스스럼이 없었다. 그 일은 무영이 정신을 든 후에도 계속해 오며 마침내 배를 탔던 모든 사람들도 인정했던 그녀의 몫이었다.

게다가 며칠 전부터는 음식물을 섭취한 후유증(?)으로 대소변도 받아주어야 했다. 그 일도 아무런 거리낌 없이 해치운 곡완주였기에 무영의 머리칼을 만지는 것쯤은 이미 아무것도 아니었다.

하지만 그녀의 내심은 손길과 같지 않았다.

무영이 아무것도 할 수 없는 상태였을 때는 차라리 대소변을 받아내도 지금과 같이 떨리고 쑥스럽진 않았지만 몸을 회복한 지금에는 머릿결을 만져 주는 것도 부담스러웠다.

그것이 예전에는 환자로 상대했고 지금은 사내로 상대했기에 그런 것 때문만은 절대 아니었다. 예전에 무영이 정상적이었을 때도, 그리고 얼마 전까지 몸을 일으키지 못했을 때도 곡완주가 상대했던 사람은 오직 하나였다. 그랬기에 다른 여자들이 고개를 돌리는 대소변도 아무렇지 않게 받아냈다. 언제부터 그렇게 됐는지는 자신도 몰랐다.

지금 그녀가 부담스럽게 느끼는 것은 그녀의 손길을 감당하는 무영의 변화였다. 어제만 해도 그녀의 손길을 아무렇지 않게 여겼지만 몸이 회복된 지금은 오히려 그걸 어려워했다.

머리를 맡기고 있던 무영의 손이 곡완주의 손을 살며시 잡아갔다.

'아!'

곡완주는 가슴이 떨렸다.

따스하고 부드러운 손길이었다.

입으로는 아무 말도 하지 못하고 있었지만 부드럽게 잡아오는 손길에서 마음을 읽었다.

〈제4권 끝〉